길

Road to nation

金 治 洛

북치는마을

차 례

프롤로그 D − 1. 2012.12.18 서울 005

제1부

남 − 탄생 011 북 − 탄생 017
남 − 이사 021 북 − 거래 028
남 − 국민학교 031 북 − 총살 039
남 − 대통령 043 북 − 아카보총 048
남 − 무기정학 051 북 − 장군님 059
남 − 대학 062 북 − 특수부대 072
남 − 노동운동 080 북 − 복수 090

제2부

남 − 결혼 097 북 − 호랑이 100
남 − 노조위원장 104 북 − 메달 108
남 − 감옥 114 북 − 격파 127
남 − 국회의원 128 북 − 연애 139
남 − 대선 후보 1호 145 북 − 결혼 155
남 − 백만 달러 161 북 − 지령 167
남 − 청렴 170 북 − 고난의 행군1 173
남 − 경선 179 북 − 고난의 행군2 186

제3부

남 ― 소환 195
남 ― 불륜 210
남 ― 청문회 231
남 ― 필름 246
남 ― 승리 266
남 ― 사상 276
우리 ― 정상회담 286
남 ― 테러 290
남 ― 몽타주 297

북 ― 고난의 행군3 205
북 ― 귀환 225
북 ― 암살지령 242
북 ― 암살1 260
북 ― 암살2 270
북 ― 마지막 과업 284
북 ― 표적제거1 288
북 ― 감자탕 294
그들 ― WHQ 301

에필로그 D ― 1. 2012.12.18 서울 310

프롤로그 D-1. 2012.12.18 서울

광화문 앞 S 산업빌딩 25층 2504호 회장실.

에스프레소 진한 커피향이 향기롭다.

늙은 회장은 뒤로 목이 꺾인 채 회전의자에 잠들어 있다. 젊고 아리따운 비서는 회장의 무릎 사이에 얼굴을 파묻고 있다. 두 사람의 모습은 환희, 혹은 절정을 주제로 한 남녀조각상 같다. 화분에 심어진 푸른 잎사귀의 행복나무 한 그루가 불륜 중에 이승을 하직한 둘의 행복한 죽음을 지켜보고 있었다.

킬러는 방금 해치운 두 시체를 향해 잠깐 일별함으로써 죽은 자에 대한 의식을 치렀다.

정대운 회장에게 이름 삼행시의 묘비명을 세웠다.

정말 미안하다. 넌,

대상이 아니었는데,

운이 나빴다 생각해라.

이름을 모를 무명의 여비서에게도 삼행시 묘비명을 세웠다.

무리하게 붙었다가

명을 재촉했구나.

녀석의 저승길 동무가 되려무나.

킬러는 사람을 죽일 때마다 망자의 이름으로 짤막하게 삼행시를 지어 조의를 표했다.

지금까지 몇 개의 묘비명을 세워 주었을까? 기억이 잘 나지 않는다. 마흔 개쯤 될까? 이런 부차적 인생들 말고 최고의 목표물들로만.

죽은 자에 대한 의식을 끝내고 전기드릴로 원목 테이블에 구멍을 뚫었다.

드륵드르륵 들들들들들

뚫은 구멍에 삼각대를 끼워 고정시킨 뒤 삼각대 위에 저격용 소총인 AS50을 장착했다.

AS50소총은 장탄된 5발을 1초 안에 비울 수 있는 반자동 대물 저격용 소총이다. 유효사거리는 2,000m. 직경 5cm의 탄약은 장갑차에 구멍을 뚫을 수 있을 만큼 강력하다. 고성능에 비해 무게는 가벼워 낚시 도구처럼 접어서 메고 다닐 수 있다.

킬러는 긴 총열을 따라 창밖을 바라보았다.

프롤로그

조선왕조의 중심 경복궁은 언제 보아도 장관이다. 멀리 북악산이 봉황의 깃을 벌려 경복궁을 품고 있고 광화문을 열어 내어놓은 광장에는 황금옷을 입은 세종대왕이 오늘도 부지런히 책을 읽고 있다. 킬러는 매의 눈으로 광화문 광장을 둘러싼 건물들을 천천히 스캔한다. 정부청사와 미대사관, 세종문화회관, 올레 KT빌딩, 교보생명 건물을 찬찬히 바라본 뒤, 링 위에 막 오른 타이슨처럼 고개를 좌우로 꺾었다. 목뼈에서 우두둑 소리가 났다.

그는 스코프에 눈을 대고 망원렌즈를 당겼다.

스코프의 눈금 안으로 벽보에 인쇄된 대선 후보의 얼굴들이 클로즈업 되었다.

    기호 1번 김문권(통일당) 43%

    기호 2번 문인제(한민당) 40%

    기호 3번 장대필(국민당) 5%

    기호 4번 박성불(대불당) 0.1%

    기호 5번 강허영(경제당) 1%

    기호 6번 정세동(애국당) 0.1%

뒤의 수치는 머릿속에 입력된 가장 최근의 지지율이다. 킬러는 망원렌즈를 선거 벽보에서 광화문 유세장 쪽으로 옮겼다. 기호 1번 김문권이 선거용 홍보 트럭에서 내렸기 때문이다. 그가 손을 흔들며 연단으로 올라가자 군중들이 '김문권! 대통령!'을 연호했다.

1위 김문권과 2위 문인제는 불과 3% 차이로 신뢰도 ±5%로 잡으면 오차 범위 박빙의 차이로 김문권이 우세했다.

'지금까지 당신은 억세게 운이 좋았다. 총 한 방을 맞기 전까지 말이야. 인생도 국가도 한 방이다. 한 방에 당신의 머리통도 지지율도, 대권도 모두 날아간다. 대한민국의 운명은 내가 수납한다.'

킬러는 스코프의 눈금을 한 클릭 올려 표적의 가슴에서 이마를 겨냥했다. 표적은 주먹을 흔들며 열변을 토하고 있었다. 군중들의 박수 소리가 들렸다.

'오늘 하루에 세 명을 저승으로 보내는군. 네 이름으로 삼행시를 지어주마.'

그는 스코프를 당겨 그의 얼굴을 확대했다.

표적이 만면에 함박웃음을 머금으며 손을 흔든다. 이 순간이 느리지도 빠르지도 않는 최적의 타이밍이다.

망원렌즈를 당겨 이마에 찍힌 붉은 탄착점을 최대한 클로즈업시켰다.

하나 둘 셋.

그는 표적을 향해 호흡을 멈춘 채 냉정하게 방아쇠를 당겼다.

탕.

발사된 단 한 발의 총알이 표적의 머리통을 날려 버렸다. 표적의 어깨 위로 남아 있는 게 아무 것도 없었다. 목 잘린 닭이 퍼덕이며 움직이듯 머리 없는 표적은 손을 번쩍 든 채 몇 걸음 떼다가 곧바로 바닥에 풀썩 쓰러졌다. 킬러는 고개를 들어 광장을 보았다. 표적이 쓰러진 광장은 도망치는 군중들로 아비규환이었다. 그는 에스프레소 커피를 털어 넣고 건물에서 나와 군중 속으로 사라졌다.

프롤로그

길 road to nation

제1부

남 - 탄생

　백두대간에서 뻗어 내려온 낙동정맥이 척추 끝에서 마지막 힘을 모아 영남알프스를 솟구쳐 만들었다. 영남알프스의 최고봉 가지산. 그 영봉의 지기가 신불산을 타고 오다 태화강과 마주쳐 산태극수태극을 이룬 금계포란형 혈처에 경주 김씨 제숙공파 종갓집이 자리 잡고 있었다. 종갓집에서 바라보면 둥글둥글한 어미산 같은 화산이 마을을 품에 안고 둥개둥개 어르고, 동구 밖을 돌아가는 대곡천이 넓은 평야를 적시고 울산으로 흘러간다.

　연둣빛 들판 위로 한꺼번에 날아오르는 하얀 백로 떼, 수령이 오래된 울창한 삼나무와 곰솔 숲, 반석에 찍힌 공룡의 발자국을 따라가면 각석이 가진 태고의 속살이 드러난다.

　국사 교과서 첫 페이지를 장식하는 신석기시대의 두 국보, 천전리 각석과 반구대 암각화를 간직하고 있는 원시적 풍경은 천전마을을 방문하는 이에게 무한한 상상력과 숙연기경肅然起敬의 마음을 일으키는 곳이다.

김문권은 천혜의 자연경관을 지닌 이곳 경주김씨 제숙공파 종갓집에서 태어났다. 아이가 태어나던 날 지나가던 탁발승이 금줄을 보고 찾아와 말했다.

"이 아이는 카일라스와 백두산, 저 웅장한 신불산. 삼 혈처의 기를 받아 태어나 장차 한반도의 통일 대업을 이룰 아이니 잘 키우시오."

입에서 곡차 냄새가 나는 땡중이어서 아버지는 시주나 두둑이 받으려고 한 말이거니 생각했다. 훗날 우연히 백과사전에서 카일라스산이 실제로 존재함을 알았다. 카일라스산은 불교, 힌두교, 자이나교, 티베트 밀교 4대 종교가 성지로 받드는 히말라야 성산으로 스님의 말이 터무니없는 말만은 아니라는 걸 알았다.

6남매의 막내인 아이는 태어날 때부터 몸이 허약했다. 잔병치레를 자주했고 성격이 극내성極內性이어서 생존 능력이 부족해 보였다. 그래서 아버지는 막내아들에게만 경서강독을 했다. 막내를 편애해서가 아니라 생존 능력을 길러 주기 위한 배려였다.

"문권아. 너는 몸이 약해 일해서 먹고 살기는 힘든 것 같다. 열심히 공부해서 머리로 먹고 사는 길밖에 없다. 부지런히 학문을 익히도록 해라."

성격 탓도 있겠지만 아버지의 방침에 따라 다른 아이들은 밖에서 씨름, 자치기, 연날리기, 썰매 타기, 헤엄치기를 하며 놀 때 김문권은 사랑채 뒷방에서 경서를 읽고 암송하며 유년 시절을 보냈다.

아버지로부터 천자문과 소학, 명심보감과 논어 등을 배웠고, 한글은 농민독본으로 스스로 깨쳤다. 돌이켜 보면 김문권의 인생에서 아버지만 한 스승이 없었다.

풍요롭던 종갓집에 넷째 김사권이 대곡천에 빠져 죽음으로써 마魔가 끼기 시작했다. 아버지는 사권이란 이름 때문에 죽었다는 한을 가지고 있었다. 본래는 김사권金思權, 생각 사思 자로 지었는데 어리바리한 면 직원이 넷째니까 넉 사四 자, 김사권金四權으로 호적에 올린 게 죽을 운명이었다는 것이다.

"문권아. 그날 십여 명이 물놀이를 했는데 물귀신이 왜 하필이면 네 형을 데려 갔겠노. 넉 사 자, 죽을 사자가 붙은 네 형을 끄집어 당긴 거지. 멍청한 면직원 놈들!"

위뜸에 육수六秀라는 이상한 이름의 아이가 있었다. 본래 문수文秀라고 작명했는데 무식한 면직원이 '文' 자의 밑가지를 벌려 적는 바람에 '六' 자가 되어 육수라는 이상한 이름이 되어 버렸다.

마을 사람들은 말했다.

"육수가 뭐꼬? 괴기 국물 아이가."

아버지는 문권에게 말했다.

"한자 하나하나에는 사람의 운명을 좌우할 만한 깊은 뜻이 담겨져 있느니라. 한 자라도 가벼이 해서는 안 되느니라."

넷째 김사권이 죽은 해 아버지의 고향 친구가 지프에 꽁치 한 상자를 싣고 종갓집을 찾아왔다. 울산에서 꽁치잡이 어선을 부려 큰돈을 벌었다는 친구였다.

영화필름 띠를 두른 파나마모자에 하얀 세비로 양복을 입은 친구는 시가 담배를 물고 말했다.

"어이, 장수. 반갑네. 농사는 잘 되는가?"

"잘 되긴. 자네는 신수가 훤하네. 꽁치잡이는 어때?"

"굉장하지. 이제는 저인망 선단을 짜서 쿠릴열도로 나갈 작정이야. 거긴 물 반 고기 반이지."

친구는 시가 한 대를 권했다.

"쿠바산이야. 윈스턴 처칠 경이 즐겨 피우던 담배지. 그런데 장수, 원양어선을 몇 척 사려고 해. 너의 보증이 좀 필요한데 말이야."

"나더러 보증을 서라고?"

"걱정 마. 지금 내가 가지고 있는 부동산만 해도 백만 원이야. 당장 현금이 안 돼 그래. 오십만 원만 서 주면 돼."

친구는 지프에서 꽁치 상자를 내려 집 안으로 들여놓으며 말했다.

"쿠릴열도에 한 번만 갔다 오면 다 해결돼."

"알겠네. 친구 사이에 못 해 줄 게 뭐가 있나."

아버지는 보증을 별 대수롭지 않게 생각하고 순순히 허락했다.

그러나 어머니는 보증을 서려는 아버지를 한사코 말렸다. 그동안 정미소를 한다고 전답을 팔아도 말 한 마디 않고 조용히 살림만 살던 어머니였다.

"여보, 없는 살림에 보증을 서면 어떡해요?"

"어허, 부인이 안살림만 살면 되었지 바깥일에 뭐 그리 참섭하는가."

"여보, 다시 한번 생각해 봐요. 그 사람 재산이 많다면 그것을 담보로 돈을 빌리면 되잖아요? 왜 이 궁벽한 시골까지 찾아와 당신에게 보증을 부탁해요?"

"허 참, 부엌살림만 사는 당신이 뭘 알아? 큰 사업을 하는 사람은 돈이 있어도 늘 돈이 필요한 법이지. 국토가 좁은 우리나라가 살 길은 먼

바다로 나가는 길밖에 없네."

가까운 데 집은 깎이고 먼 데 절은 비친다고 했던가. 아버지는 어머니의 간청을 뿌리치고 친구의 말만 믿고 거액의 보증을 서 주었다.

배를 사 원양어선 선단을 꾸린 친구의 첫 출항은 성공적이었다. 친구가 꽁치를 상자떼기로 보내온 덕분에 동네에 꽁치 잔치를 했다. 이듬해는 삼각파도를 만나 배가 몇 대 수장되고 쿠릴열도에 난류가 들어 놀래기만 건졌을 뿐 허탕을 쳤다며 꽁치 꼬랑지조차 구경하지 못했다.

친구는 여전히 큰소리를 쳤다.

"쿠릴에 꽁치가 대풍이라네. 이번에 출어하면 보증도 풀고 꽁치 궤짝도 원 없이 갖다 줌세."

꽁치잡이 원양어선이 떠난 뒤 가족들은 배가 만선으로 돌아오기만을 기다렸다.

지프차가 먼지를 날리며 천전마을로 들어왔다. 마을 사람들은 전에처럼 꽁치 궤짝을 싣고 들어온 친구의 차인 줄 알았다. 그러나 지프에서 권총을 든 방첩대원들이 타고 있었다.

방첩대원들은 내리자마자 종갓집으로 들어와 아버지에게 총을 겨누고 손에 수갑을 채워 싣고 떠나갔다.

방첩대원은 취조실에 도착하자마자 녹음기를 틀어 녹음된 대남 방송을 들려주었다.

"남조선 동포 여러분, 저는 이승만 괴뢰도당과 미제국주의에 반대해 의거 월북했으며, 지금은 김일성 수령의 품 안에서 행복한 나날을 보내고 있습니다. 북조선의 발전상을 보니 그동안 남조선에서 속아 살아온 세월이 너무나 분하고 억울합니다. 남조선 동포 여러분, 이승만 괴뢰도당에 반대하고 북조선으로 오십시오…….”

방첩대원은 아버지에게 다그쳤다.

“이 목소리의 주인공이 누구야?”

“제 친구의 목소리와 비슷합니다만, 친구는 쿠릴열도에 꽁치 잡으러 갔습니다.”

친구는 아버지의 보증 빚을 얻어 일제시대에 건조한 노후 선박을 몇 척 사서 쿠릴로 떠났지만 최신식 장비를 갖춘 일본선단과 소련선단과 애당초 경쟁 상대가 되지 못했다. 친구는 빈 배를 타고 귀항하다 갑자기 항로를 바꿔 뚱딴지처럼 월북을 해 버렸다.

“이제 알겠지, 이 빨갱이 XX야. 네놈은 오래전부터 이놈과 짜고서 보증까지 서 가며 이놈을 월북시킨 거야. 보증 선 돈 오십만 원과 이놈에게 받은 꽁치 쉰 상자는 모두 공작금 수수授受야, 알겠어?”

방첩대원은 극구 부인하는 아버지를 쇠좆매로 때리고 불에 달군 인두로 허벅지를 지지는 고문을 가했다. 아버지는 시르죽어 가는 상황에서 마지막 남은 산밭 문서를 방첩대원에게 바친 뒤에야 풀려날 수 있었다. 조선시대, 일제강점기, 해방과 6·25전쟁이라는 격변의 공간에서도 의연하게 버텨 왔던 종갓집이 아버지의 빚보증과 방첩대의 수탈로 홀러 덩 뽑히고 말았다.

북 - 탄생

해발 1,700m의 눈 덮인 산악 지대인 함남 요덕수용소.

험준한 산악 지대로 둘러싸인 넓은 고원 분지인 이곳은 밖으로 통하는 작은 길목 하나만 막으면 쥐새끼 한 마리 빠져나갈 수 없는 지형이다. 죽어서 시체마저도 빠져나올 수 없다는 이곳의 북조선 공식 명칭은 15호 관리소. 김일성, 김정일 부자를 반대하거나 자본주의 사상에 오염된 자를 가두는 거대한 정치범 수용소이다.

영하 30~40도를 넘나드는 동짓달, 어머니는 요덕수용소 안에서 최강철을 낳았다. 산혈은 흘러나와 깔린 볏짚에 얼어붙었으나 산혈이 멈추지 않았다. 어머니는 갓난아기의 입에 빈 젖을 물린 채 산후출혈로 죽었다.

최강철이 세상에 태어난 날 보위원이 찾아와 악담을 했다.

"이 반동분자들은 낮 농사는 엉망으로 지으면서 밤 농사는 열심히 짓는 게 문제야."

축복받지 못한 탄생이었다.

아버지는 삽으로 언 땅을 파 아내를 묻으며 말했다.

"여보, 이 아이만은 수용소 바깥 세상에서 살도록 할게."

대기근으로 이곳에서 두 아이를 잃은 아버지는 마지막 셋째만은 꼭 살려서 바깥 세상으로 내보내겠다는 결심을 했다.

하지만 최강철은 태어나자마자 숨죽은 배추처럼 시르죽어 갔다. 절름발이인 아버지는 애를 안고서 다른 집을 절뚝거리며 찾아가 심봉사처럼 동냥젖을 먹였다. 아이는 젖조차 입에 맞지 않는지 자꾸 게워내었다. 아버지는 입안에서 밥알을 으깬 밥물을 먹이기도 했으나 아이가 입을 다물고 먹질 않았다.

'아무래도 제 엄마 따라가려나 보다.'

마지막으로 죽어 가는 아이에게 구렁이 한 마리를 잡아 뱀탕을 끓여 먹여 보았다. 그런데 희한하게도 아이는 뱀탕 국물은 납죽납죽 잘도 받아먹는 게 아닌가. 뱀탕을 먹고 나더니 흩어졌던 눈동자가 제자리에 박히고 시들어 가던 몸도 단비를 맞은 채소처럼 되살아났다.

죽을병을 이기고 난 아이는 튼튼하게 잘 자랐다. 아버지가 뱀, 쥐, 개구리, 지렁이 따위를 잡아 주면 주는 대로 꿀떡꿀떡 잘 받아먹었다. 아버지는 마지막 남은 혈육 한 점을 먹여 살리기 위해 미치도록 일하고 또 일했다. 자신은 굶주린 채 모든 걸 아들에게 다 쏟아 부었다.

아버지는 아들에게 희망을 심어 주었다.

"강철아."

"예, 아버지."

"남쪽 나라에는 이어도라는 아름다운 섬이 있단다. 사시사철 복사꽃이 흐드러지게 피고, 가야금 소리가 둥기둥당당 울리는 곳이란다. 이 애비는 은빛 바퀴살이 번쩍이는 자전거에 너를 태우고 홍길동이와 허생과 심청이가 사는 집으로 마실가는 꿈을 꾼단다."

아버지는 틈만 나면 홍길동전, 허생전, 심청전, 별주부전을 이야기해 주었다. 그때마다 그는 힘든 요덕수용소에서 벗어나 신비로운 동화와 상상의 세계로 빠져들 수 있었다.

그는 구변이 좋아 주변에 사람들에게 인기가 많았다.

"보위부 양반, 난 총 맞아 외다리가 되고 난 뒤부터 정력이 갑절이나 세진 것 같아. 그런데 여자가 없네. 어디 중매나 좀 서 주소."

"닥쳐, 이 망할 자본가 놈아!"

"보위부 양반, 욕만 하지 말고 이리와 내 얘기 좀 들어 봐. 러시아 블라디보스토크에 가면 말이오, 터키탕이라는 게 있어. 그곳에 옷을 벗고 들어가면 인어처럼 미끈한 러시아 미인이 옆자리에 앉아 술 시중을 들지. 내가 400달러를 척 꺼내니까 네 명의 여자가 동시에 착 달라붙더라고. 러시아는 돈맛을 아는 나라야."

"이 부화방탕한 자본가 놈이 뭐라고 떠벌거리는 거야?"

보위원들은 욕을 하면서도 그의 곁에 슬그머니 앉아 귀를 기울였다. 해외 정보가 차단되고 폐쇄된 땅에서 세계를 돌아다니며 외국 바람을 쐬고 들어온 그는 인기가 좋았다.

사람들은 알면서도 그에게 자꾸 물었다.

"당신이 여기에 들어온 이유는 뭐이가?"

그는 실제와 허구를 섞어 자꾸 이야기하다 보니 자신의 과거가 점점 부풀려졌다.

"어머니는 젖을 떼자마자 나를 두만강에 던져 버렸다네. 그런데 나는 모세처럼 물에서 살아나 두만강을 넘나드는 꽃제비가 되었지."

꽃제비란 '꼬체비예'(кочевье)라는 러시아말로 떠돌이, 유랑자라는 뜻이다.

"꽃제비들은 대부분 류랑걸식하다 허무하게 죽지. 하지만 난 어려서부터 두만강과 압록강 양안을 드나들면서 장사하는 법을 익혔네. 똥거름을 지고 강을 넘어도 서너 배의 이익을 얻었지."

아버지는 이야기 도중 목발에 붙여 놓은 성냥 껍데기에다 성냥개비를 치익 그어 담뱃불을 붙이곤 했다.

"그때 이놈의 다리는 목발이 아니었네. 노루처럼 날렵하고 무쇠처럼 강했지. 처음에 보따리에 함경도 특산물인 명태와 오징어를 담아 강 건너 연길의 양말과 스타킹으로 바꾸어 왔지. 다음에는 트럭에다 가자미, 버섯, 개느삼, 산삼을 싣고 가 담배, 운동화, 러닝셔츠, 블라우스와 바꿔 오는 차떼기를 했지."

그의 장광설이 풀어지면 보위원이고 수용소 사람이고 까맣게 몰려왔다.

"뒤에는 두만강 무역상사를 차려 통 크게 사업했지. 기차에 금과 구리, 철과 마그네사이트를 싣고 중국과 러시아로 수출하고, 식료품, 양주, 고급 의류, 비디오, 텔레비전, 자동차와 바꿔 수입해 오는 거야. 돈을 얼마나 벌었던지, 밑에서부터 조선 화폐, 위안화, 루블화 순으로 삼단으로 쌓은 돈 침대를 만들었지."

한 보위원이 '부화방탕한 자본가 놈!'이라고 소리쳤다.

그는 보위원의 말에 개의치 않고 이야기했다.

"동무들, 돈 침대에서 자는 맛을 알아? 기분이 아주 죽여주지. 미끈한 러시아 여자랑 루블화로 깐 돈 침대 위에서 그것 해본 사람? 이게 기양 팔뚝만 해져. 그만큼 아랫도리가 돈의 기를 받는 거지. 아, 내 소설은 1권으로만 끝났으면 얼마나 좋았을까."

남 – 이사

이른 새벽 경주 김씨 종갓집에서 이사를 하고 있었다.

어머니는 작은 소달구지 위에 쌀과 된장독, 이불과 솥단지 등 생필품을 하나라도 더 싣기 위해 분주하게 움직였다. 그런데 아버지는 달구지에 실어 놓은 낡은 궤짝을 끌어내려 내동댕이쳤다. 궤짝 안에 들어 있는 감자알이 마당에 흩어져 뒹굴었다. 아버지는 빈 궤짝에 누런 표지의 족보 책들을 챙겨 넣었다.

"지금, 당신 뭐하는 짓이에요?"

어머니는 새된 목소리로 말했다.

감자는 두고 가기 아까워 어제 텃밭에서 캐낸 것이었다.

"조상님의 족보를 먼저 챙겨야지."

"조상님의 족보가 밥을 먹여 준답디까!"

어머니는 궤짝을 다시 뒤집어 족보를 마당에 주르륵 쏟아 부었다.

"이, 이런 천벌을 받을 짓을!"

종갓집의 장손인 아버지에게는 족보가 생명이나 다름없었다. 족보의 갈피에 조상의 혼령이 깃들었다며 족보를 꺼낼 때마다 두 번씩 절을 하였다. 아버지는 수염을 부르르 떨었으나 방첩대에서 얻은 골병으로 화를 낼 기력이 없었다.

어머니는 궤짝에 다시 감자를 주워 담으며 오 남매에게 말했다.

"야들아, 어서 감자를 담아라. 이사 가서 굶어죽지 않으려면."

어머니와 아버지는 서로의 품위를 지키는 금실 좋은 부부였으나 지금은 앙앙불락하는 여염의 지아비 지어미가 되었다. 법도 있는 종갓집 며느리를 피폐한 여염의 아낙으로 만든 건 몰락한 가세 때문이었다. 처음 시집올 때는 마름 하나에 머슴 일곱과 찬모 셋을 부리는 천석의 집안이었다. 그러나 친구의 월북 이후 모든 것을 빼앗기고 입에 풀칠도 하기 힘든 허울만 좋은 종갓집이 되었다.

형과 누나들은 어머니 쪽으로 가서 감자를 주워 담았다.

막내 김문권은 아버지와 함께 책을 주워 보자기에 쌌다. 김문권은 왠지 세상의 것들에 연연해하지 않고 초연한 풍모를 지닌 아버지가 좋았다.

어머니는 막내 문권을 보더니 말했다.

"피는 못 속인다. 저 아버지 닮아 골샌님 같아서, 쯧쯧. 앞으로 어찌 묵고 살란고."

장남 김일권이 된장독을 실으며 물었다.

"아부지, 우리는 어디로 이사 갑니까?"

"울산 읍내로 간다."

"그럼, 여기보다 좋은 집이겠네요."

"하모. 아무래도 읍내에 있는 집이니까."

"전기와 수도도 있겠네요."

"당연하지. 가 보면 안다."

가족들은 큰 유리창이 달리고 노란 페인트로 칠한 신식 슬래브 집을 그리며 이삿짐을 날랐다.

소달구지에 보잘것없는 살림이 실어졌다. 된장과 김칫독, 솥단지와 냄비, 이불 짐과 농짝 하나. 마치 전쟁이 나 황급히 꾸린 피난민 이삿짐처럼 단출했다.

김문권네는 대대로 살던 느티나무 종갓집에서 쫓겨나 소달구지에 짐을 싣고 50리 길을 걸어 울산 읍내로 갔다. 새벽에 길을 나섰지만 가도 가도 끝이 없는 신작로 길이었다. 한번씩 트럭이 휘익 지나가면, 시커먼 매연과 누런 먼지가 풀풀 일어나 고개를 돌리고 멈춰야 했다. 큰형 김일권이 쇠고삐를 잡고 걸어가는 동안 힘없는 아버지는 내내 뒤처져서 걸었다.

김문권의 허기진 눈에는 하늘도 산도 들도 길도 모두 샛노랗게 보였다. 소도 힘이 부친지 입에 거품을 물며 학학거리다 시냇물을 보고 '움머'라고 소리를 질렀다.

뒤처진 아버지가 말했다.

"소에게 물을 좀 먹이고 가자꾸나."

소가 물을 먹는 동안 김문권은 박 바가지로 개울물을 떠서 아버지께 드렸다.

아버지는 바가지 물을 비우고 기운을 차리는 듯했다.

"어, 시원타. 이제 좀 살 것 같구나."

아버지는 봉초를 말아 피우며 말했다.

"문권아. 니는 후제 커서 군수나, 검사가 되거라."

"왜요. 아부지?"

"세상이 정의롭지 못해서, 그래. 네가 정의로운 세상을 만들어 봐."

"정의가 뭔데요?"

"그건 네가 공부해서 알아봐라. 그러나 이건 정의가 아니야."

아버지는 고개를 저으며 산과 하늘을 멍하니 바라보았다.

여덟 식구가 소달구지를 몰고 도착한 곳은 고층 집이 보이는 울산 읍내 한가운데가 아니라 변두리인 월봉동 판자촌이었다. 피곤해 누운 황소 허리 같은 남산 산비탈에 판잣집 백여 채가 게딱지처럼 다닥다닥 붙어 있었다.

장남 김일권이 동네를 휘둘러보며 아버지에게 물었다.

"아부지, 다른 동네로 잘못 들어온 거 아입니꺼?"

"……저리로 올라가자."

도착한 집은 판자촌에서도 가장 높은 곳에 위치한 작은 성냥갑 같은 집이었다. 집 안으로 들어가니 부엌 하나에 작은 방 두 칸이 붙어 있었다. 전기도 수도도 없는데다 단출한 달구지 짐조차 다 부릴 수 없는 비좁은 공간이었다. 오늘 새벽까지 20칸인 종갓집에 살던 이들이 방 두 칸의 거지 움막 같은 곳에 살아야 한다는 현실을 차마 받아들일 수 없었다.

아이들은 눈앞에 펼쳐진 현실을 받아들일 수 없다는 듯 계속 물었다.

"아부지요, 우리가 잘못 온 거 아입니꺼?"

아버지는 판자를 덧댄 문 앞에서 '흠, 흠.' 헛기침을 두어 번 하더니 뒷짐을 진 채 마을 뒷산으로 올라가 버렸다. 꼿꼿하던 어머니도 헛간 같은 판잣집을 보고 부뚜막에 털썩 주저앉으며 말했다.

"아이고, 감옥과 지옥이 있다 해도 여기보다 더 험하겠나?"

철모르는 아이들도 천당에서 지옥으로 굴러 떨어진 느낌이었다. 큰형 김일권과 누나 김성희는 '더럽다'며 판잣집 안으로 발조차 들이밀려고 하지 않았다.

어머니가 마지막 기운을 내어 부뚜막에서 벌떡 일어나며 말했다.

“이 집이 우리 집이 맞는갑다. 야들아, 뭐하노? 빨리 짐 안 내릴 기가!”

그제야 다섯 아이들은 부랴부랴 이삿짐을 방 두 개에 부렸다. 누울 자리마저 부족한 방을 보고 모두들 넓은 종갓집을 생각하며 부루퉁해 있는데, 밖에서 오토바이 소리가 들렸다.

부룽, 부르릉.

맥고모자를 쓰고 턱주가리가 두 개인 중년 신사가 혼다 오토바이에서 내리며 말했다.

“내 이럴 줄 알았지. 댁들이 쓸 방은 왼쪽 한 칸이야. 오른쪽 방엔 한 가족이 새로 들어올 거요.”

“에? 이 좁은 곳에 어떻게 두 집이 살아요?”

큰형 김일권이 기가 막힌다는 듯 반발했다.

“이 사람들이 고대광실에서 살다 왔나 보네. 방 둘 아궁이 둘. 두 집 살기에 무엇이 부족해?”

방 두 개도 좁아서 불평하던 식구들이 ‘방 한 칸만 써라’는 집주인의 말에 완전히 탈기해 버렸다.

“자, 어서 짐을 빼라고!”

원래 이곳은 국유지에 6·25전쟁 피난민이 세운 판자촌이었다. 휴전이 되고 피난민이 떠나자 거의 공짜로 인수한 판잣집을 임대로 놓아 보증금과 달세를 받아먹었다.

“달세가 밀리면 이 방도 빼 버릴 테니, 알아서들 하쇼.”

집주인은 부룽부룽 오토바이 시동을 걸더니 부웅 먼지를 일으키며 사라졌다.

"차라리 벼룩이 간을 빼먹지 이런 움막집에다 두 집을 처넣고 세를 받아먹다니!"

집주인의 말대로 오후에 한 가족이 리어카에 짐 보퉁이를 싣고 이사를 왔다. 어린애 둘이 딸린 그 집도 사는 형편이 김문권네보다 나을 것이 없어 보였다. 신불산에서 화전을 붙여 묵고 살다 산불이 집으로 옮겨 붙는 바람에 홀랑 다 태워 먹고는 솥단지만 챙겨 여기로 왔다는 것이다. 여자는 눈망울이 얼굴의 반이나 차지할 정도로 커다란 아이에게 빈 젖을 물리고 있었다.

아버지는 해 저물 녘에 산에서 내려왔다.

어머니는 지청구를 해댔다.

"이 단칸방에서 우리 일곱 식구가 어찌 살란 말이요, 이 태평스런 양반아?"

아버지는 의관을 털더니 어둑선해지는 밤하늘을 멍하니 보더니 점잖게 한 마디 하셨다.

"우리만 살면 되나. 옆집도 함께 살아야제."

"아, 정말 복장이 터진다, 터져. 이런 허수룩한 양반을 어떻게 믿고 시집을 왔는지!"

어머니는 가슴을 치며 탄식했다.

이사 온 지 달포나 되었을까. 김문권은 아버지의 등에 붙어 모로 누워 잠을 자고 있었다. 식구들은 급격한 생활의 변화에 피로감을 느꼈는지 모두 만잠이 들었다. 김문권은 그날따라 잠을 청할수록 오히려 눈동자만 더 말똥말똥해졌다. 얼마나 지났을까. 어둠 속에서 아버지가 부시시 몸을 일으켰다. 새벽 등산을 가시려나 생각했다. 아버지는 방첩대에서 고문을 당한 뒤 몸의 회복을 위해 새벽 등산을 다니셨다.

아버지는 방 밖을 나가기 전 김문권의 손을 꼬옥 잡는 게 아닌가. 크고 따뜻한 손이었다. 골병을 앓으시는 아버지의 미열이 전해졌다. 아버지는 한참 동안을 그렇게 손을 잡으시더니 조용히 방문을 밀고 나가고는 돌아오지 않으셨다.

아버지의 시신은 절벽 밑에서 발견되었다. 아버지는 큰 상처 없이 왕소나무 아래 자는 듯이 누워 있었다. 자살인지 실족사인지 알 수 없었다. 가족과 경찰은 실족사로 처리했지만 김문권만은 미심쩍은 마음을 가지고 있었다. 아버지가 떠나기 전 마지막으로 잡은 손을 잊을 수 없었기 때문이었다. 훗날 그는 법을 배우면서 아버지의 죽음이 미필적 고의未必的故意에 의한 실족사가 아닌가 생각했다. 아버지는 은월봉 북면이 위험하다는 정情을 알면서도 갔고, 거기서 발을 헛디뎌 돌아가신 것이라 생각했다.

아버지의 마지막 빈손은 김문권에게 많은 화두를 던져 주었다.

인생은 공수래공수거空手來空手去란 뜻일까? 아무런 유산도 남기지 않고 빈손으로 가신 아버지. 부처님이 염화미소를 통해 아난에게 8만4천 가지의 법문을 전했듯 아버지는 빈손으로 당신의 생애 전부를 나에게 전수하고 가셨다는 생각이었다.

아버지의 빈손은 그에게 또한 화미話尾를 남겼다. 화미는 말꼬리로서, 자꾸 말꼬리를 잡고 위로 올라가면 진리의 근원에 이르게 된다. 아버지의 손에서 건네받은 것이 있다면 그것은 경서강독을 통한 지식이었고, 지식을 잡고 올라가면 지혜였고, 지혜를 잡고 올라가면 지혜의 근본인 도道였다. 아버지는 빈손으로 있을 때만이 세상을 움켜쥘 수 있다는 지혜의 도를 전하고 가셨다.

북 - 거 래

아버지는 이야기를 하다 클라이막스 앞에서 그칠 줄을 알았다. 그러면 이야기를 듣다 안달이 난 사람들이 채근을 했다.

"그래, 돈 침대 위에서 러시아 여자랑 자면 어떻다는 거야?"

"어, 입이 왜 이리 꿉꿉하나? 누구 담배 하나 없나?"

사람들이 봉초로 만 담배를 아버지 입에 물려 불까지 붙여 주었다.

아버지는 담배 연기를 내뿜으며 떠벌떠벌 다시 이야기를 이었다.

"소설 2권은 내 인생에서 없어야 하는데……. 하필이면 베이징 지하교회에서 찬송 소리가 들릴 게 뭐야. 망할 놈의 찬송 소리, 그걸 듣고 있는데 눈물이 나더라고. 우리 사람은 비누나 성냥 같은 물질로만 되어 있다는 게 유물론 아냐. 그런 줄 알았는데 내 안에 영혼이 있다는 걸 그때 처음 느꼈지."

그는 눈을 질끈 감은 채 두 손으로 뭔가를 자아올리며 그때의 감격을 재현했다.

"난 일제 도요타를 타고 삼합을 거쳐 두만강을 넘어왔지. 회령 보위원이 '잠시 갈 곳이 있습니다' 하며 나를 하차시키더군. 돈을 내밀었으나 그날은 먹히지 않더군. 보위부 조사실로 끌려가 취조를 받으며 베이징 남조선 교회당에 간 사실을 실토했지. 놈들은 이미 다 알고 있더라고. 차 트렁크 속에 숨겨 놓은 성경까지 찾아냈지.”

보위원은 낡은 서류철을 뒤적여 보더니 말했다.

“워리 새끼 물로 간다더니. 아바이는 친일지주, 오마니는 기독교도였군. 요덕에 가서 한 달만 교양 받고 나오라고.”

최강철은 라오스나 미얀마 같은 험한 나라로 한 달 여행 다녀온다는 가벼운 기분으로 요덕으로 왔다. 웬걸, 아내와 두 아이는 그보다 먼저 들어와 있었고, 재산은 전부 몰수당한 상태였다.

하지만 그는 긍정적으로 생각했다.

‘어차피 무일푼 꽃제비 인생에서 시작했다. 두만강 건너 연길 은행에는 아직 내 돈이 수억 남아 있다. 나가면 얼마든지 재기할 수 있다.’

보위부가 말한 한 달이 지나갔지만 내줄 기미조차 보이지 않았다. 육 개월 일 년이 지나도 꿩 구워 먹은 소식이었다.

참다못한 그는 아내에게 이야기했다.

“소장과 거래해서 여길 빠져 나가야겠어.”

“당신만이라도 멀리 도망가 새로운 삶을 사세요.”

아내가 그의 등을 떠밀었다.

“아냐. 내 반드시 돌아와 당신과 두 아이를 데리고 나가리다.”

어두운 밤 약속된 시간에 아버지는 집게로 철조망을 끊고 요덕수용소를 빠져나왔다. 병풍처럼 둘러친 험준한 산악을 넘고 달구지와 트럭을 타고 이동한 끝에 마침내 두만강을 넘어 연길까지 도착했다. 연길은행 비밀구좌에서 돈을 찾은 그는 수용소 소장의 계좌로 거액을 송금했다.

돌아올 때는 돈이 있어 어렵지 않았다. 두만강을 다시 건너와 버스와 트럭을 타고 한밤중에 요덕수용소 밖까지 왔다. 이제 그는 소장으로부터 가족만 인계받으면 지옥과 같은 요덕 생활은 끝이었다. 칠흑 같은 어둠 속에서 아내와 두 아들의 모습이 얼른거렸다.

갑자기 고망대의 서치라이트가 켜지며 가족 대신 개 떼들이 컹컹 짖으며 그를 덮쳤다. 그는 필사적으로 도망갔으나 고망대에서 총격이 가해졌다. 그는 다리에 총상을 입고 온몸이 개에게 물어뜯긴 채 붙잡혔다.

다음날 아침 공개재판에 세워진 그는 '공화국도 가족도 내팽개치고 혼자만 살려고 도망간 이런 반동분자는 처형해야 한다'는 의견이 대세였다.

하지만 뇌물을 먹은 수용소 소장이 크게 온정을 베푸는 듯 말했다.

"이 반동은 오금까지 잘린 다리병신이야. 어디로 도망가겠나. 놈은 그래도 공화국과 가족의 품으로 다시 들어오다 총을 맞았다. 14호에 수용하는 조건으로 목숨만은 살려 주지."

소장의 자애로운 배려로 처형만은 간신히 면하고, 악명 높은 14호 격리 수용소에서 그는 일 년을 있다 다시 가족과 만났다. 그는 마지막 남은 꿈, 뇌물을 먹인 소장이 있는 동안 석방을 기대했으나, 늙고 노회한 소장이 새파랗게 젊은 소장으로 바뀌는 바람에 그마저 물거품이 되었다.

남 - 국민학교

어머니는 아버지와 달리 현실적인 분이었다. 뜬구름 잡는 정의와 세상을 움켜쥐는 빈손 대신에 감자알이라도 하나 더 손에 쥐어야 생때같은 자식들을 먹여 살릴 수 있었다. 아버지가 돌아가신 뒤 어머니는 명심보감과 내훈을 읽으며 내간체로 글을 쓰는 종갓집 맏며느리의 삶과 인연을 끊었다.

어머니는 한복을 벗어 버리고 일하기 편한 몸뻬로 갈아입은 뒤 오 남매에게 말했다.

"난 지금부터 종갓집 며느리가 아니다. 며느리밑씻개처럼 억세게 살겠다. 이 에미를 천하다 욕하지 마라."

며느리밑씻개는 가시덩굴풀과 잡초이다. 성질이 고약한 시어머니가 며느리에게 이걸로 밑을 닦으라며 주었다 해서 며느리밑씻개라는 이름을 얻은 풀이다.

어머니는 다섯 자식을 먹여 살리기 위해서 손발이 닳도록 일했다. 새벽시장에 나가 채소 장사를 하고 낮에는 들에 나가 품팔이하고 밤이면 삯바느질을 했다. 고기 장수, 죽 장수, 묵 장수 등 닥치는 대로 일을 했다. 어머니는 장바닥에 버려진 배춧잎, 무시래기를 주워 와 우거짓국과 시래깃국을 끓여 자식들에게 먹였고, 밤에는 주막에 나가 막걸리를 파는 일도 마다하지 않았다.

그러나 아녀자 혼자 일해, 다섯 식구를 먹여 살리기가 쉽지 않았다.

식비와 학비, 생활비 해결이 수월치 않았고 월말이면 빠짐없이 오토바이를 타고 달세를 받으러 오는 야차 같은 집주인이 있었다. 집주인은 백여 호 판잣집 주민들의 원성의 대상이었다. 월세 거둔 돈만으로도 매달 울산의 논밭을 열 마지기씩 차곡차곡 사서 늘여간다는 소문이었다.

김문권은 취학연령이 되어 형과 누나를 따라 기찻길을 건너 강남국민학교에 갔다. 까마득히 높은 국기 게양대 끝에는 태극기가 휘날리고 있었고 플라타너스 그늘이 있는 운동장에는 아이들이 바람을 불어넣은 돼지 오줌통 공을 신나게 차고 있었다. 학교 건물은 저학년이 사용하는 구식 건물과 고학년이 사용하는 슬래브식 신축 건물 두 동이 있었다. 김문권은 신발을 벗고 낡은 마루가 깔린 구식 건물로 들어갔다. 교실에는 이승만 대통령의 사진이 걸려 있었다. 김문권은 미리 한자와 한글을 깨쳤기 때문인지 학교 공부가 쉬웠다. 사서삼경을 외운 방식으로 그날 배운 것은 그날 통째로 암기해 버렸다. 선생님들은 가난해도 공부를 잘하는 김문권에게 친절하고 관대했다.

3학년 때 담임선생만은 그렇지 않았다. 담임은 유난히 작은 키에 성이 말랐다. 뚜우하게 튀어나온 입에 긴 성근 수염이 나 있어 별명이 '쥐수염'이었다. 월사금을 가져오지 않으면 담임의 신경이 날카로워졌다. 그는 월사금을 가져 오지 않는 것을 가난보다는 아이들의 나쁜 기억력 탓으로 돌렸다.

"야 이놈 자식들아. 집에 가서 부모님한테 월사금 이야기하는 걸 깜빡했지? 내일은 까묵지 말고 꼭 얘기해서 받아 오너라, 알았나!"

담임은 월사금을 가져오지 않는 학생들의 머리를 출석부로 빡빡 때리는가 하면, 교실에서 공부할 자격이 없다면서 하루 종일 복도에서 꿇어앉은 채 공부하게 했다. 도화지나 학용품을 가져오지 못한 학생도 벌을 쓰거나 종아리를 회초리로 맞았다. 김문권은 머리통에 불이 나고 종아리에 피멍이 들어도 어머니에게 돈 얘기를 하지 않았다. 어려운 형편에 어머니께 말하면 마음만 상한다는 걸 알고 있었다.

3학년 때의 반장 선거는 악몽이었다. 반 애가 김문권을 반장으로 추천하자, 담임이 말했다.

"문권아, 니는 아부지가 안 계시고 어무이는 시장에서 노점 하시제?"

"……예."

"그라믄 안 되겠다. 반장의 부모는 한번씩 학교에 와 기성회의도 참석해야 한다. 또 누구 추천할 사람은?"

아이들은 주눅이 들어 추천을 하지 못하자, 담임이 일방적으로 반장을 지명했다.

"박시후, 니가 마, 반장해라. 아버지는 세무서 소장이고, 어머니는 우리 학교 기성회 위원 아이가."

선거의 공정성은 둘째 문제고, 아버지 없이 어머니가 노점을 하는 가정사가 반 아이들에게 공개되자 얼굴이 화끈거려 고개를 들 수 없었다. 박시후의 어머니는 어떤 사람인가. 화려한 옷차림을 하고 수시로 학교를 드나들었다. 수업 시간에 드르륵 문을 열고 담임선생을 불러내어 봉투를 전하는 사람이었다. 공부가 1등이면 당연히 반장에다 싸움도 1등인 그런 시대에 그는 6년 내내 반장 한 번 해보지 못했다. 반장과 부반장은 늘 반에서 왕자와 공주 같은 아이들이 도맡아 했다.

쥐수염 선생은 부업인 잠업에 정신이 팔려 주업인 교사의 역할은 내팽개쳤다. 쥐꼬리만 한 교사 봉급으로는 생활이 빠듯했기 때문에 잠업, 과수, 양어, 양봉, 화훼, 점방 등 부업을 하는 교사들이 많았다. 담임은 아이들을 뽕밭에 데려가 누에에 먹일 뽕잎을 바구니 가득 따 가지고 오게 했다. 오디를 따 먹고 장난치는 아이들은 바구니로 모자를 씌우고 꽥꽥 소리 지르며 오리걸음으로 학교로 돌아오게 했다.

김문권은 어린 마음에도 담임선생의 부당한 처사에 항의하고 싶었지만 그 방법을 몰랐다. 담임선생 때문에 학교 가기 싫은 때도 있었지만 경서의 한 구절을 찾아 겨우 마음을 다독였다.

'군자상의 소인상리君子尚義 小人尚利라. 군자는 정의를 숭상하고 소인은 이익을 숭상하느니라.'

김문권과 같은 학년에 울산농업고등학교 교장 딸이 있었다.

반짝이는 구두에 예쁜 치마를 입고 다니는 얼굴이 하얀 아이였다. 그애는 노래도 잘 하고 그림도 잘 그려 학교의 상은 혼자 도맡아 탔다. 그애가 메는 미키마우스 가방은 유난히 윤기가 나 반짝거렸다. 학예회 때 '한겨울에 밀짚모자 꼬마 눈사람'을 무용하면서 노래해 뭇 아이들의 선망의 대상이 되었다.

그러던 어느 날이었다. 집으로 돌아오는 길에 그 애와 마주친 것이다.

그 애는 살짝 웃더니 김문권에게 스스럼없이 말을 걸어왔다.

"너, 1반의 김문권이지?"

"어."

교장집 딸아이가 자기의 이름을 알고 있다는 게 기분이 좋았다.

"너 모의고사 울산 읍내에서 일등 했다고 소문났더라."

"운이 좋아서 그런 거지, 뭐."

둘은 농업고등학교의 긴 측백나무 길을 걸어갔다. 측백나무의 진한 향과 별처럼 생긴 귀여운 열매들, 그리고 초등학교와 다른 웅장한 건물과 각종 나무가 많은 학교 분위기가 좋았다.

그 애가 말했다.

"문권아, 우리 집에 놀러 갈래?"

"가도 돼?"

"그럼."

길을 가다 뜬금없이 집으로 초대받은 김문권은 약간 떨리는 마음으로 그 애의 뒤를 따라갔다.

그 애는 마치 대궐과 같은 교장 관사에서 살고 있었다. 교사校舍와 관사를 구별할 수 없을 정도로 큰 건물이었다. 뾰족한 지붕이 세 개나 있고, 들어가는 입구에도 측백나무가 줄지어 심어져 있었다. 이 교장 관사는 일제강점기에 일본이 동부 경남의 식민지 교육을 총괄하는 울산 농고 교장의 권위를 강화시키기 위해 만든 집이었다.

정원에서 사철나무 가지를 전지하고 있던 교장 사모님이 맞아 주었다.

"이 아이는 누구니?"

"김문권이라는 우리 옆 반 아인데요. 우리 학교에서 공부를 제일 잘해요."

"그래? 참 똘똘하게 생겼구나. 이리 들어오너라."

김문권은 그때 탁자와 가죽 소파가 놓인 거실을 처음 보았다.

어머니는 홍차와 함께 사과를 깎아 예쁜 쟁반에 담아 오셨다.

"그래. 네 아버지는 무슨 일을 하시니?"

"돌아가셨어요."

이런 질문에 답할 때마다 참으로 갑갑하고 곤혹스러웠다.

"저런. 참 안 됐구나. 네 어머니가 고생이 많겠다."

사모님은 이것저것 물어보고는 어려운 환경에서 공부를 잘한다니 대견하다며 머리를 쓰다듬어 주었다. 교육자 집안이라서 환경보다 공부에 초점을 두나 보다 생각했다.

"그럼. 우리 애랑 천천히 놀다 가렴."

사모님은 사람 좋게 말한 뒤 전지가위를 들고 밖으로 나갔다.

그 애는 집 안을 구경시켜 주었다. 긴 복도를 중심으로 좌우대칭으로 방들이 여러 개 있고 복도 끝 계단으로 올라가니 이층에도 방들이 줄지어 있었다. 마치 궁궐 속에 온 느낌이었다. 이 층 자기 방으로 안내했다. 방안에는 피아노와 침대, 책상과 책장이 놓여 있었다.

책상에서 작은 초콜릿 바를 하나 꺼내 주며 말했다.

"이거 먹어."

그 애는 피아노를 치기도 하고, 바이올린을 켜기도 했다. 달콤한 초콜릿을 먹으며 아름다운 음악 소리를 듣고 있으니 마치 별천지에 온 느낌이었다.

"너도 한번 해봐."

김문권은 피아노 건반을 눌러 보았다. 학교 오르간 건반을 눌러 보긴 했지만 손가락에서 울리는 소리의 느낌이 달랐다. 바이올린도 한번 연주해 보라며 친절하게 턱에 바이올린을 끼워 주고, 손에다 활을 쥐어 주며 손의 위치도 잡아 주었다. 잡아 주는 그 애의 손이 보드랍고 짜릿했다. 활로 현을 문질러 보았다.

삐익삑

불협화음이 일어나자 그가 얼굴을 붉혔다.

그 애가 까르르 웃으며 말했다.

"괜찮아. 처음에는 다 그래."

그 애는 자랑하듯 자기의 물건을 이것저것 꺼내 보여주었다.

인형, 카드, 그림책, 목걸이 반지 등이 들어 있는 보석함까지. 서랍에서 그림엽서를 꺼내더니 그 중에 푸른 하늘을 배경으로 찍은 붉은 벽돌의 웅장한 서울역사 사진 한 장을 주며 말했다.

"김문권, 우리 앞으로 친하게 지내자."

"그래."

김문권은 기분이 좋았다. 학교에서 선망의 대상이 되는 여학생의 집에 놀러와 '앞으로 친하게 지내자'는 말까지 들으니 하늘로 날 것만 같았다.

집에서 나오는데 사모님도 그 애와 똑같이 말했다.

"그래, 잘 가. 둘이 앞으로 친하게 잘 지내."

그 애가 측백나무 길 앞까지 바래다주며 말했다.

"문권아, 다음번에 네 집에 놀러가도 돼?"

"……으응, 그래. 물론이지."

우물쭈물 대답은 했지만 그 애가 집에 놀러 온다는 말에 갑자기 하얀 현기증이 일었다.

"그럼, 잘 가."

"응, 잘 있어."

김문권은 그 애의 초대를 받고 꿈같은 시간을 보내다, '다음번에 네 집에 놀러가도 돼?’라는 말에 비로소 현실로 돌아왔다. 집으로 가는 길이 너무나 멀게 느껴졌다. 교장집 관사와 너무도 다른 판잣집에 돌아와서도 ‘다음번에 네 집에 놀러가도 돼?’라는 말이 이명처럼 들려왔다. ‘진짜로 오면 어쩌나?’ 하는 생각에 한숨만 푹푹 나왔다.

그는 누가 집에 온다고 하는 게 제일 싫었다. 그중에서도 학교 선생님이 가정방문을 오겠다는 말은 공포에 가까웠다. 멀리서 선생님이 오는 모습이 비치면 뒷산으로 도망가 버렸다. 선생님이든 교장집 딸이든 눈빛마저 가난한 개들이 어슬렁거리는 더러운 판잣집 마을에 발을 들이는 것 자체가 죽기보다 싫었다. 그날 이후 학교에서 그 애의 모습만 설핏 비쳐도 얼른 피해 버렸다. 어린 마음에 개를 만나면 자기를 붙잡고 당장 집에 가자고 할 것 같아서였다.

어둑선한 저녁 시간에 괜히 놓고 운동장에 놀러 가곤 했다. 환하게 밝혀진 이층집 그 애 방에서 피아노 소리가 들려왔다. 측백나무 뒤에 숨어서 그 애가 치는 피아노 소리를 들으면 진한 측백의 향기는 코끝에 알싸하고 피아노 소리는 하늘에서 울려 퍼지는 천사의 연주 같았다.

피아노 연주가 끝나면 바이올린 소리가 이어졌다. 아름다운 선율에 자신도 왕자가 되어 공주와 함께 춤을 추곤 하다 어둠이 내리면 호박마차를 타고 서둘러 초라한 판잣집으로 되돌아왔다. 그해가 바뀌기 전에 그 애는 전학을 가 버렸다. 아버지가 문교부 편수관으로 승진해 서울로 이사를 가 버린 것이다. 그 애가 없으니 그 애가 무척 그리웠다. 학교에서 말이라도 붙여 봤으면 좋았을 텐데.

‘네 집에 놀러가도 돼?’

그 애가 그냥 툭 던져 본 말인데 괜히 겁먹었다는 생각도 들었다. 향기로운 측백나무 길을 걸으면 그 애 생각이 났다. 그 애의 집에 가서 음악을 들으며 초콜릿을 먹었던 기억이 꿈결처럼 감미로웠다. 달콤 씁싸름한 초콜릿 맛은 무엇으로도 흉내 낼 수 없는 기막힌 맛이었다. 그 애가 준 사진엽서를 벽에 붙여 놓았다. 파란 가을 하늘을 배경으로 우뚝 솟은 서울역사 사진을 볼 때마다 기차를 타고 그 애가 있는 서울로 달려가고 싶은 마음이 굴뚝같았다.

칙칙폭폭 칙칙폭폭

등하굣길에 기차 소리를 들을 때마다 언젠가는 그 애가 있는 서울에 갈 날이 있으리라는 기대로 꿈이 부풀어 올랐다.

북-총살

최근 아버지의 기력이 부쩍 쇠하면서 치매증상이 나타나기 시작했다. 대기근 때 두 아들을 잃고 셋째 출산 도중 아내마저 잃은 그는 정신이 혼미해져 치매 상태를 영적 상태라고 생각했다.

"아, 내 영혼이 저 높은 곳을 향해 나아간다. 예수님이 오라고 손짓하며 날 부르신다."

그는 환상을 보는 듯 두 손을 허공에 저으며 소리쳤다.

그때마다 최강철은 아버지를 붙들고 말렸다.

“아버지, 종교는 아편이고 기독교는 반역적 서구의 스파이 종교라고 매일 저녁 교화시간에 외우잖아요. 도대체 뭐가 보인다는 거예요. 그런 말을 보위원이 들으면 큰일 나요.”

수용소 보위원들은 그의 이상 행동을 목격했을 때는 처음에는 입을 틀어막고 작신 두들겨 팼다. 그래도 종교적 이상 행동을 멈추지 않자 치매증상으로 간주해 방치해 버렸다. 뇌물을 먹은 늙은 소장의 암묵적인 배려도 있었다.

요덕수용소에 밤새 함박눈이 내려 무릎이 푹푹 빠지는 날이었다.

마을 한가운데에는 돌로 만든 김일성 동상이 세워져 있었다. 모두들 작업을 나가기 전에 그 동상 앞에 모여 엄숙한 경배 의식을 치르고 하루의 일과를 시작했다. ‘아침은 빛나라’라는 국가와 함께 공화국 깃발이 게양대 꼭대기까지 올라가는 동안 모두들 동상에 허리를 90도로 꺾어 절을 했다. 아버지는 석상 앞에서 고개를 빳빳이 쳐들고 눈을 감고 서 있었다. 보위원들은 또 치매 주기 왔나보다고 생각하고 그냥 넘어갔다.

멀리서 달려오며 소리를 지르는 사람이 있었다.

“저 반동 노무 자식, 위대하신 우리 수령님 앞에서 뭐 하는 짓이야!”

채찍을 흔들며 뛰어온 사람은 갓 부임 해와 의욕이 넘치는 새로운 수용소 소장이었다.

그는 군홧발로 보위원들의 정강이뼈를 걷어차며 다그쳤다.

“왜 이런 반동 놈을 보고 소 닭 보듯 하는 거이가?”

“예, 그게 사실은…….”

그들은 그동안 일어난 일을 사실대로 말한 뒤, 조심스레 의견을 말했다.

"이 자는 반동사상 포지자가 아니라 일종의 치매나 정신질환이라고 생각하고 있습네다."

"무시기 소림메! 정신이 멀쩡한 놈이야."

소장이 직접 총을 빼서 아버지의 이마에 겨누며 물었다.

"이 절름발이 쫑간나 새끼, 수령의 동상에게 절하지 않은 진짜 이유가 뭐이가?"

"저는 벅수 같은 돌에는 절대로 절하지 않습네다, 소장 동무."

"뭐? 위대하신 수령님의 동상을 벅수 같은 돌이라고? 아, 이 가이새끼, 완전히 미쳤구나."

"하나님만 신이십네다. 예수 천당, 불신 지옥입네다."

"이 가이새끼, 그 더러운 입 다물라!"

"소장 동무도 예수 안 믿으면 지옥 갑네다."

"이런 반동 새끼는 재판하는 데 드는 비용도 아까워."

며칠 뒤 요덕수용소에서는 공개 처형이 있었다. 아버지는 나무에 철사로 꽁꽁 묶여 있었지만 목발이 없어 왼쪽으로 몸이 약간 기울어 있었다.

소장이 지휘봉으로 그를 가리키며 말했다.

"이 자는 외화벌이를 하는 무역업자로 공화국의 은혜를 많이 입었음에도 불구하고 조국을 배반해 남조선 교회에 출석하다 발각돼 이곳으로 왔소. 그러나 반성하기는커녕 탈출을 기도하다 체포돼 재수감되었고, 위대한 수령님의 동상을 벅수 같은 돌이라 모독한 놈이오. 교화 불가능한 이 반동에 대해 동무들도 단죄해 보시라요."

정작 인민재판의 주인인 인민들은 꿀 먹은 벙어리처럼 아무 말이 없었다. 공개 처형 장면을 수시로 본 그들은 어느덧 무감동과 침묵의 군중이 되고 말았다.

군중집회는 고발과 비판으로 빗발쳐 잔칫집처럼 시끌벅적한 분위기가 되어야 제맛이다. 선동 구호는 없고 싸늘한 침묵의 정적에 싸이자 소장은 하늘을 향해 권총을 한 방 발사했다.

"쫑간나 새끼들. 침묵시위를 한다는 것인가! 이렇게 나오는 건 너희 모두도 이 반동분자의 생각에 동조자라는 것이야, 알간!"

그때 한 아이가 나섰다.

"제가 이 사람을 고발하겠습네다."

최강철이었다.

"강철이, 너는 저 반동분자의 아들 아임메?"

"나는 저 사람의 아들이 아니고 저 사람은 나의 아버지가 아닙니다. 저 사람은 아편과 같은 종교에 빠져 어머니와 자식들을 수용소에 가둬 죽인 사람입니다. 가족을 버린 채 혼자만 살려고 탈출을 시도했으며, 자신만 죽어 천당 가고자 하는 이기적인 사람입니다. 저런 사람이 어떻게 자식을 돌보는 아버지라 할 수 있겠습니까?"

아이의 번들거리는 눈에는 악마가 살고 있었다.

요덕수용소 사람들은 최강철을 보고 웅성거렸다.

"저건 자식이 아니라 웬수야."

"제 아비가 어떻게 키웠는데, 배은망덕한 놈!"

"아무리 저 살자고 하는 짓거리라지만 너무 영악하다. 무서운 세상이야."

악랄한 소장도 아들이 아버지의 고발자로 나서자 가슴이 철렁했다.

"애야, 그래도 저 자는 네 아버지 아임메?"

"저런 반동은 제 아버지가 아입네다. 제 아버지는 오로지 장군님뿐입
네다."

"음, 네 놈의 혁명성과 당성이 놀랍다. 어떻게 반동 집안에서 네 같은
놈이 나왔는지 모르겠다. 후회하지 않겠나?"

"일없습네다."

"자, 그러면 인민의 이름으로 이 반동분자를 처단한다."

소장은 보위원들에게 거총을 명령했다.

나무 기둥에 묶인 아버지는 아들을 원망하지 않았다. 크고 인자한 눈
으로 얼굴이 아들을 물끄러미 바라보고 있었다.

탕 탕 탕

총성이 울렸다.

요덕수용소 하늘에는 총소리가 메아리를 남기며 붉은 노을이 퍼지고
있었다.

남 - 대통령

3학년 2학기가 시작되었다.

교실에는 옛날 이승만 대통령의 사진이 걸려 있던 자리에 박정희 대
통령의 사진으로 바뀌어 있었다.

　　담임은 아침부터 학생들에게 운동장과 화단을 청소시키고, 골마루와 유리창을 반짝반짝 윤이 나게 닦으라고 호통을 쳤다. 대청소가 끝나고 학생들은 안으로 들어가자 양복과 제복을 입은 어른들이 학교로 와 교문 앞에 줄지어 섰다. 군수, 군사단장, 경찰서장, 세무서장, 교장, 소방서장 등 지역 유지들이었다. 번쩍이는 금관악기를 든 군악대도 들어왔다.

　　검은 세단이 들어오고 군악대의 우렁찬 연주가 운동장 가득히 울려 퍼졌다.

　　빰빠라 빰빠라 빰빰 빠아아

　　키가 자그마한 사람이 차에서 내리자 교장을 비롯한 지역 유지들이 허리를 90도로 꺾어 절을 했다. 악수를 하며 들어오는 키 작은 대통령 뒤로 키 큰 영부인과 어린 딸이 따라 들어오고 있었다.

　　대통령은 장차 울산을 공업 센터로 만들 원대한 구상을 하고 울산을 둘러보다 예고 없이 한 학교에 들르겠다고 했다. 울산읍 교육청은 비상이 걸렸고 부랴부랴 가까운 강남초등학교를 선정해 대통령 가족을 안내했다. 대통령이 이순신 동상 옆에 기념식수를 하고 금일봉 기증을 하는 동안, 강남초등학교 학생들은 꼼짝없이 교실에 갇혀 있었다.

　　창 측에 앉은 김문권이 바깥을 내다보는데 그의 또래쯤 되어 보이는 딸 아이가 교실 바로 앞에 매달린 그네를 타고 있지 않는가. 대통령의 딸이었다. 창가에 앉은 김문권은 그 모습을 숨죽이며 조용히 지켜봤다. 하얀 블라우스와 하얀 주름치마를 바람에 나풀거리며 그네를 타는 모습이 마치 하늘에서 내려온 선녀처럼 보였다. 하얀 스타킹과 반짝이는 빨간 구두는 서울의 멋을 마음껏 발산하는 듯했다. 한때 강남초등학교의 남자 아이들의 마음을 온통 사로잡았던 교장집 딸과는 한 차원 높은 세련

된 모습이었다. 교장집 딸이 공주처럼 보이는 아이라면 대통령의 딸은
진짜 공주였다.

대통령의 딸은 그네를 타면서 김문권과 눈이 마주치자 우아하게 손
을 흔들었다. 김문권은 반사적으로 손을 올렸으나 흔들지는 못했다. 유
리창에 손바닥을 댄 채 가만히 바라만 보고 있었다. 비록 유리창 하나 사
이지만 마치 자신과 그 애와의 거리는 천국과 지옥의 거리만큼 멀게 느
껴졌다. 나와는 다른 세계, 다른 차원, 다른 하늘 아래 사는 사람으로 느
껴졌다.

기념식수를 끝낸 대통령은 학교장에게 금일봉을 전달한 뒤 느닷없
이 한 교실을 찾아 들어갔다. 예정에 없던 대통령의 교실 방문에 교장
과 선생들은 모두 당황했고, 창틀에 매달려 밖을 내다보던 학생들도 긴
장된 모습으로 책상 앞에 앉았다. 박정희 대통령은 복도를 뚜벅뚜벅 걸
어서 하필이면 3-1반 앞에서 멈춰서더니 드르륵 교실 문을 열고 들어
왔다.

담임선생과 학생들은 완전히 겁을 집어 먹고 얼어붙어 있었다.

대통령은 담임에게 말했다.

"선생이 교실에서 수업을 해야지, 그냥 가만히 있으면 돼?"

그제야 놀란 담임선생은 교과서를 펴 들었고 학생들도 책과 공책을
꺼내느라 분주했다.

대통령은 교단 위에 서더니 감개무량한 듯 말했다.

"젊은 시절 나도 초등학교 선생을 했지. 3학년이면 우리 딸애하고 같
은 학년이라 더욱 정이 가는군."

박 대통령은 분필을 집어 들더니 칠판에 한자로 '有備無患'이라고 크게 적었다.

"자, 이 글을 읽을 수 있는 학생은 손들어 봐."

대통령이 말에 모두들 긴장해 침을 꼴깍 삼켰다.

더욱이 교실 칠판 위에는 대통령의 사진이 걸려 있어 두 사람의 대통령이 학생들을 쏘아보고 있었다.

아무도 손을 들지 않자 대통령이 지명을 했다.

"반장!"

"예."

그 순간 반장은 얼마나 놀랐던지 바지에다 오줌을 찔끔 지렸다.

"무슨 뜻인지 알겠나?"

"모, 모리겠습니다."

"앉아."

박대통령은 초등학교 3학년이 읽기에는 좀 무리가 있었다 싶었는지 이번에는 담임선생을 슬쩍 쳐다보았다. 그동안 수업보다 부업에 더 열을 올리던 담임선생은 얼굴이 새하얗게 질려 납빛이 되어 있었다.

그때 한 학생이 '저요!' 하며 손을 번쩍 들었다.

박대통령은 고개를 돌려 그 학생을 보며 말했다.

"응, 그래. 뭐라고 읽지?"

"예. 유비무환이라고 읽습니다."

"맞았어. 그러면 이 말의 뜻이 무엇이냐?"

"예. 평소에 준비가 되어 있으면 근심이 없다는 뜻입니다."

"좋아, 이게 누구의 말이냐?"

“이순신 장군의 말씀입니다.”

“오. 참으로 똑똑한 놈이군. 이리 앞으로 나와 봐.”

김문권이 앞으로 나가자 대통령은 알밤처럼 박박 깎은 김문권의 머리를 쓰다듬으며 물었다.

“이름이 뭐지?”

“김문권입니다.”

“김문권, 똘똘한 놈이군, 열심히 공부해라. 하면 된다.”

대통령은 김문권의 어깨에 손을 얹은 채 학생들에게 말했다.

“강남초등학교는 울산에서도 가난한 동네에 있는 학교로 알고 있다. 그래서 내가 ‘유비무환’이라는 희망의 말을 전하려고 온 것이다. 평소에 열심히 공부해 준비해 놓으면 미래에 근심 걱정이 없어진다. 너희들은 모두 가난을 극복하고 훌륭한 사람이 되어야 한다. 알겠나?”

“예.”

모두들 교실을 떠나가도록 우렁차게 대답했다.

대통령은 김문권의 손을 굳게 잡고는 교실에서 나갔다.

대통령 가족은 군악대의 연주와 지역 유지들의 배웅 속에 강남초등학교를 떠났다.

대통령이 떠나가고 난 뒤에 김문권은 오랫동안 대통령의 격려가 가슴을 벅차게 했다.

‘그래, 오직 집안의 가난을 떨쳐 내는 일은 공부밖에 없다. 하면 된다.’

대통령과의 악수는 원조 밀가루 포대에 그려진 한국과 미국이 악수하는 손처럼 선명하게 기억되었다. 대통령을 떠올리면 그네를 타며 우아하게 손을 흔들던 하얀 블라우스 차림의 대통령 딸도 함께 떠올랐다.

'대통령의 딸로 태어난 그 아이는 얼마나 행복할까?'

북 - 아카보총

아버지가 돌아가신 것은 최강철이 요덕수용소 내 인민학교 5학년 때였다. 그는 부모가 모두 사망했는데도 연좌제에 걸려 요덕수용소 생활을 계속해야 했다.

요덕 인민학교에서 처음으로 선생님이 과학 시간에 달의 모양이 왜 바뀌는지를 설명했다.

"우리는 태양빛이 달 표면에 반사가 되기 때문에 달을 볼 수 있어. 그런데 태양과 지구, 달의 위치가 바뀜에 따라 달의 모양이 바뀌게 돼. 이렇게 태양 지구 달이 일직선이 되면 보름달로 보이고, 이처럼 태양 지구 달이 90도가 되면 반달로 보이게 되지."

선생님은 칠판에 그림을 그려 가며 설명했다.

최강철이 질문했다.

"선생님, 왜 그렇게 복잡해요? 달의 모양이 왜 바뀌는지 꼭 알아야 합니까?"

"과학적 원리를 알아야지. 그래야 도로도 닦고 비행기도 띄울 수 있지. 과학은 우리 삶을 편리하게 만드니까."

“달의 모양이 바뀌는 걸 그냥 보고 있으면 안 되나요? 왜 어렵게 배워야 하지요?”

그는 공부가 싫었다. 대신 국방체육에 몰두했다.

그냥 보고 즐기면 되는 자연을 왜 어렵게 가르치고 배워야 하는지 이해가 되지 않았다.

선생님은 측은한 눈빛으로 말했다.

“그래, 강철아. 넌 운동장에서 살아라. 학문의 길보다 김두익, 력도산과 같은 훌륭한 운동선수가 되어라.”

요덕인민학교 국방체육 시간에 아카보총을 분해·결합하는 겨루기가 있었다.

누가 빠른 시간에 보총을 분해하고 결합해서 마지막에 방아쇠를 당겨 빈총을 격발하는가 하는 시합이었다.

인민학교에서 이런 시합을 하게 된 것은 멀리 김일성의 교시에서 시작되었다.

“전인민의 무장화에서 소년의 역할이 큽니다. 우리 조선의 소년들은 어릴 때부터 무기를 잘 다뤄 미제를 쳐부술 수 있는 훌륭한 소년 전사가 되어야 합니다.”

총기의 분해·결합에서는 약실에서 노리쇠뭉치를 뺐다 끼우는 손동작이 빨라야 하고 격발장치인 공이를 결합하는데 정교함이 필요했다. 4, 5, 6학년 상급반에서 아카보총 분해·결합 시합을 한 결과 손이 날렵한 최강철이 당당히 1등을 했다.

학교에서 1등을 한 자는 도 대회에 나갈 수 있었다. 그는 함경남도 대회에 나가기 위해 1박 2일간 난생 처음으로 요덕수용소를 벗어났다. 최강철은 트럭을 타고 함흥을 향해 달리는데 황량한 수용소와는 달리 수용소 바깥은 하늘빛과 공기 맛마저 다른 듯했다. 산에서는 산채즙 냄새를 실은 산바람이 불어오고 들에서는 상큼한 볏모 냄새를 실은 들바람이 불어온다. 무논에는 하얀 황새들이 깃들어 있고, 야생초가 핀 들길은 풋풋하다 못해 풋감처럼 떫은맛이 났다.

함흥 식당에서 먹은 매콤한 함흥냉면과 고소한 조개구이 맛은 잊을 수 없었다. 시합은 함흥인민학교 운동장에서 보자기를 펴놓고 펼쳐졌다. 소년들은 고사리 손으로 무거운 아카보총을 분해 · 결합하기 시작했다. 넓은 운동장은 철커덕거리는 금속음으로 가득 찼다.

그는 요덕에서 수없이 많은 훈련을 쌓았기에 눈감고도 분해 · 결합을 척척 해낼 수 있었다. 그의 손동작이 얼마나 빨랐던지 다른 학생들이 분해도 끝마치지 않았을 때 결합을 마치고 격발을 했다. 함경남도에서 일등한 그는 전국대회인 평양대회에 출전할 자격을 얻었다.

최강철이 꿈의 도시인 평양으로 출발하기 하루 전날이었다.

수용소 소장이 찾아와 말했다.

"평양은 혁명의 수도라 요덕에 수용된 반동 아이는 들어갈 수 없다고 한다. 네가 출전을 할 수 없게 됐구나."

최강철은 평양에 가보고 싶다는 기대가 컸던 만큼 실망도 컸다. 뒤에 알고 보니 수용소 소장의 아들이 대신 평양으로 갔다. 평양 인민문화궁전에서 벌어진 시합에서 소장의 아들은 첫 예선에서 탈락의 쓴맛을 보았다.

남 - 무기정학

　김문권은 강남국민학교에서 울산의 명문인 울산제일중에 차석으로 합격했다. 담임선생은 내심 수석을 기대했으나 총점 1점 차이로 차석이 된 것을 아쉬워했고, 김문권은 가장 자신 있는 국어 한자 문제에서 틀린 것이 못내 아쉬웠다. '참신'을 한자로 쓰는 문제였는데 '斬新'이라고 써야 할 것을 '參新'이라고 썼다. 참신의 참 자를 '목 벨 참斬' 자를 쓰는 줄은 미처 몰랐다. 새것의 목을 벨 정도 매우 새롭다는 뜻인가? 자전을 찾아보고서야 참자가 '매우, 심히'라는 뜻도 있다는 것을 알았다.

　월봉 판자촌에서 제일중학교까지는 왕복 삼십 리 길이었다. 집에서 학교로 가려면 들판과 둑길과 다리와 도심지 거리를 지나야 했다. 학교 가는 길에는 수학 공식과 영어 단어를 외웠고, 귀갓길에는 학교에서 배운 것을 복습했다. 왕복 삼십 리 길을 걷는 것이 배고픈 것을 제외하고 지루하거나 힘들게 느껴지지 않았다.

　그는 그 길을 친구 없이 늘 혼자 걸어 다녔다. 하늘은 높고 길은 외로웠다. 둑방 길에 피어난 조팝꽃과 잔디 사이에 핀 꽃다지가 친구들이었다. 배는 늘 고팠지만 머릿속에 차곡차곡 지식이 불어나니 가슴이 뿌듯했다. 배고픔과 피곤한 걸음걸이를 공부로 잊어버리는 등하굣길이 공부하기 가장 좋은 시간이었다.

　중3 반장 선거 때 타천으로 반장 후보가 되었다. 그동안 그는 공부밖에 모르는 얌전한 성격이어서 반장 후보로 추천받지 못했고, 한두 번 추천받았어도 자진 사퇴했다. 초등학교 3학년 때 반장 선거에서 치욕을 당한 뒤 결코 반장이 되지 않으리라 결심했다.

그런데 중3이 되어 추천을 받자 자신도 동등하게 피선거권이 있으며, 자신을 추천한 학생의 기대감을 배반해서는 안 된다는 생각이 들었다. 강력한 1위 후보는 1, 2학년 때 반장을 한 학교기성회 회장 아들이었다.

반장의 포부를 밝히는 차례에서 기성회장 아들은 '반을 위해 열심히 봉사하겠습니다'라고 간단히 말하고 물러났다. 성의 없는 연설이었다. 뭔가 부족함을 느꼈던 담임선생이 보충 설명을 했다.

"이 학생은 1, 2학년 때 반장으로 열심히 봉사했고, 아버지는 우리 학교 기성회 회장님이시다. 우리 반에서 이 친구가 반장이 되어야만 반을 대표해서 전교학생 회장에 나갈 수 있다. 참고하기 바란다."

참고 정도가 아니라 노골적으로 반장 선거에 개입해 반칙한 것이었다.

김문권의 연설 차례가 되자 '중용'이라고 쓴 급훈 액자를 가리키며 차분하게 말했다.

"우리 학급의 급훈은 '중용'입니다. 저는 중용의 뜻이 '적당한 타협주의'나 '산술적 중간'이 아니라 어느 한쪽으로도 치우치지 않는 공정함을 뜻한다고 생각합니다. 그런데 담임선생은 아까 중용의 도리에 어긋난 찬조 연설을 하셨습니다. 여러분, 저를 반장을 뽑아 준다면 중용이 실현되는 학급을 만들도록 노력하겠습니다. 고맙습니다."

김문권을 얌전히 공부만 하는 샌님으로만 알았던 반 학생들은 그의 조리 정연한 연설에 놀랐다. 연설이 끝나자 학생들은 붉으락푸르락 표정이 변하는 담임선생의 눈치를 보느라 박수도 제대로 치지 못했다.

개표 결과 김문권은 기성회장 아들을 압도적으로 누르고 생애 최초

로 학급 반장이 되었다. 이 일로 김문권은 내성적인 성격이 외향적으로
바뀌는 계기가 되었다.

방학 동안에는 도서관에서 인문학 책을 집중적으로 탐독한 것이 정
신적으로 성숙하는 데 큰 도움이 되었다. 졸업할 무렵에 고등학교를 서
울로 갈까, 대구로 갈까 고민했다. 서울에서 큰형이 건설회사에서 노가
다로 일하고 있었고, 대구에는 누나가 방직공장에 다니며 자취 생활을
하고 있었다. 대구는 아무래도 집과도 가깝고, 또 누나의 적극적인 권유
도 있어 대구 K고에 지원해 합격했다.

김문권은 대구에 올라가서 누나와 함께 자취 생활을 했다. 누나 김성
희도 K여고에 합격했지만 등록금이 없어 대구 방직공장에 들어가 경리
일을 보고 있었다. 누나는 막내만큼은 꼭 고등학교, 대학까지 공부시켜
자기가 못다 한 공부의 한을 풀고 싶어 했다.

1960년대 후반, 박정희 대통령은 임기 연장을 위해 3선 개헌을 추진
하고 있었다. 박 대통령은 초등학교 3학년 때 김문권의 교실로 찾아와
'하면 된다'는 말로 성취동기를 불어넣어 주었던 마음속의 영웅이었다.
그네를 타며 손을 흔들던 대통령 딸도 그의 마음 한 켠에 소중한 자리를
차지하고 있었다.

그런 대통령이 장기 집권을 목적으로 3선 개헌을 추진하고 있었다.
불법적인 것이라도 '하면 된다'라며 불도저식으로 밀어붙이고 있으니
실망감과 배신감이 클 수밖에 없었다. 세계를 움직이는 대국인 미국과
영국, 프랑스 대통령도 법에 따라 취임하고 법에 따라 물러나는데, 우리
나라 대통령들은 조그만 권력에 무엇이 그리 미련이 많아 대통령만 되

면 3선, 4선도 모자라 종신토록 하려는 것일까.

　박정희 대통령의 3선 개헌 문제로 나라 안이 시끄러웠던 어느 날, 백범 서클에 가입해 활동하던 한 친구가 그를 불렀다.

　"문권아. 오늘 저녁에 시간 있어?"

　"왜?"

　"중요한 모임이 있는데 너랑 같이 가고 싶어서."

　"무슨 모임인데?"

　"가 보면 알아."

　친구가 말하는 모임은 시국과 관련된 것이라 짐작할 수 있었다. 정부가 밀어붙이는 3선 개헌에 의식이 없는 학생들도 공분하며 여차하면 행동에 나설 분위기였다.

　그날 저녁 김문권은 친구를 따라 학교 근처 어느 건물의 지하로 내려갔다. 사무실 문을 열고 안으로 들어가니 매캐한 담배 연기가 자욱했고, 대학생 한 명이 고등학생들에게 훈계조의 열변을 토하고 있었다.

　"지금 나라 돌아가는 꼴이 개판이야. 이럴 때일수록 지성인은 사회적 책임감을 느껴야 돼. 야, 너희들 모표만 폼 나게 달고 다닌다고 다 지성인이 아니야. 실천하는 지성인이 진짜 지성인이지. 너희들 내일이 무슨 날인 줄 알고 있어?"

　"……."

　"내일은 2·28사건 9주년이야. 2·28은 9년 전 우리 K고 선배들이 전국에서 가장 먼저 이승만 대통령의 부정선거를 규탄한 날이야. 이 규탄 시위를 시작으로 마산 부산 서울을 비롯한 전국에서 4·19혁명이 일어나 이승만 대통령이 물러났으니, 결국 2·28사건이 4·19혁명의 도화

선이 된 것이지.”

대학생 선배는 후배들에게 물었다.

“너희들도 전부 박정희 대통령의 3선 개헌에 반대하지?”

“예.”

“내일, 자랑스런 선배들의 전통을 이어받아 우리 K고가 3선 개헌 규탄 시위에 앞장서면 잇달아 전국적으로 개헌 반대의 시위가 들불처럼 일어나 박 대통령은 물러날 것이야. 너희들은 내일 새로운 역사의 주인공이 되는 거야, 알겠지?”

대학생 선배의 말은 진지하고 설득력이 있는데다 타이밍이 절묘했다.

김문권은 잠시 혼란이 왔다. 그동안 한 마리 외로운 늑대처럼 혼자서만 고민해 왔다. 갑자기 집단행동으로 나서리라고는 미처 생각하지 못했다. 이들은 벌써 사전에 모임을 가지고 입을 맞춘 듯 학생들을 어떻게 동원할 것인지 계획을 짜고 있었다.

대학생 선배가 뜨악해 하고 있는 김문권에게 말을 걸었다.

“난 네 선배야. 지금은 S대 법대생이지. 너는 3학년 몇 반이야?”

“3학년 1반입니다.”

“그럼, 마침 잘 됐네. 그 반에 동원책이 없어서 찾던 중인데.”

김문권도 불법적인 3선 개헌을 반대하는 데는 이의가 있을 수 없었다. 하지만 시위의 전체적인 흐름을 모른 채 얼떨결에 반의 동원 책임자로 나설 일만은 아니었다.

“선배님, 그런데 한 가지 의문이 있습니다.”

“뭔가?”

“시위가 끝난 뒤 조사를 받을 때 주동자가 누구냐고 물으면 뭐라고 말합니까?"

대학생 선배는 약간 성이 난 목소리로 대답했다.

"지금은 그런 패배주의 생각을 할 때가 아니야. 오직 우리의 목표와 승리만을 생각해야 한다."

"……."

"좋다. 주동자는 나이고 만약 책임질 일이 있으면 그땐 내가 지겠다."

김문권은 선배가 책임지겠다는데 자기 혼자만 발뺌할 수 없었다.

"거사일은 내일 오전 9시 50분. 각 반 동원책은 1교시가 끝나는 종이 울리면 '나가자!'라고 외치고 학생들을 이끌고 운동장으로 나오면 된다, 알겠지?"

"예."

김문권도 대답은 했지만 자신이 없었다. 원래 앞에 나서길 좋아하는 성격이 아닌 데다 확신 없이 섣불리 결정했다는 느낌 때문에 집에 돌아와서 밤새 뒤척거렸다.

새벽, 동이 터 오는 아침 햇살을 보며 비로소 내면에 그 누구도 막을 수 없는 견고한 확신이 섰다. 그는 간단하게 선언문을 적었다. 옳다면 계란으로 바위를 쳐서라도 싸워야 한다. 그러면 강철 계란이 푸석 바위를 깨뜨릴 것이다.

2월 28일 아침. K고의 각 교실에선 묘한 긴장감이 흐르고 있었다. 어제 모의에 가담했던 학생들이 각 반으로 돌아가 비밀리에 반 학생들에게 오늘 아침 궐기 사실을 알렸다.

아침 9시 50분.

길 Road to nation   1부

1교시를 마치는 종이 울리자 김문권은 교탁 앞으로 나아가 선언문을 학생들 앞에서 읽었다.

"청년 학도여! 난 과거에 누구보다도 박정희 대통령을 존경했다. 그는 '하면 된다'는 말로 국민들에게 희망을 주어 대한민국 경제를 발전시켰다. 하지만 대통령은 불법적인 5·16쿠데타로 집권하더니 지금도 불법적인 3선 개헌을 통해 장기 집권 독재자가 되려고 한다. 나는 삼선개헌을 철회할 때까지 반대 투쟁을 멈추지 않을 것이다."

김문권이 선언문을 낭독하고 '나가자!'라고 외치자 반 학생들은 어깨를 걸고 운동장으로 우르르 쏟아져 나왔다. 교사들이 말릴 틈도 없이 순식간에 이루어진 일이었다.

교실에서 나와 학교 운동장에 모인 수백 명의 학생들은 교문을 박차고 나가 대구시 대명로터리에 있는 2·28 기념탑까지 함성을 지르며 뛰어갔다. 2·28 기념탑 앞에 모인 천여 명의 고등학생들은 '3선 개헌에 결사 반대한다!'는 내용의 성명서를 읽고 해산했다.

2·28 대구 고등학생들의 시위는 3선 개헌을 반대한 전국 최초의 시위였다. 이 시위 이후 서울과 지방에서 3선 개헌 반대와 규탄 시위가 들불처럼 일어나고, 뒤늦게 야당인 신민당이 이 시위에 뛰어들었다.

이 사건으로 학교는 발칵 뒤집혔다. 시위의 주모자를 색출하느라 교사들은 혈안이 돼 있었다.

아나나 다를까, 다음날 김문권이 등교하자마자 담임교사가 불렀다.

"문권이, 너 같이 말없이 얌전한 모범생이 이번 시위에 사나운 범처럼 나설 줄 몰랐다."

"……"

“이번 시위는 매우 조직적으로 일어났다. 반마다 책임자가 있고 시위 대열이 일사분란하게 움직였어. 정부는 불순분자가 개입해 사주했다고 보고 있어. 누가 뒤에서 사주했는지 말해!”

“고등학생 나이면 스스로 판단해서 행동합니다. 누가 하라고 해서 하지 않습니다. 이번 시위에 참여한 모두가 주모자이고 행동대원입니다.”

그는 자신이 살자고 대학생 선배와 백범 사상 서클 친구를 이야기할 수 없었다.

김문권이 주모자에 대해 끝내 입을 열지 않자 담임교사는 한 발 물러서며 그를 회유하기 시작했다.

“어제 시위가 삼선개헌에 반대한 전국 첫 시위야. 정부는 관련자를 찾아 제적시키라는 입장이야. 하지만 이번 일에 네가 잘못했다고 반성문만 써내면 당국과 학교에서도 너에게 관용을 베풀 거야.”

“선생님, 교과서에도 3선 개헌이 잘못된 것이라고 나와 있지 않습니까? 저는 반성할 일이 아니라 정의로운 일을 한 것이라고 생각합니다. 전 저의 소신대로 행동했기 때문에 반성문을 쓰지 않겠습니다.”

담임교사는 더 이상 설득과 회유가 안 되겠다고 판단했는지 교탁을 치며 말했다.

“김문권, 대나무처럼 휘어질 줄도 알아야지 참나무처럼 우직하게 살면 뚝 부러져, 이놈아.”

다음날 김문권은 학교로부터 무기정학 통보를 받았다.

천여 명이 시위한 이 일로 정작 무기정학을 받은 학생은 김문권을 포함해 네 명에 불과했다. 나중에 알고 보니 뒤에서 모의한 간부급 학생들은 죄다 반성문을 쓰고 요령 있게 빠져나갔고, 멋모르고 앞장선 학생만

걸렸다. 가장 의외였던 점은 모든 걸 책임지겠다던 대학생 선배는 그날 흔적도 없이 사라져 서울에서 대학을 잘 다니고 있다는 소문이었다.

북 - 장군님

김정일이 현지지도 차 함경남도에 왔다. 공장과 기업소 등 경제 시설에 대한 방문은 '현지지도'라고 하고 군부대는 '시찰'이라고 엄격하게 구별하고 있었다.

김정일의 현지지도에 함경남도 도당 비서와 지역 일꾼들이 수행하고 있었다.

김정일이 함경도를 확대한 큰 지도를 손가락으로 가리키며 말했다.

"함경도 동부 공업지구는 시설 현대화에 노력하고 서부 산악 지대는 염소를 많이 키우는 게 좋아."

"예, 분부대로 하겠습니다."

도당 책임비서는 하나 마나 한 뻔한 말을 새로운 정책이나 되는 듯 수첩에 받아 적으며 대답했다.

현지지도를 마친 김정일은 갑자기 뭔가 생각난 듯 수행 비서에게 말했다.

"요덕수용소로 시찰 가야갔어. 그리로 차를 돌리라우."

김정일이 예정에 없던 요덕수용소로 갑자기 시찰 오자 요덕수용소 소장은 긴장한 모습이 역력했다.

김정일이 망대에 올라 황량한 풍경의 수용소 모습을 내려다보며 말했다.

"소장 동무, 요덕에서 교화 업무는 잘 하고 있나?"

"예, 한 치의 오차도 없이 잘 진행하고 있습니다."

"거, 서방 기자 놈들이 어떻게 알고 자꾸 '지옥의 수용소'라고 떠드는데 잘 좀 하라. 기분 나쁘다고 사람 함부로 죽이지 말고."

"아, 알겠습니다, 장군님."

소장은 농산반에서 배고프다고 수감자들이 보리알 종자를 먹어 치운 것을 보고 화가 나 옥수수 종자에 농약을 발라 놓아 그것을 먹은 사람 둘이 죽었다. 죽은 사람을 뒷산에다 묻어 버렸는데 수용소를 탈출해 남조선으로 들어간 반동 새끼들이 폭로하는 바람에 언론에 보도되었다.

"거, 최강철이라는 아이 좀 불러오라."

"예?"

"소장 동무가 말귀를 못 알아듣나? 최강철이를 불러오라고."

"아, 알겠습니다."

수용소 소장은 최강철이라는 말에 모골이 송연함을 느꼈다.

'아, 장군님은 만기친람(萬機親覽, 만 가지 일을 직접 살펴봄)을 하신다더니 개똥벌레 같은 최강철까지 다 기억하고 계시는구나.'

아비를 반동으로 고발한 최강철의 행위는 수용소 내 화제가 되었고, 도당을 거쳐 당 중앙까지 보고되었다.

소장이 황급하게 보위원에게 연락해 종합반에서 가구를 만들던 최강철을 데려왔다.

"최강철인가?"

"예, 장군님."

"네가 날더러 아버지로 모시겠다고 했나?"

"예, 그렇습니다."

김정일은 잠시 생각에 잠기더니 소장에게 명령했다.

"음, 나는 인민의 아버지이다. 그러므로 나는 네 아버지고 너는 내 아들이야."

"고맙습니다, 장군님."

"네 눈빛과 골격을 보니 예사롭지가 않구나. 난 우리 동무들이 미신이라고 비판하는 관상을 좀 볼 줄 알지. 타고난 무골이야."

"……."

수용소 소장이 김정일의 말에 화답하려는 듯 한마디 끼어들었다.

"최강철 아이는 아카보총 분해·결합 대회에서 함경남도 1위를 차지했습니다."

"오, 그럼 그렇지. 총을 잘 다룰 거야. 소장 동무, 이 아이가 학교를 졸업하면 요덕에서 꺼내어 특수정찰부대에 보내 훈련시켜 보라."

"예, 분부대로 하겠습니다."

"최강철, 용감한 조선의 전사가 되기를 바란다."

최강철은 김정일이 내민 통통한 손을 두 손으로 잡고 고개를 숙였다.

"감사합니다, 장군님!"

남 – 대학

김문권은 꿈에 그리던 S대 법대에 진학했다. 혜화동 옆 창신동 판잣집에서 자취를 하면서, 법조관으로서 입신양명을 꿈꾸었다. '인생은 한 방이다'라는 말이 있듯이 고시 합격을 하는 순간, 누더기 같은 옷이 장중한 검은 법복으로 바뀔 것이다. 그는 긴 모색 끝에 내린 결론은 '혁명가가 되어 정의를 쟁취하는 것보다 법조인이 되어 정의를 구현하는 것'이 자신의 처지와 어울린다는 결론을 내렸다. 그것이 자신과 가족을 살리는 길이었다.

현실은 여전히 고달팠다. 초등학교 때부터 시작된 가난과 궁기는 대학 때에도 피할 길이 없었다. 점심은 당연히 걸렀고, 하루에 아침 한 끼로 지낼 때도 많았다. 시작한 공부는 멈출 수 없었다. 어릴 때부터 익힌 부지런한 공부 습관으로 대학 도서관에 제일 먼저 가서 제일 늦게 나왔다. 어느 날이었다. 축제 시즌이어서 텅 빈 도서관의 파수꾼이 되어 혼자 법조문을 외우고 있었다. 어느 순간 눈앞이 핑 돌더니 글자들이 빙글빙글 돌아가기 시작했다. 책상을 잡고 정신을 가다듬으려 했으나 두꺼운 법전에 머리를 처박은 채 의식을 잃어버렸다. 눈을 뜨니 학교 보건소였다.

얼굴이 통통한 보건의가 말했다.

"학생, 집에서 밥을 잘 안 먹는 모양이지?"

"……."

“몸 상태가 영 안 좋아. 영양실조야, 공부를 하려면 에너지 공급이 필요해. 공부도 좋지만 이대로 가면 큰 병에 걸릴 수도 있어. 앞으로 세 끼 밥을 잘 챙겨 먹도록 해.”

‘허허, 세 끼 밥 챙겨 먹는 걸 누가 몰라요?’

김문권은 희멀겋게 웃으며 허깨비처럼 허청허청 걸어 보건소에서 나왔다. 파란 하늘이 노랗게 보이고 푸른 잎의 나무들은 벌써 노란 단풍이 들어 보였다. 이대로 발을 떼면 신발이 훌렁 벗겨지고 그 자리에 쓰러져 죽을 것만 같았다. 그는 대학 복지 센터를 찾았다. 애당초 이곳은 찾지 않으려고 마음먹었으나 지금 상태로는 하루를 버틸 수 없을 것 같았다.

복지 센터 직원이 그의 가정 형편을 알고는 그에게 입주 아르바이트를 권했다.

“아버지는 고위공무원인데, 그 집에 고2 학생이 하나 있어. 하루 한두 시간 봐주면 그만이야. 숙식이 해결되고, 열심히 가르치면 매달 용돈도 줄 거야. 시골에서 올라온 학생들이 대부분 입주 아르바이트를 하며 학업을 하고 있네.”

친절한 직원은 주인집에 직접 전화를 넣고 찾아가는 약도까지 그려 주었다.

김문권이 쪽지에 적은 집을 찾았을 때 눈을 의심했다. 찌그러진 창신동 판잣집과 너무나 다른 거대한 성채였다. 마름모꼴 돌로 쌓은 축대 위에 담이 세워져 있고, 훤칠한 정원수가 기린처럼 담 너머로 고개를 내밀고 있었다.

‘아니, 공무원이라는데 무슨 봉급으로 이런 성채에 살지?’

딩동딩동, 초인종을 눌렀다. 개 짖는 소리가 나더니 생각보다 젊고 아름다운 아주머니가 나와서 맞아 주었다.

아주머니는 그를 아래위로 훑어보더니 차가운 목소리로 신분부터 확인했다.

"S대 법대생 맞아요?"

옷차림이 초라하고 허름해서 그러려니 하고 학생증을 내밀었다.

아주머니는 학생증을 찬찬히 훑어보더니 방정을 떨었다.

"아, 김문권 학생. 전화 받았어요. 어서 들어오세요."

운동장처럼 넓은 거실에는 앤티크로 장식된 고급스런 가구와 소파들이 진열되어 있었다.

아주머니는 가정부에게 커피를 타 오게 한 뒤 자식에 대해 하소연을 늘어놓았다.

"애 아빠는 똑똑해 시험마다 우수한 성적으로 합격했대요. 그런데 우리 아들놈은 고액 과외 선생을 붙이고 학원을 보내도 성적이 바닥이에요. 아이가 성적표를 들고 올 때마다 애 아빠는 '멍청한 당신 닮아서 애가 이렇다'고 날더러 구박을 하니, 제가 죽을 맛이에요."

아주머니는 그 밖에도 아이가 집중력이 떨어지고 산만하다는 둥, 그래도 초등학교 때 각종 상을 탄 걸 보면 영 머리가 없는 것은 아니라는 둥, 시시콜콜한 이야기를 꺼냈다.

가정부가 끓여 온 콜롬비아산 고급 커피는 향이 그윽하고 맛이 부드러웠다.

"어쩜, 학생은 그렇게 공부를 잘하세요? 그 공부 잘하는 비결을 우리 아들에게 좀 가르쳐 줘요."

아주머니는 2층으로 올라가 침대와 책상이 놓여 있는 침실로 안내하며 여기가 앞으로 학생이 묵을 곳이라고 말했다.

"빨래도 내놓으세요. 가정부가 알아서 다 하니까. 우리 애 잘 좀 부탁해요. 그리고 이건 한 달 용돈이에요."

두툼한 누런 봉투를 건네주었다.

그는 침대에 누워 등을 구르며 갑자기 삶이 몇 단계 상승한 것 같은 기분을 느꼈다.

'그런데 이런 좋은 환경에서 왜 아이는 공부를 하지 않는 걸까?'

그로서는 도무지 이해할 수가 없었다.

밤늦게 고2 학생이 들어왔다. 첫눈에 여드름이 숭숭한 녀석은 사춘기를 앓고 있는 반항아 같았다.

학생은 김문권을 보자마자 가방을 던지며 첫마디를 내뱉었다.

"이 집구석에 오래 붙어 있고 싶으면, 나한테 이래라저래라 간섭하지 마요."

김문권은 그 말을 듣자마자 그 자리에서 당장 그만두고 싶었다.

하지만 일단 용돈도 받았으니 한 달은 버텨 보자고 간신히 마음을 정리했다.

"알았다. 그런데 이 좋은 집을 집구석이라고 하니 안타깝구나."

"그럼, 콩가루 집안이라 하든지."

며칠을 생활해 보니 아이가 '집구석', '콩가루 집안'이라고 말한 것이 이해가 됐다.

토지개발공사 고위직인 아버지는 한 달에 두어 번 집에 들어오고 복부인인 아주머니는 다른 복부인들과 하루 종일 어울려 다니다 밤늦게 들어왔다.

아주머니는 집에 들어오면 아들에게 잔소리를 해댔다.

"네가 그러면 그렇지."

"너 때문에 이 엄마가 골치 아파 병원 다녀왔다."

"전에도 그러더니 또 그러니?"

아주머니가 히스테리를 부리면 학생 놈은 '아, 됐고!' 하고 문을 쾅 닫고 나가 버렸다.

아이는 가정으로 돌아와 사랑을 충전해 학교로 가야 하는데 오히려 집에서 독만 잔뜩 오른 채 학교로 갔다.

이 집구석에서 가장 팔자가 좋은 놈은 셰퍼드였다. 개 팔자가 상팔자라더니 셰퍼드 앞에 놓인 개밥을 보고 놀랐다. 개 밥그릇에는 허연 쌀밥과 살점이 더덕더덕 붙은 고기가 쌓여 있었다. 자신은 하루 한 끼로 버티다 영양실조로 쓰러지지 않았던가.

송아지만 한 시커먼 셰퍼드를 볼 때마다 주요섭의 소설 '개밥'의 줄거리가 떠올랐다.

행랑어멈은 영양실조로 죽어 가는 딸아이에게 주인집의 개밥을 가져가 먹인다. 개는 행랑어멈이 자신의 밥을 가져갈 때마다 으르렁거리며 짖는다. 딸이 굶주려 죽어 가던 어느 날 개밥을 가져가려던 행랑어멈은 덤벼드는 개와 사투를 벌인다. 행랑어멈은 간신히 개밥을 뺏어오지만 딸은 이미 싸늘한 시체가 되어 있다는 이야기이다.

주요섭이 전향해 '사랑손님과 어머니'를 쓰기 전, 경향파 시절에 쓴 단편소설이었다.

김문권은 현재 사랑손님이었다. 입주 과외를 하며 좋은 음식을 먹으며 두둑한 용돈과 좋은 침실을 제공받고 있다. 개밥조차 먹지 못하는 가난한 자들은 '행랑어멈과 딸'의 처지에 머물러 있다. 개밥을 빼앗으려고 개와 사투를 벌이는 인간은 이미 인간이 아니라 동물의 수준으로 전락했음을 뜻한다.

과연 빈곤의 문제는 해결할 수 없는 것인가? 우리 사회의 80%는 절대 빈곤 계층으로 영양실조와 착취와 비인간적인 대우 속에서 기아에 허덕이고 있다. 그들을 생각하면 '사랑손님'으로 격상된 자신의 처지가 부끄러웠다.

하지만 공부보다 연애에 열을 올리고, 냉소와 반항을 멋으로 아는 녀석을 가르쳐야 한다.

김문권은 아이와 몇 번 대화를 나눠 보고 당장 무엇이 필요한지 문제의 핵심을 파악했다.

'이 녀석에게 필요한 건 공부가 아니라 관심과 격려이다.'

그는 아이에게 많은 것을 가르치려 하지 않았다. 오히려 자유를 주고 놀아 주었다.

"공을 잘 찬다고? 운동장에 공 차러 가자."

"여자 친구 만나는 게 더 중요하지. 만나고 와. 나중에 이 형에게도 소개해 줘."

"나도 머리 아파. 엄마도 늦는다는데 영화나 보러 가자."

"넌 천재야. 난 고2 때 이런 수학 문제 못 풀었어."

무조건 아이의 의사를 존중하고 칭찬하고 격려했다.

처음에는 '이 집에 오래 붙어 있으려고 나한테 아첨하는 거지?'라고 하던 녀석이 칭찬이 거듭되자 마음의 문을 조금씩 열었다. 상처와 분노, 외로움과 소외감으로 꼭 닫혔던 마음의 문이 열리자 그 뒤로는 어떤 말을 해도 잘 받아들였다. 공감대가 형성되니 설명하면 이해하려고 노력하고, 과제를 내주면 스스로 알아서 척척 했다. 그 결과 기대 이상으로 성적이 올랐다.

한 달을 결심한 입주 아르바이트가 석 달을 훌쩍 넘긴 날이었다. 학생이 수학여행을 갔기 때문에 도서관에서 밤늦게까지 공부를 한 뒤 집에 들어갔다. 아저씨도 없고 아이도 없고, 그날따라 가정부도 보이지 않아 큰집이 빈 절처럼 휑뎅그렁했다. 거실에서 아주머니 혼자 소파에 앉아 양주를 홀짝거리고 있었다.

양어깨가 드러난 빨간 실크 드레스를 입고 있었고, 전축에서는 엘비스 프레슬리의 애절한 노래 'Anything that's part of you'가 흘러나오고 있었다. 차중락의 '낙엽 따라 가버린 사랑'의 원곡이었다.

아주머니는 이미 전작前酌에 꽤 취한 듯 혀가 풀린 목소리로 말했다.

"학생, 오늘 왜 이리 늦었어?"

"도서관에서 책 본다고 좀 늦었습니다."

"이리 앉아. 가까이 좀 와봐."

그는 ㄱ자로 꺾어진 소파에 비스듬히 앉았다.

"학생 덕분에 우리 애 성적이 쑥쑥 올라가 기분이 좋아."

아주머니는 둥근 와인 잔에 스카치위스키를 가득 따라 주며 말했다.

김문권은 난처한 상황이었지만 주는 술을 거절할 수 없었다.

"제가 뭐 한 게 있나요. 스스로 노력해서 올라간 거죠."

아주머니가 게슴츠레한 눈으로 물었다.

"학생은 애인이 있어?"

"그건 생각도 못했습니다."

"그럼, 내가 애인 되면 안 될까?"

"예?"

김문권은 당혹스러웠다. 그동안 아주머니의 은근한 눈빛을 느끼기는 했지만 설마 이런 말을 들을 줄은 몰랐다.

"자, 이건 특별 보너스!"

아주머니는 봉투를 건네주며 김문권의 손을 덥석 잡았다.

김문권은 흠칫 놀라 손을 뺐다.

"샌님 같기는. 그 술로 언제까지 고사 지낼 거야? 한 잔 줘."

김문권은 잔을 비운 뒤 위스키를 한 잔 따라 주었다.

그녀는 잔을 단숨에 뒤집은 뒤 신세타령을 늘어놓았다.

"우리 집 화상은 딸과 같은 젊은 년과 바람이 나 주구장창 속을 썩이지. 아들놈은 지 에미를 못 잡아묵어 난리고."

그러다 갑자기 잔을 홀짝거리며 첫사랑 이야기를 꺼냈다.

"나는 지방 유지의 딸이고 대학에서 피아노를 전공했는데 같은 고향 출신의 성악을 하는 가난한 대학생 오빠와 사랑에 빠졌어. 이를 안 아버지는 강제로 그 오빠와 헤어지게 했고 지금의 남편과 결혼을 시켰지. 그게 내 불행의 시작이었어."

남편은 결혼 전부터 회사 여직원과 바람을 피우고 있으면서도 나에게는 치사하게 굴었다. 남편이 나의 앨범을 들추더니 그 많은 사진 가운데 하필이면 멀리서 찍은 그 오빠의 사진을 지목하며 누구냐고 추궁했다. 나는 멀리서도 그의 분위기를 감지할 수 있지만 이 사진은 괜찮겠지 싶어 없애지 않은 게 잘못이었다. 남편이 하도 염라대왕처럼 해대는 통에 난 그만 솔직하게 오빠와의 일들을 말하고 말았다. 그렇게 하면 오히려 나의 순수성을 믿어주지 싶어서였다. 그러나 그건 오히려 역효과를 불러왔다. 용렬한 인간은 그때부터 나를 의심하며 감시하기 시작했다.

난 오빠와 만나고 싶어도 남편의 감시와 막연한 윤리적 관념 때문에 만날 수 없었다. 윤리적 관념이란 무엇인가? 그건 스스로 옭아매는 실체 없는 허상이 아닌가. 남자들은 아무 여자나 거리낌 없이 만나면서 우리 는 마음으로 좋아하는 것조차 두려워해야 하는 이런 현실이 우습지 않 은가. 그런데 오빠는 바리톤 성악가로 이름을 얻었는데 남편 몰래 서너 번 공연장에 가서 그의 노래를 들으며 첫사랑을 추억하곤 했지. 그러다 어느 날 오빠로부터 전화가 왔는데 후두암이라는 거야. 얼마 뒤 암이 위 와 폐로 전이되어 성악가로서 채 피지도 못한 채 젊은 나이에 죽어 버렸 지. 오빠가 죽고 나서야 난 세상이 시시하다는 걸 느꼈다. 내가 얼마나 오빠를 사랑했는지도 알 것 같았다. 난 남편에게 미친 듯이 마구 해댔다.

'당신은 밖에서 온갖 바람을 다 피면서 나에겐 아무 관계도 아닌 오빠 조차 만나지 못 하게 했잖아. 이제 오빠가 죽었으니 속 시원해? 나 문상 갈란다. 죽이든 살리든 마음대로 해!'

난 오빠의 영정 앞에 흰 국화꽃 한 송이를 놓으며 한 줄기 눈물을 흘 렸다. 뒤에서 남편이 숨어서 내가 눈물을 훔치는 걸 보고 있었다.

'볼 테면 보라지. 당신은 언제 나에게 가슴이 뭉클할 정도로 감동을 준 적이 있었나? 난 이제부터 자유부인이다.'

그 뒤로 나는 나대로 남편은 남편대로 각자 살면서 집안이 이 꼴이 되 었지.

밑도 끝도 없는 엉뚱한 주사는 계속 이어졌다.

"얄미운 동서 형님이 있는데, 시댁에 가면 전을 두껍게 구웠다는 둥

지단에 기름이 많이 들어갔다는 둥 잔소리한다. 표 나는 일은 지만 하고 뒤치닥거리는 다 날 시키고. 실컷 깻잎, 고추 따서 놓으면 좋은 것만 골라가고……. 그런데 김문권 학생은 어쩜 내 첫사랑 오빠와 그리 닮았을까. 넓고 탄탄한 어깨까지, 아."

그녀는 느닷없이 그의 어깨에 기대어 왔다.

김문권이 당황해 자리에서 일어나니, 아주머니는 '학생!' 하더니 바닥에 쓰러져 잠이 들었다. 난감한 상황이었다. 그는 거실 바닥에 누워 있는 아주머니를 안아 일으켜 소파에 누인 뒤 홑이불을 덮어주었다.

이 층 방으로 돌아왔으나 좀처럼 잠이 오지 않았다.

봉투에는 거금 오만 원이 들어 있었다. 이 돈은 한 학기 대학 등록금에 해당되는 금액이었다.

'아, 이 집에 와 세 끼 영양식을 먹으며 건강도 많이 회복되고, 사시 1차도 합격했는데…….'

그는 장밋빛 정원에서 다시 노란빛 영양실조로 돌아갈 일이 두려웠다.

그동안 자기도 모르게 안락한 삶이 몸 곳곳에 배어 있었다. 아주머니는 간혹 셰퍼드를 바깥으로 데리고 나가 운동을 시켜 달라고 부탁했다. 그는 개를 끌고 산책하면서 이웃 사람들과 인사를 하면 부르주아라도 된 기분이었다. 아침은 양식이었다. 빵, 베이컨, 소시지, 우유, 스파게티 등이 주로 나왔다. 처음에는 느끼했지만 나중에는 고급스런 맛을 음미하게 되었다. 저녁은 일식에 가까운 한식이었다. 아주머니는 가정부에게 조선 된장보다 일본식 미소 된장을 쓰게 했다. 냄새가 강한 마늘 대신 양파, 파, 함초 등을 넣어 맛을 내었는데, 처음에는 닝닝했으나 나중에는 감칠맛이 났다.

안락한 숙식과 안정된 공간에서 공부를 한 탓인지 고시 공부도 잘 되어, 사시 1차 시험에 합격해 2차 시험을 앞두고 있었다.

그는 밤새 뒤척거리며 고민했지만 동 터오는 이른 새벽 마음을 확고하게 결정했다. 거실 탁자 위에 돈 봉투와 편지 한 통을 놓고 모든 것을 떨치고 결연히 집을 나왔다.

편지글은 '그동안 후의에 감사하며, 지난 3개월간 학생과 함께 지낸 시간이 행복했다. 하지만 본격적인 고시 공부 때문에 더 이상 아이를 가르칠 수 없게 되어 죄송하다. 이제 학생이 스스로 공부를 하는 방법을 터득했으니 앞으로 잘해 가리라 믿는다'라는 내용이었다.

북 – 특수부대

최강철은 김정일의 특별 지시로 인민학교를 졸업하자 요덕수용소에서 석방되어 정찰 총국 산하 특수부대에 배치되었다.

일단 살 것 같았다. 요덕수용소에서는 최저의 배급으로 겨우 목숨만을 연명해 왔던 최강철은 군대에서 매 끼니 밥을 먹으니 황제가 된 듯했다. 선군정치에 의해 군에서는 식량을 비롯해 모든 물자가 넉넉해 아쉬움이 없었다. 열네 살의 어린 나이에 당 중앙의 특별 지시로 소년병으로 입대한 그는 4년간을 계급 없는 예비 전사로 복무하며 특수 군인의 자질을 익혔다. 17세에 정식으로 정찰국 소속 하전사로 입대했다. 오랫동안 소년 예비 전사로 군대 밥을 먹고 자란 그이지만 지옥의 특공 훈련은 매우 힘들었다.

최강철은 남보다 탁월한 신체적 조건을 타고난 것은 아니었다. 누구보다 훈련을 많이 했고, 어떤 훈련이든 살모사처럼 맹독을 품고 깡으로 했다.

그는 훈련이 힘들 때마다 자신에게 다짐했다.

'나는 장군님의 은혜로 수용소에서 빠져 나온 놈이다. 장군님을 위해서라면 지옥의 아랫목까지도 내려갈 것이다.'

훈련 종목은 행군, 실탄사격, 폭발물 제거, 인질 용의자 체포, 수류탄 투척, 포복과 낙하 훈련이었다. 모든 훈련에는 전 대원들이 다리와 허리에 20kg의 모래주머니를 매단 채 뛰고 달리고 움직였다. 온몸이 찢어질 것 같은 고통이 지나야 한 단계 높은 평온한 정신적 상태에 도달했다.

부대에서 오 리 정도 떨어진 독가촌에 홀로 사는 처녀가 있었다.

개울 건너 오두막에 사는 처녀였다. 물을 긷고 빨래를 하는 그녀와 한 번씩 마주치곤 했는데 그녀의 크고 선량한 눈은 그를 단번에 매료시켰다. 부대원들은 그 여자와 곧잘 말을 섞었지만 그는 1년 동안 지나치면서도 그 처녀에게 말 한 번 건네지 못했다.

넉살 좋은 부대원들은 일부러 물을 얻어 마시기도 했다.

"처녀 동무, 물 한 그릇만 주시라우."

"어따, 오늘따라 왜 그리 이쁘당가."

하지만 최강철은 처녀 근처만 가도 귓불이 달아오르고 숨이 가빠졌다.

야간 산행의 날이었다. 무거운 군장을 메고 험하기로 이름난 산 정상에 올라가서 팔뚝에 도장을 찍고 내려오는 훈련이었다.

처음에는 조별로 출발해 동료애를 발휘하기도 하지만 나중에는 각자 죽기 살기로 달렸다. 이 야간 산행은 개인 경쟁 종목으로 훈련 점수가 크게 걸려 있기 때문이었다.

이번 야간 산행에 교관과 대원들 모두 최강철이 1등으로 갔다 올 것으로 예상했다.

하지만 최강철은 산으로 가는 척하다가 방향을 반대로 꺾어 처녀의 오두막집으로 갔다. 오두막집이 오 리 길이므로 십 리를 더 가는 셈이 되지만 창호문에 비치는 그녀의 그림자라도 보고 가려고 달리고 또 달렸다.

오두막집에 도착했으나 처녀는 보이지 않았다. 멀지 않는 개울가에서 인기척이 들렸다. 그는 고양이처럼 은밀하게 개울가로 갔다. 처녀는 작은 폭포가 달빛을 타고 흘러내리는 계곡의 작은 소沼에서 목욕을 하고 있는 게 아닌가. 처녀는 방금 두레박을 타고 내려온 선녀처럼 아름다웠다. 달빛을 받아 반짝이는 처녀의 몸매는 흐뭇하다 못해 숨을 멎게 했다. 처녀는 이따금씩 고개를 젖힌 채 손으로 풍만한 가슴과 깊은 가슴골을 문지르며 목욕을 하고 있었다. 그는 주위를 둘러보며 짐승처럼 덮치고도 싶었다. 그러나 선녀와 같이 아름다운 그녀를 지켜야 한다는 생각에 스스로를 억제했다. 화차처럼 가빠지는 숨소리를 죽이기 위해 군모를 벗어 입을 틀어막았다.

그녀의 몸은 달빛을 받아 활짝 핀 눈부신 함박꽃이었다. 그는 나무꾼처럼 바위 뒤에 숨어 강렬한 눈빛으로 처녀의 몸을 핥았다. 목욕을 끝낸 그녀는 물에서 나와 옷을 입고 집으로 돌아갔다. 그녀의 그림자라도 보려고 와 엄청난 망외望外의 소득을 얻은 그도 돌아갈 시간이었다.

시간이 없다. 빨리 돌아가야 한다.

하지만 발은 마음과 달리 그녀가 목욕한 소를 향해 귀신에 홀린 듯 걸어가고 있었다. 그는 옷을 벗어던지고 물속으로 첨벙 뛰어 들어가 뜨거워진 몸을 담갔다. 그녀가 씻은 물을 몸에 끼얹을 때 온몸이 부르르 떨리며 짜릿했다. 그는 눈을 감은 채 그녀와 함께 물장난을 치고, 그녀의 몸을 껴안고 물속에서 뒹굴었다.

'아…….'

한동안 황홀한 망상에 취해 있다 황급히 물에서 나왔다. 그녀가 옷을 벗었던 바위 위에 무엇인가 반짝 하는 것을 보았다. 작고 동그란 손거울이었다.

그녀가 깜빡하고 간 것인가?

그는 동그란 손거울을 호주머니에 넣고 냅다 뛰었다.

시간이 너무 지체되었다. 서둘러야 했다. 시간을 계산해보니 어림잡아 대원들은 벌써 고지에 올라 하산하는 시간대였다. 그는 산의 절벽 면을 향해 뛰어 올랐다. 오소리처럼 바위를 뛰어넘고 절벽을 타고 올랐다. 정상에 도달해 바위에 비치된 도장을 팔뚝에 찍을 때 대원들은 아무도 보이지 않았다. 머리에는 온통 그녀의 생각뿐이어서 하산하는데 바위고 나무고 계곡이고 아무 것도 보이지 않았다.

출발점에 돌아왔으나 교관도 대원들도 보이지 않았다.

'어이쿠, 상황이 종료되었군.'

그는 어차피 이번 야간 산행에 낙제점을 받고, 다음에 더 뛸 각오를 하고 있었다.

그때 심상덕 교관이 나타나 시계를 보더니 최강철에게 말했다.

"야, 이거 자네가 1등으로 들어올 줄은 알았지만 날아서 갔다 온 거이가? 팔뚝에 도장이 찍혔는지 어디 보자."

최강철은 자신도 믿을 수 없는 빠른 속도로 야간 산행을 했다. 누구도 범접할 수 없는 절벽 지름길로 산 정상을 오르내렸기 때문에 1등이 가능했다. 아직도 거세게 뛰는 심장에는 소沼에서 그녀의 알몸을 본 흥분의 여운이 남아 있었다. 손거울을 꺼내 들여다보면 용소에서 그녀가 목욕하는 장면이 영화필름처럼 재생되었다. 그는 그녀를 가슴에 품은 것만으로 행복했다. 멀리서 부대원들이 뛰어오는 발자국 소리가 들렸다. 그날 이후 최강철에게는 죽음같이 고된 훈련 속에서도 살아야 할 이유가 생겼다.

최강철이 덫으로 놓아 잡은 멧돼지를 나무 걸어놓고 껍질을 벗기고 있었다. 멧돼지는 껍질이 무겁기 때문에 맨땅에서 작업하는 것보다 나무에 걸어놓고 껍질을 벗기는 게 훨씬 수월하다.

같은 정찰 부대원인 김강기가 양동이를 들고 찾아왔다.

"멧돼지 가죽 좋디. 추운 겨울에 매복 나가서 덮어쓰면은 그저 그만이디."

"……."

그는 김강기가 김경만의 하수인 노릇하는 게 마음에 들지 않았다. 김경만은 같은 특수부대원이었지만 그의 조부가 백두산에서 빨치산 활동을 한 적이 있는 백두혈통인데, 그 덕분에 대부분의 특수 훈련에서 열외되었고, 극한 훈련은 면제되었다. 상관조차도 그에게 굽실굽실했다. 김경만의 잔심부름을 하는 김강기는 호가호위狐假虎威랄까, 그 위세를 믿고 자신도 특권을 누리려고 하다 보니, 동료 대원들에게 미운털이 박혀 있었다.

"멧돼지 고기를 좀 얻어 가도 되간?"

"……."

김강기는 침묵을 승인이라 생각하고 멧돼지 살을 발라 양동이에 담기 시작했다.

"그런데 동무, 소문 들었어?"

"무슨 소문?"

"거, 개울 건너 오두막집에 사는 처녀 동무 말이야."

"그 처녀가 왜?"

"그 처녀가 어제 강간을 당한 채 목 졸려 죽었다는 거야. 오늘 우리 부대에 안전부 수사 요원이 다녀갔어."

최강철은 깜짝 놀랐지만 감정을 억누르고 물었다.

"그게 무슨 말임메?"

"혼자 다니니 알 수 있간? 이미 소문이 쫙 퍼져 부대 내에 모르는 사람이 없어."

김강기의 말에 따르면 그저께 이정희가 오두막집에서 강간을 당한 뒤 살해되었고, 오늘 국가안전부에 수사 요원이 나와 수사를 했다는 것이다.

사건을 들은 최강철은 하늘이 무너지는 느낌이었다.

그가 사랑하는 여인이 강간을 당해 죽다니, 처음으로 품었던 희망이 사라지고 그 자리에 분노가 또아리를 틀었다.

그는 칼로 멧돼지 불알을 따버리며, 가슴에 품은 여인을 무참히 짓밟아 죽인 놈을 반드시 잡아 처리하겠다고 결심했다.

국가안전부도 범인이 군인이라는 사실을 알지만 성역인 군 특수부대까지 뒤져 범인을 잡기란 사실상 힘들었다. 그래서 형식적으로 범죄 현장과 군 부대 주위를 한 바퀴 휘 돌고 갔던 것이다.

최강철은 이정희가 강간당해 죽은 현장에 가 보았다. 오두막집 방 안을 샅샅이 탐문하던 그는 범행 현장에서 조그만 군복 단추 하나를 발견했다. 바지의 앞을 채우는 국방색 단추였다. 이것만으로 군부대에서 범행이 저질렀다는 게 확실해졌다. 그는 일차적으로 김경만을 의심했다. 여자관계가 복잡한 데다 평소에 군부대 출입이 자유로운 그는 처녀에게 접근할 가능성이 많았다.

그는 어젯밤에 영내를 벗어난 사람들을 알아보았다.

아니나 다를까, 김경만과 김강기 둘만이 그 시간대에 부대 내에 없었다.

헌데 최강철이 범인으로 지목했던 김경만은 그날 밤 평양 노동당 작전부에 들어간 것으로 밝혀져 용의 선상에서 벗어났다. 그렇다면 남은 사람은 김강기밖에 없었다. 최강철은 손쉽게 증거를 찾을 수 있었다. 그의 귀밑에는 아직도 손톱자국이 나 있었고, 군복이 찢어져 수선을 했다는 말도 들었다. 김강기가 범인임에 틀림없었다. 하지만 군인 중에 누가 범인이라는 소문이 돌아도 군인들은 자신들에게 관대했다. 10년간 사회와 격리된 군대 생활에서 그런 일은 필연적으로 발생하는 일이라며 동지애로 감싸고 넘어가는 분위기였다.

최강철은 그날 밤 김강기를 따로 불러 멧돼지 고기를 구웠다.

독한 보드카를 주거니 받거니 하면서 술이 거나하게 취했을 때 슬쩍 떠보았다.

"김 동무, 죽은 처녀 말이야."

"응, 왜?"

"남자관계가 복잡했다며?"

"그러니까 험하게 돼졌지."

"실은 나도 그 처녀와 한번 자 봤네."

"그래? 뜻밖인 걸. 쳇, 알고 보면 걸레였던 게 순결한 척 굴고 말이야."

김강기는 보드카 병으로 나발을 불며 말했다.

"동무도 역시?"

"고년이 앙탈하는 고맛이란. 어쨌든 우린 한 구멍 동무야. 앞으로 친하게 지내자구."

김강기는 느물거리며 건배를 제의했다.

최강철은 술잔을 부딪치며 이를 사려 물었다. 범행 당일 김강기의 불명확한 행적으로 인해 그가 범인일 거라는 소문이 돌았다. 김경만을 따라다니며 어설프게 흉내 내다 그만 애꿎은 여자를 죽이고 말았다는 것이다. 하지만 초록은 동색이라고 같이 고생하며 한솥밥을 먹는 부대원이 저지른 사건에 대해서는 서로 쉬쉬하며 덮어 주었다.

최강철은 달랐다. 그가 처음으로 가슴에 품은 여자를 죽인 그와 같이 밥을 먹고 같이 행군하는 것이 죽기보다 싫었다.

'내 손으로 모가지를 따고 말 테다.'

남 — 노동운동

그는 입주 과외 집에서 창신동 판자촌으로 돌아왔다. 천당에서 지옥으로 떨어지는 삶이었지만 마음은 편안했다. 처음 고급 침대에서 잠을 잘 때 어렴풋이 행복감 같은 걸 느끼기도 했다. 그러나 아무리 침대에 비단 금침을 하고 누워도 마음에서 우러나오지 않는 느낌은 거짓된 행복이었다.

그는 익숙한 자취 생활로 돌아왔다.

새벽 시장에 나가 감자와 풋고추, 마늘, 멸치, 이슬이 맺혀 있는 푸른 채소들을 사서 된장찌개를 끓여 먹었다. 소금에 절여둔 배추를 버무려 김치를 담가 먹었다. 서양식은 매일 아침 포크와 나이프로 찌르고 썰면서 공격적인 문화를 반복한다. 그러나 동양의 식탁은 농기구 같은 수저와 젓가락으로 평화를 간다. 가난한 식탁이었지만 마음은 평화로웠다.

그는 낮에는 수업을 듣고 밤에는 밤늦게까지 도서관에서 법전을 뒤지며 2차 사시 시험에 대비했다.

고시 공부에 매달린 학창 생활을 보내고 있던 어느 날 한 선배가 서클 회원을 모집하기 위해 강의실로 찾아왔다.

그는 눈에 불꽃을 탁탁 튀기면서 일장 연설을 했다.

"여러분은 대학에 출세나 하려고 왔습니까? 고시 공부하느라 세상과 등지고 지내고 학점이나 잘 받으려고 공부합니까? 머리 좋아 일류 대학에 들어와서 입신양명하는 게 그렇게 중요합니까? 지금 이 나라가 얼마나 어려운 상황인데 이렇게 손을 놓고 있을 겁니까?"

고교 때 시위로 무기정학의 경험이 있는 그는 그 선배의 연설에 잠자고 있던 야성이 되살아나는 것을 느꼈다. 고시 공부만 하는 갑갑한 서울 유학 생활에서 뭔가 숨통을 트여 주는 시원한 느낌이 있었다.

연설을 들은 이후 그는 고시 공부에 대한 열기가 시들해졌다.

'이렇게 나만 영달을 추구해도 좋은 것인가?'

자신만의 이익을 추구하기엔 그는 이미 너무 많은 사회의 모순을 보고 너무 많은 것을 알아 버렸다. 그렇다고 꿈틀거리는 욕망을 버리기엔 지금까지 쌓아 올린 기득권이 아까웠다. 사시 1차를 패스하지 않았는가. 출세욕과 정의감, 개인 구원과 사회 구원. 이 두 마음이 매일 같이 다투었다.

그는 일기장에 이렇게 끄적거리기도 했다.

'누가 나의 끝을 조금만 태워다오. 그러면 온몸으로 화라락 타버리고 싶다.'

그날도 도서관에서 별 의미를 느끼지 못하는 법조문을 암기하다 머리를 식히려고 잔디밭으로 나왔다. 호주머니를 뒤졌으나 담배가 떨어져 맨손체조라도 한번 하려고 하는데 웬 낯선 사람이 담배를 하나 빼어 주며 말했다.

"자네가 김문권인가?"

"혹시 전에 법대 강의실에서 연설하시던 선배님 아니세요?"

"눈썰미가 있군. 맞아, 난 정치학과 송학균이야."

송학균은 군에 갔다 온 예비역으로 자신보다 네댓 살 많아 보였다.

"아."

그는 담배를 한 개비 받아 고개를 돌려 한 모금 깊이 빨아들였다.

"선후배 간인데 뭘 담배를 돌려서 피워? 자, 서로 맞담배질하자고."

큰 키와 서글서글한 인상에 친근감 있는 말투였다.

"혹시 저에게 무슨 볼일이 있습니까?"

"대구 2·28시위 사건의 주동자라는 말을 들었지. 그런 정의감이 있으면 나랑 같이 일해 보지 않을까 하고 찾아온 거야."

"전 시위의 주동자도 아니었고요, 지금은 고시 공부 중이에요."

"그래, 자네가 법학도인 걸 알아. 그러니 더욱더 우리 일에 필요하지. 혹시 전태일이라는 친구를 아나?"

"모릅니다. 전태일이 누군데요?"

"허 참, 똘똘한 후배가 하나 올라왔다기에 찾아왔더니 전태일을 모르는군. 아무튼 전태일이 누군지 알고 싶으면 내일 아침 학교 앞 정문으로 나와."

송학균은 담배 한 대를 태우고 그의 어깨를 두드린 뒤 떠나 버렸다.

김문권은 도서관에 들어가 송학균 선배가 말한 전태일이 누구인지 궁금해 두꺼운 색인집을 펴고 도서 검색을 해 봤다. 전태일에 관한 자료는 보이지 않았다. 잡지 코너에 가서 사상계를 뒤적이다가 '바보 전태일'이라는 기사가 실린 것을 보았다. 읽어 본 즉 내용은 이러했다.

바보 전태일.

전태일은 직원 2만 명의 봉제 공장에서 일하는 재단사였다. 나이 어린 소녀들이 열악한 환경에서 중노동에 박봉의 생활을 하는 것을 보고 의분을 느껴, 동료 재단사들과 '바보회'를 만들어 평화시장의 노동조건을 개선하려고 노력했다. 그는 회사들이 하루 8시간 노동, 15세 이하 청소년 고용 금지 등 근로기준법을 지키지 않고 있음을 알고 이를 시정하도록 노동청과 서울시 근로감독관에게 진정서를 내었으나 번번이 묵살 당했다.

그는 최후의 수단으로 대통령에게 편지를 보냈다.

존경하는 대통령 각하.

국정에 얼마나 노고가 많으십니까?

―중략―

다음 세 가지를 건의하오니 꼭 들어 주시면 고맙겠습니다.

1. 15세 이하 어린 소녀들을 고용해서 착취하는 걸 금해 주십시오.

2. 하루 노동시간 15시간에서 12시간으로 단축시켜 주십시오.

3. 열악한 노동환경으로 질병에 걸린 환자들을 건강 검진해 주십시오.

전태일은 대통령에게 호소하였지만 돌아온 건 해고장이었다. 전태일은 아무리 말해도 듣지 않는 자신의 외침을 특별한 방법으로 들려주어야겠다고 결심했다. 그는 1970년 11월 13일 서울 동대문 평화시장에서 '근로기준법을 지켜라!'고 외치며 온몸에 휘발유를 뿌리고 분신자살을 했다.

마지막 유언이 된 그의 노트에 적힌 한 구절은 오늘을 사는 지성인들에게 묻고 있다.

'왜 내 곁에는 노동법을 가르쳐 줄 대학생이 없을까.'

초등학교 중퇴인 전태일에게 노동법에 있는 어려운 한자와 법 내용을 가르쳐 줄 대학생이 절실하게 필요했던 것이다.

전태일에 관한 기사를 읽는 동안 김문권의 등줄기에 서늘한 기운이 스치고 지나가는 걸 느꼈다. 특히 마지막 글귀는 그의 뒤통수를 쇠망치로 후려치는 듯했다.

‘왜 내 곁에는 노동법을 가르쳐 줄 대학생이 없을까.’

전태일의 유언이 내내 김문권의 귀에 메아리처럼 울렸다. 어릴 때 아버지로부터 천자문, 명심보감, 사서삼경으로 한자를 익히고, 법대에 들어와 법을 공부하고 있는 것은 바로 이때를 위함이 아닌가 생각이 되었다. 도서관에서 고시 공부를 하고 있어도 글자가 전혀 눈에 들어오지 않았다. 전에처럼 영양실조 때문이 아니었다. 일종의 정신실조였다. 안락한 삶의 추구에 대한 뼈아픈 반성이었다. 배우지 못한 이 바보는 오로지 가난한 소녀들과 근로자들을 위해 온몸을 불살라 바쳤다. 그런데 나는 지금 이 자리에서 무엇을 추구하고 있는가. 오로지 나 자신의 영달과 안일만을 위해 이 목숨을 사용하고 있다. 부끄러운 목숨이 아닌가? 오늘이 11월 12일, 내일이 바로 전태일의 분신 1주기이군. 그래서 송학균 선배가 날 찾아온 거야.

그가 한 달 전 입주 아르바이트 집을 뛰쳐나왔듯 이 고시의 아성인 도서관을 박차고 뛰어나가 다시 한번 더 낮은 곳으로 내려가야 한다는 예감에 온몸이 오소소 떨렸다.

다음날 그는 대학 앞 정문으로 나갔다.

송학균이 기다리다 담배를 권하며 말했다.

“난 네가 올 줄 알았지.”

“왜요?”

“난 전에부터 너를 몇 번 지켜봤지. 검정 고무신을 신고 교복을 입고 도서관 앞에서 쓸쓸하게 담배를 피우는 네 모습에서 고시생이라기보다 혁명가의 고독 같은 걸 읽었지.”

"법학과 K 선배가 절 이야기했죠?"

"알고 있었군. 이야기하면 네가 싫어할 거라던데."

"다 지나간 일이죠, 뭐. 지금 청계천 평화시장으로 갈 거죠?"

"벌써 전태일에 대해 조사를 했군."

"전태일, 그 청년 정말 바보더군요."

"우리 같은 똑똑한 놈을 가르치는 바보지."

김문권은 송학균과 함께 청계천 평화시장으로 갔다. 그곳에서는 전태일 분신 1주기 추도식이 열리고 있었다. 청계천 평화시장은 혜화동 S 대학에서 개울 하나 건너편에 있는 가까운 곳이었다.

노동자들이 그의 죽음을 기리는 그곳에 서울 대학생들도 많이 참석하고 있었다. 거리상 혜화동과 청계천은 개울 하나로 마주하고 있어 전태일의 분신자살은 바로 옆에 있는 S대 학생들에게 직접적인 파급효과를 가져왔다.

누군가 전태일의 유작 시를 낭독했다.

사랑하는 친우여 받아 읽어 주게

친우여, 나를 아는 모든 이여

나를 모르는 모든 나여

부탁이 있네. 나를, 지금 이 순간의 나를 영원히 잊지 말아 주게

그리고 바라네. 그대들 소중한 추억의 서재에 간직하여 주게

뇌성 번개가 이 작은 육신을 태우고 꺾어 버린다 해도

하늘이 나에게만 꺼져 내려온다 해도

그대 소중한 추억에 간직된 나는 조금도 두렵지 않을 걸세

시가 낭송되는 동안 송학균은 김문권의 손을 꽉 잡았다. 몸에 흐르는 전율과 뜨거운 동지애를 느꼈다.

그는 전태일의 영정을 보며 결심했다.

'전태일 선배, 노동법을 가르쳐 줄 사람이 없어 외로웠소? 내가 그대의 벗이 되어 주겠소. 가난하고 목마른 노동자들 속으로 들어가 그들에게 한자와 노동법을 가르쳐 주겠소. 고시의 길, 법관의 길이 아니라 노동의 길, 투쟁의 길로 나아가겠소. 전태일 동지, 잘 가시오. 이제 내가 그대의 뒤를 따르겠소.'

김문권은 청계천에서 전태일의 분신 1주기에 참가하면서 고등학교 때부터 시작된 긴 모색의 기간을 끝내고 동요하던 배에서 닻을 내릴 수 있었다.

그날 밤 그는 노동법을 제외한 고시 서적을 보따리에 싸서 창신동 뒷산에 올라갔다. 다른 고시생에게 줄 수도 있고 하다못해 헌책방에 팔 수 있었지만 그는 법전을 태움으로써 다시 고시 공부를 하러 도서관으로 되돌아가는 길을 완전히 없애 버릴 작정이었다. 배로 물을 건넌 뒤 돌아갈 배를 태워 버리는 제하분주濟河焚舟의 각오이기도 했다.

그는 법전에 불을 붙였다. 활활 타는 법전의 불꽃 속에서 분신하는 전태일의 모습이 보였다. 그는 두 주먹을 불끈 쥐었다.

그는 청계천으로 송학균 선배를 찾아갔다.

송학균이 걸어온 길은 험난했다. 경기고 3학년 때 굴욕적인 한일협정 반대 투쟁을 하다 무기정학을 당했다. 대학에 들어와서는 3선 개헌 반대 시위를 하다 정학을 당한 뒤 강원도 탄광에 들어가 광부들과 함께 노동했다. 전태일 분신 이후 지금까지 청계천에서 빈민들과 같이 생활하면서 노동자와 빈민의 인권 향상을 위해 활동하고 있었다. 모든 기득권을 헌신짝처럼 던져 버리고 탄광과 노동 현장에서 땀 흘리며 일하는 송학균 선배의 모습은 사르트르가 말하는 앙가주망(참여) 지식인의 한 전형을 보여주는 듯했다.

김문권은 송학균에게 말했다.

"오늘부로 도서관에서 나왔습니다."

"내가 자네의 법복을 벗긴 것 같아 미안하네."

"이제 홀가분합니다."

"쉬운 결정이 아니었을 텐데…… 고맙네, 김 동지."

송학균은 김문권의 손을 굳게 잡았다.

김문권은 송학균의 주선으로 청계천 피복 회사에 재단사 보조로 취업했다. 그가 하는 일은 하루 종일 망치로 옷에 단추 구멍을 내는 일이었다. 똑딱단추를 달기 위해 구멍을 내는 것을 '또또 치는 일'이라 했기 때문에 그 일 하는 사람은 '또또사'라고 불렀다. 공부도 잘하고 머리도 좋다고 자부하는 그였지만 또또를 치는 일만은 영 서툴렀다. 초등학교만 나온 열댓 살 아이들도 손이 보이지 않을 정도로 정확하고 빠르게 해 냈는데 또또사로서 그는 낙제점이었다. 엉뚱한 곳에 또또를 쳐 옷에 구멍을 내기 일쑤였고, 일이 밀려 재단사에게 온갖 구박을 받았다.

재단사 보조로 일한 지 한 달 만에 사장이 그를 불렀다.

"어이 김씨, 다른 데 일자리를 알아 봐. 당신 같은 사람이 일하면 우리 회사는 쫄딱 망해."

사장은 한 달 임금 오천 원을 주고 그를 해고했다.

입주 아르바이트를 했을 때 받은 한 달 용돈이 오만 원이었는데, 하루 15시간씩 죽어라 일을 했는데 월급이 고작 오천 원인 게 허망했다.

방직, 철공, 자동차 등 다른 작업장을 찾아가도 마찬가지였다. 펜대만 굴린 그의 손이 거친 노동일에 적응하기 힘들었다.

구로동에 있는 동양회사에서 보일러공 보조로 들어갔다. 종업원이 3,000명인 이 회사는 의류를 만들어 외국에도 수출하는 수익 구조가 괜찮은 회사임에도 만성적인 저임금과 체불임금으로 악명이 높았다.

보일러실 기관장은 김문권의 서투른 일솜씨를 계속해서 질책했다.

"김씨, 자네 보일러 처음 만져 보지? 아, 내가 돌겠다."

"지난번에 보일러가 터져 사람이 죽었어. 그 자리에 김씨가 들어온 거야. 또 죽을 거야?"

"게이지 숫자도 제대로 못 읽어? 초등학교나 제대로 졸업했어? 이게 폭발하면 우리 모두 뒈진다구!"

또또 치는 일과는 달리 수작업이 적은 일이었지만 기관장의 잔소리에 적응하기 힘들었다.

'여기도 곧 그만두어야겠군. 아, 나는 노동자들의 벗이 될 수 없는 것인가?'

한숨을 쉬며 회사 게시판 앞을 걸어가는데 공고문이 눈에 띄었다.

'공해관리사 응시 안내에 관한 공고'

공고문 내용은 '회사의 환경오염 문제가 심각해지면서 정부는 큰 회사마다 의무적으로 공해관리사를 한 명씩 두도록 법으로 규정했다. 동양회사도 법에 따라 공해관리사를 두는데 이 자격증을 따는 직원은 회사에서 바로 과장급인 공무실장으로 채용하겠다'는 것이다.

그러자 3,000명 종업원 중에 관리직에 근무하는 대졸 출신 사무직 300여 명이 공해관리사 시험에 응시 원서를 냈다. 김문권도 응시하기로 마음먹었다. 유명무실한 어용 노조를 민주 노조로 바꾸려면 가능한 많은 조합원과 노동자를 만나야 한다. 우선 시어머니 같은 보일러 기관장의 잔소리에서 벗어나고 싶었다. 시험이라면 누구보다도 자신이 있지 않는가. 그는 일하는 틈틈이 관련 서적을 읽었다. 내용은 위험물 취급 자격시험과 비슷했고 이해하기 어려운 문제는 없었다.

시험을 치렀고, 결과가 발표됐다.

300여 명의 응시자 중 합격한 사람은 단 한 명 김문권뿐이었다. 그는 곧 바로 보일러실, 전기실, 기계보전실 3개 부서를 통합·관리하는 과장급인 공무실장으로 발령이 났다. 명문 대학을 졸업한 사람들도 줄줄이 떨어진 마당에 지방의 고졸 출신이라는 일개 보일러공 보조가 공해관리사 시험에 합격해 단번에 과장으로 진급한 그를 노동자들은 부러워하면서도 대리만족을 느끼기도 했다.

어제까지만 해도 잔소리를 해대던 보일러실 기관장은 졸지에 그의 상관이 된 젊은 김문권에게 굽실거리며 말했다.

"김씨, 아니, 김 과장님. 승진을 축하합니다. 처음부터 범상치 않다는 건 알았지만, 워낙 보일러 일이 위험해서 제가 잔소리를 좀 심하게……."

"괜찮습니다, 기관장님. 그렇게 꼼꼼하게 일하시는 덕분에 보일러가 터지지 않고 안전하게 돌아가고 있지 않습니까. 계속 그렇게 일해 주십시오."

김문권은 기관장의 두 손을 꽉 잡고 격려했다.

그는 이제부터 노동자들이 회사의 주인이 되는 세상을 만들리라고
다짐했다.

북 – 복수

전사들은 마지막 훈련을 앞두고 있었다. 겨울철 백두산 천리행군 길
이었다. 평양에서 백두산까지 한 명의 낙오도 없이 정찰 총국 산하 211
특수부대원들은 일사분란하게 움직여야 한다. 이것을 통과해야 전사로
서의 영예를 얻는다.

최강철은 백두산을 향해 행군하면서 각종 험난한 전투 상황을 통과
했다. 적기 공습, 화학 및 생화학 무기 투하, 화재, 적군의 매복 공격, 야
간 습격, 수중 도하, 추격전을 모두 이겨 냈고, 숙영하는 동안도 쉬지 않
고 사상학습을 했다.

야간 산악 행군 중에는 무조건 앞에 가는 대원의 허리띠를 붙잡고 따
라갔다. 허리띠를 놓치는 순간, 천길 벼랑으로 떨어져 죽는다. 대원들은
낭림산맥을 넘어 백두산의 개활지인 개마고원을 통과했다. '조선의 지
붕'인 개마고원이 끝나는 곳에 높이가 수십 m에서 수백 m가 되는 절벽
들이 앞을 막고 서 있다. 대원들은 지름길로 백두산으로 가기 위해 수백
m 절벽 길을 수없이 지나쳤다. 그들은 마지막 500m 절벽 하나만을 남

겨두고 있었다. 하늘을 깎아지른 거대한 절벽을 넘으면 최종 목표인 백두산 집결지였다.

대원들은 야간에 로프도 없이 한 줄 개미 떼처럼 절벽을 기어 올라가고 있었다. 갑자기 대열 중간에서 '악' 하고 외마디 비명이 들렸다. 비명은 아래로 떨어져 긴 협곡을 울리며 멀어져 갔다. 행군은 잠시 중단되었고 모두들 바위에 붙어 누가 절벽 아래로 떨어졌는지 확인했다.

김강기였다.

가파른 벼랑길에서 발을 헛디뎌 천길 낭떠러지 아래로 떨어져 죽었다.

동료의 죽음에 안타까움을 표하면서도 쑥덕거렸다.

"김강기 동무가 허공을 밟은 거야."

"엉뚱한 데 힘을 쏟아 다리 힘이 풀린 거지."

"죽은 처녀의 원혼이 다리를 잡아당긴 거야."

"다 자업자득이야."

500m 절벽에 굴러 떨어진 시체는 두개골이 박살나고, 온몸이 으깨어져 만신창이가 되어 있었다.

최강철이 등 뒤에 송곳을 꽂아 심장을 찌른 것이라곤 누구도 생각하지 못했다. 최강철이 범한 최초의 살인이었다.

그는 불현듯 이름 삼행시를 지어 조의를 표하고 싶었다.

김강기
강간 살인마야
기냥 고데져라.

삼행시엔 별다른 철학도 의미도 없었다. 망자의 이름 석 자를 두운으로 해서 생을 정리해 내는 언어유희가 재미있었다. 김강기가 죽고 난 뒤에도 이정희, 그녀에 대한 사랑은 손상이 없었다. 그녀는 손상될 수 없는 영혼의 여자였다. 그의 가슴 한 가운데 있는 작은 소沼에는 아직도 그녀가 고개를 뒤로 젖힌 채 두 손으로 풍만한 가슴과 깊은 가슴골을 문지르며 목욕하고 있었다.

211정찰 부대는 목적지인 정일봉에 다른 부대들보다 반나절이나 먼저 도착해 기염을 토했다. 천리행군이 끝나자 대부분의 전사들은 3～4kg씩 체중이 빠졌다. 얼굴이 때투성이로 새까맣고, 손등이 터지고 피가 줄줄 흘렀지만 최강철의 몸은 파충류처럼 차갑고 매끈했다. 극한의 훈련으로 단련된 그의 몸은 배에는 탄탄한 왕王 자 근육, 등에는 완강한 나비 근육이 새겨져 있어 마치 구리로 된 금강체 같았다. 배급받은 줴기밥(주먹밥)으로는 모자랐다. 부족한 것은 산에서 잡은 토끼와 고라니, 얼음장 밑의 개구리, 눈 속에서 캔 약초로 보충했다. 그의 몸에는 이가 없었다. 잘 때 속옷을 벗어서 눈 속에 파묻어 두면 이와 서캐가 모두 얼어 죽었다.

훈련 교관 심상덕이 말했다.

"천리행군을 무사히 마친 대원 여러분, 참으로 장하다. 그러나 올해 우리에게 특수한 과업 하나가 더 부과되었다."

마지막 코스인 천리행군을 끝으로 꿀맛 같은 휴식을 기대했던 대원들의 얼굴이 실망감으로 어두워졌다.

"그것은 백두산 호랑이를 단도 하나로 잡는 것이다."

"……."

"특수부대의 역사를 살펴보면, 이조 시대 호랑이를 잡는 착호군捉虎軍이 원조라고 할 수 있다. 착호군은 평소에 호랑이를 사냥하다가 국난이 발생하면 최선봉에 나가 싸웠다. 프랑스군, 미군이 침략한 병인, 신미두 양요 때도 착호군이 나서 물리쳤다. 우리는 그 전통을 계승하여 오늘부터 일주일간 백두산 호랑이 사냥에 나선다."

호랑이 사냥이라는 말을 듣는 순간 대원들의 얼굴에는 긴장감이 감돌았다.

"백두산 호랑이를 잡는 자에게 영예전사의 메달이 수여된다. 사용하는 무기는 단도 하나이다. 반드시 호랑이를 잡아서 호피를 장군님께 바치도록 하자."

일당백의 강철전사들도 웅성거리며 고개를 흔들었다. 백두산 호랑이는 발견하기도 힘들뿐더러 설사 발견했더라도 단도 하나로 호랑이와 싸우는 것은 호랑이 앞에서 웃통 벗고 덤비는 것과 마찬가지라는 걸 대원들도 잘 알고 있었다.

심상덕 교관이 말했다.

"좋다. 지금까지 다리와 허리에 매달았던 20kg의 모래주머니는 벗어도 좋다. 단 최강철만은 안 된다. 그는 떨어져 죽은 동지 김강기의 뒤에서 오르고 있었기 때문이다. 뒤에서 잡아 줄 수 있었음에도 이를 방조한 벌로 호랑이 사냥이 끝날 때까지 모래주머니를 차고 있어야 한다."

최강철은 등골이 서늘했다. 김강기 처형이 완전범죄라고 생각했는데 심상덕 교관은 올빼미처럼 지켜보고 있었던 것일까.

모두들 일 년 동안 달고 다닌 20kg의 모래주머니를 벗어 버리고 해방감을 만끽하고 있었다. 몸이 날아갈 것만 같은 지 대원들은 뛰고 달리고 나무에 오르며 즐거워했다. 하지만 최강철은 무거운 모래주머니를 벗을 수 없었다.

'모래주머니를 달고도 호랑이를 잡을 수 있는 민첩함을 보여주겠다. 꼭, 호랑이 사냥에 성공해 장군님으로부터 영예전사의 메달을 받도록 하자.'

길 road to nation

제2부

남 - 결혼

공무실장이 된 김문권은 전태일의 유언을 실행할 때가 왔다는 것을
알았다. 그는 회사 근처 구로천 천변에 조그만 사무실을 임대해 무료 한
자 교실을 열었다. 그곳에서 노동자를 대상으로 한자를 가르치면서 동
시에 노동법 강의도 했다.

"오늘은 '同等'과 '自由'라는 한자를 익혀 봅시다. 자, 쓰고 읽을 수 있
겠지요. 근로기준법 4조에 동등과 자유가 나옵니다. 사장과 노동자인 우
리는 똑같은 지위라는 것입니다. 주인과 머슴이 아니라 인간 대 인간입
니다. 그런데 왜 사장들은 임금을 상습적으로 체불하고 우리 노동자를
기계보다 천하게 여깁니까?"

한자 교실에는 젊은 여공들이 한자를 배우기보다는 노동자 출신의
공해관리사인 김문권을 보기 위해 찾아오기도 했다.

어느 날, 민수현이라는 여공이 찾아와 수업을 마친 뒤 질문했다.

"선생님, 한자만 가르칠 건가요?"

"아. 뭐, 다른 것을 배울 생각이 있습니까?"

"우리 여공들 대부분은 시골에서 올라온 저학력 출신자예요. 부담스런 한자보다 야학을 열어 가르치면 좋을 것 같아서요."

민수현의 말은 야무졌다.

"저도 그 생각을 했지만 가르칠 인력이 없어서……."

"만약 야학을 한다면 제가 도와드릴 수 있습니다."

"그래요?"

"저는 광주에서 여고를 나온 뒤 서울로 올라와 동양방직에 취업했는데 노동자에 대한 처우가 너무 야박하고 비민주적이라서 노조 운동을 하고 있습니다."

"아, 그렇군요."

김문권은 그제야 그녀를 다시 한번 쳐다보았다. 그녀는 같은 구로동에 있는 방직 회사의 노조위원장이었다. 그녀는 빛나는 눈빛과 야무진 입술에 우아한 매력이 있어, 보면 볼수록 호감이 가는 얼굴이었다.

"야학을 하기 전에 제가 한 가지 더 조언을 드릴까요?"

"뭡니까?"

"선생님은 진지하긴 한데 무뚝뚝해서 접근하기가 어려워요. 이런 말 아세요? '거울이 먼저 웃지 않는다.'"

"……."

"자신이 먼저 웃어야 상대도 따라 웃는다는 뜻이죠. 유머도 섞어 가며 밝게 웃으며 수업했으면 좋겠어요."

김문권은 그녀의 의견이 일일이 옳았기 때문에 전적으로 받아들이기로 했다.

야학을 함께 할 것, 먼저 웃으며 수업할 것.

한자, 수학, 과학은 김문권이 가르치고 국어, 영어는 그녀가 가르치기로 했다. 야학을 한다고 하니까 학생들이 갑자기 서너 배로 늘었다. 그녀는 심훈의 소설 '상록수'의 여주인공 채영신처럼 매우 헌신적인 선생인데다 여공들의 맏언니로서 인기가 좋았다.

김문권과 그녀는 야학을 하면서 점점 가까워졌다. 일을 할 때 이처럼 손발이 척척 맞는 사람을 남녀 통틀어 만난 적이 없었다.

김문권과 민수현은 야학과 가까운 구로천변을 자주 걸었다. 한때 붕어와 개구리가 살았던 맑았던 구로천은 공장에서 내려오는 오폐수로 썩어 간장 물처럼 시커멓게 변해 버렸다. 하지만 둘은 귀퉁이에 조금 남아 보일락 말락 하는 쑥부쟁이 꽃에 반가운 눈길을 주며 걸었다. 좋아하면 숨어 있어도 보이는 법이다. 김문권은 살며시 그녀의 손을 잡았다. 그녀의 볼이 복숭아 빛으로 발그레하게 변하는 것을 느꼈다.

가끔씩 잠자리에서도 그녀가 떠올랐다.

지금까지 여자를 가슴에 품은 적이 있었던가?

얼핏 스쳐 지나간 영상은 있었다. 초등학교 때 교장집 딸과 대통령의 딸을 잠시 동경했던 기억이 난다. 교장집 딸은 원근법의 소실점처럼 작아져 얼굴조차 제대로 기억나지 않는다. 대통령의 딸은 간혹 '영양'이라는 이름으로 신문과 방송에 얼굴이 비쳤지만 의례적인 모습이어서 어린 시절 그네를 타며 손을 흔들던 화사한 공주 같은 모습은 사라졌다. 다들 어린 시절의 동경이었을 뿐이었다.

민수현의 얼굴은 가슴에서 떠나지 않았다.

둘은 경상도 울산과 전라도 광주로 완전히 다른 고장에서 자랐지만 전쟁의 폐허 속에서 성장한 경험의 공유가 있었다. 점심이 없는 하루와

긴긴 오후의 허기, 상이군인의 쇠갈고리 손의 공포, 우리의 맹세와 혁명 공약을 외우며 자랐다. 무엇보다 지금 함께 노동 운동을 하며 노동자가 주인이 되는 세상을 만들어 간다는 것, 그것이 둘을 더욱 단단하게 묶어 주었다.

둘은 만난 지 일 년 만에 조촐하게 결혼식을 올렸고 이듬해 첫딸을 낳았다.

북-호랑이

박달나무 가지를 꺾어 끝에다가 단도를 단단하게 묶어 창을 만들었다. 겨울철 백두산 원시림은 눈 덮인 소나무와 자작으로 그림엽서 같이 아름다운 풍경이었다. 원시림 안으로 몇 발자국만 들어가면 울창한 삼림 속에서 길을 잃어버리며, 각종 사나운 맹수들이 울부짖는 소리가 들린다.

정찰대 안에서 그의 별명은 '왕살모사'였다. 팔뚝만 한 살모사를 맨손으로 때려잡아 대가리부터 먹어 치우고 난 뒤 얻은 별명이었다. 왕살모사도 거대한 백두산 원시림 안에서는 작은 한 마리 짐승일 뿐이었다.

그는 박달나무 창으로 작은 멧돼지 한 마리를 꿰어 잡아 불에 구워 일주일 분 식량을 마련했다. 이틀간 고라니처럼 밀림 속을 헤집고 다닌 끝

에 백두산 중턱에서 일자 걸음으로 간 호랑이 발자국을 발견했다. 발자
국이 솥뚜껑처럼 거대했다. 백두산 호랑이는 덩치가 큰 놈은 사람의 열
배나 되고 앞발로 휘두르는 힘은 쌀 열 가마를 단숨에 들어올릴 정도로
강하다.

최강철은 발자국을 끈질기게 따라가 호랑이의 마른 똥을 발견했고,
백두산을 넘어 중국 땅으로 넘어갔다. 호랑이를 추적한 지 사흘이 지났
을 때, 싼 지 얼마 되지 않은 호랑이의 무른 똥을 발견했다. 가까이에 호
랑이가 있다는 기운을 느꼈다. 어디선가 피 냄새가 났다. 발자국을 따라
걸어가니 하얀 눈 위에 붉은 피가 사방으로 뿌려져 있었다. 살이 뜯긴 사
슴의 머리와 뼈다귀가 처참하게 눈밭에 흩어져 있었다. 녀석이 방금 사
슴 사냥을 한 것이다.

'이놈은 먹이를 찢어 발겨서 죽이는 난폭한 놈이군.'

놈의 사냥터에서 얼마 떨어지지 않은 곳에서 호랑이 발자국이 들어
간 호랑이 굴을 발견했다. 동굴 앞에 작은 호랑이 발자국들이 어지러이
나 있었다. 동굴 안에 새끼들도 두세 마리 있는 것으로 짐작이 되었다.

그는 박달나무 창을 꼬나 잡고 어미 호랑이가 들어간 동굴 앞에 서 있
었다. 너무나 조용해서 호랑이가 굴 안에 있는지 의심스러웠다. 그는 작
은 돌을 하나 집어 굴 안으로 던졌다. 그래도 아무런 반응이 없었다.

갑자기 등 뒤가 서늘했다. 돌아서는 순간 몸피가 집채만 한 호랑이가
날아올라 그를 덮쳤다. 호랑이의 기습적인 공격을 받은 그는 본능적으
로 몸을 옆으로 굴렀으나 옷이 찢어지고 피가 흘렀다. 허리에 맨 모래주
머니가 터져 모래알이 흘렀다. 징벌로 모래주머니를 못 벗은 게 오히려
약이 되었다. 호랑이가 다시 덤벼들자 원숭이처럼 재빨리 전나무를 타

고 위로 올라갔다. 호랑이가 포효하며 뛰어올라 큰 앞발로 내리찍어 그의 종아리를 찢고 나무껍질을 벗겨 내었다. 이번엔 다리에 맨 모래주머니가 터져 흘러내렸다. 모래주머니가 없었더라면 솥뚜껑 같은 앞발에 허리가 찢기고 다리가 부러져 죽었을 것이다. 호랑이는 새끼들이 있는 동굴 앞까지 추적해 온 침입자를 향해 무자비하게 공격했다.

크어흥 크흥

앞발을 들고 울부짖는 호랑이의 포효에 산천초목이 떠르르 떨었다. 호랑이는 전나무를 빙글빙글 돌며 먹잇감이 지쳐 떨어지기만을 기다리고 있었다. 최강철은 박달나무 창을 바닥에 떨어뜨린 것이 못내 아쉬웠다. 그러나 20kg이나 되는 모래주머니를 호랑이가 벗겨 버렸으니 몸은 새처럼 날 것만 같이 가벼웠다. 그는 전나무 가지를 부러뜨려 잔가지를 쳐내 끝이 뾰족한 막대기 창을 만들어졌다. 막대기 창을 잡고 살살 내려가자 호랑이가 뛰어올라 앞발로 나무를 긁어 우두둑 나무껍질을 벗겨 내었다. 순간 호랑이를 향해 몸을 날려 막대기 창으로 호랑이의 머리통을 강하게 타격했다.

크으킁 컹

정수리를 강타당한 호랑이가 잠시 비틀했다. 그는 나무에서 뛰어내리자마자 재빨리 몸을 굴려 박달나무 창을 낚아챘다. 호랑이는 누워 있는 최강철을 향해 맹렬한 기세로 덮쳤다. 그는 날아오는 호랑이 밑으로 굴러 들어가면서 호랑이의 심장을 향해 전광석화 같이 창을 박았다.

켕

호랑이는 삵괭이 소리를 내며 눈바닥에 쓰러졌다. 호랑이는 눈을 긁으며 버르적거리다 숨을 멈췄다.

그는 겨우 한숨을 돌리며, 지친 몸을 바위에 기댔다. 등허리와 종아리에서 피가 흘러나왔다. 그는 옷을 찢어 상처를 싸맸다. 이제 호피를 벗겨 메고 갈 일만 남았다고 생각하는 순간, 갑자기 호랑이 굴 안에서 으르렁거리는 소리가 났다.

어미 호랑이와 갓 태어난 작은 새끼 호랑이 두 마리였다. 그렇다면 백두산에서 여기까지 찾아온 호랑이는 수호랑이였단 말인가.

그는 창을 꼬나들고 새롭게 나타난 어미 호랑이를 노려보며, 한 걸음 뒤로 물러섰다.

그는 암호랑이에게 싸울 의사가 없음을 분명히 전달했다.

'지금 붙으면 둘 다 죽는다. 휴전하자.'

어미 호랑이는 새끼를 보호하는 모성애가 어느 동물보다 강하다. 자기 새끼에게 접근하면 총을 겨눈 엽사에게도 덤벼든다. 그러나 이놈은 동굴 속으로 돌을 던져도 소리를 내지 않을 정도로 매우 신중했다. 매복한 수놈이 덮칠 것을 알고 있었기 때문이라 하더라도, 보기 드문 자제력을 보여 주었다.

새끼 호랑이들도 어미 호랑이를 따라 이를 드러내며 크르렁 거리기는 했지만 섣불리 덤비지 않았다. 창을 든 최강철이 사슴이나 노루처럼 쉽게 제압할 수 있는 상대가 아니라는 걸 본능적으로 알았을 것이다.

그는 어미 호랑이의 눈을 침착하게 응시하면서 죽은 호랑이의 꼬리를 잡아당겼다. 어미 호랑이는 움직이지 않았다.

최강철은 굴로부터 멀리 떨어진 곳으로 죽은 호랑이를 끌고 내려와 칼로 털가죽을 벗겨 내었다. 멧돼지 사슴 고라니 껍질은 여러 번 벗겨 봤지만 결을 따라 호피를 벗겨 내는 감격은 남달랐다. 사람은 죽어서 이름을 남기고 호랑이는 죽어서 가죽을 남긴다고 했던가. 귀신도 피해 가는 효험이 있다는 호랑이 발톱을 잘라 목걸이를 만들고, 벗긴 호피를 어깨에 둘러메고 백두산을 넘어왔다. 정찰대원들은 무리를 지어 백두산을 뒤졌으나 호랑이의 그림자도 보지 못하고 허탕만 쳤다. 호랑이 발자국을 추적한 사람이 서너 명 있었고, 호랑이와 맞닥뜨린 한 대원은 호랑이 앞발에 찍혀 치명상을 입고 후송되었다.

5일 동안 중국의 장백산까지 추적해 들어가 호랑이를 잡아 호피를 메고 온 최강철에게 부대장의 함구령이 내렸다.

"평양에 가서 영예전사의 메달을 받을 때까지 일절 말하지 말라."

남 – 노조위원장

딸 아이를 낳은 지 얼마 되지 않아서 노조 대의원들이 야학으로 김문권을 찾아왔다.

그들은 김문권에게 말했다.

"실장님은 우리 노동자들의 스타입니다. 단번에 공무실장이 된 데다 야학을 꾸려 노동자의 권익을 향상시키고 애쓰고 있잖습니까. 그러니 이번 총회에 우리 민주 노조 후보로 노조위원장에 출마해 주십시오."

"지금 노조 대의원 중 90%가 현 어용 노조위원장을 지지하고 있는 걸로 알고 있습니다만.”

“솔직히 말하면 출마하는 데 의의를 두고 있습니다. 10%의 우리 측 대의원이 찍을 후보가 없어 기권할 수는 없지 않습니까?”

“알겠습니다. 계란으로 바위 치기지만 이왕 하는 거 최선을 다해 보겠습니다.”

김문권은 찾아온 대의원들이 머쓱할 정도로 선선하게 민주 노조 후보가 될 것을 수락했다.

민주 노조 측 노조위원장 후보가 된 김문권은 그때부터 50명의 대의원들을 찾아다니며 자신을 소개하고 지지를 부탁했다. 하지만 회사 측과 연결된 어용 대의원들은 말도 꺼내기 전에 면전에서 욕부터 해댔다.

“당신 빨갱이 새끼 아냐?”

“민주 노조고 지랄 노조고 회사가 살아야 우리도 살 거 아냐?”

“젊은 나이에 과장이 되더니 눈에 뵈는 게 없어?”

어용 대의원들이 선거하는 구도 속에서 백번 선거를 해 봤자 필패할 게 뻔했다. 김문권은 선거 방식을 바꾸지 않고는 민주노조를 탄생시킬 수 없다는 걸 알았다.

그는 대의원 대신 천여 명에 이르는 노조원들을 찾아다니며 설득했다.

“간접선거 대신 노조원들이 직접 노조위원장을 뽑는 직선제 선거를 합시다.”

그는 3개월째 체불된 임금에 대해 어용 대의원들조차 불만을 품고 있다는 걸 간파했다. 곧 추석이 다가오고 있기 때문에 이 임금 체불 문제야말로 해결되어야 할 가장 시급한 현안이었다. 그는 ‘직선제 선거’와 ‘추석 전 3개월 임금 체불 해결’을 핵심 공약으로 내세워 강력하게 밀고 나갔다. 그밖에 잔업수당 지불, 식사의 질 향상, 노동환경 개선 등은 부차적인 문제였다. 소 대가리를 삶으면 쇠귀는 저절로 익기 마련이다.

그는 특유의 부지런함으로 천여 명의 이르는 노조원들을 한 명씩 모두 만나 노조위원장 직선제와 임금 체불 해결을 설파했다. 반대하는 노조원은 중립으로 만들고, 중립적인 노조원은 지지자로 돌려세웠다.

노조위원장을 선거하는 총회일이 되었다. 회사의 비호 하에 총회를 방해하기 위해 대의원들이 각목을 들고 총회장에 난입했다. 노조원들은 바리케이드를 치고 온몸으로 이들을 저지했다. 그 와중에 먼저 노조원들은 총회 결의로 '노조원들의 직접 투표에 의해 노조위원장을 선출한다'는 직선제 조항을 통과시켰다.

그리고 방금 통과한 그 조항에 따라 노조원들은 직접 투표를 했다. 투표 결과는 놀라웠다. 김문권은 99%의 득표율로 새로운 노조위원장에 당선되었다. 천여 명 중 반대표는 단 한 표였다.

김문권은 당선 연설을 했다.

"존경하는 노동조합원 여러분. 부족한 저를 뽑아 주셔서 감사합니다. 저는 이제 동양공업회사의 노조위원장으로서 여러분에게 약속한 것 하나를 실천하겠습니다. 저는 반드시 추석 전에 3개월째 체불된 임금을 받아 내어 부모님 내의라도 한 벌 사서 고향에 내려갈 수 있도록 하겠습니다."

그의 연설이 끝나자 우레와 같은 박수소리가 들렸다.

그는 직선제 노조위원장으로 취임하자마자 노동자 3,000명의 서명을 받아 회사에게 3개월간 밀린 임금 체불을 지급할 것을 요구했다. 한편으로는 '임금 체불'에 대해 노동부에 진정을 넣었다. 그러나 회사 측에서는 오히려 '빨갱이가 노조위원장에 당선되어 회사를 도산시키려 하고 있으니 좌파 노조를 해산하라'고 역공을 취했다.

김문권은 회사 측을 상대로 정면 승부수를 던졌다. '월급을 주지 않으면 집단 총파업을 하겠다'고 선언한 것이다. 처음엔 협박과 회유로 나오던 회사 측은 간부들까지 총파업에 가세할 분위기가 되자 두 손을 들고 추석 전 밀린 임금을 전액 지급했다.

김문권과 노조의 완벽한 승리였다.

김문권이 노조위원장이 되고부터는 회사의 월급이 밀린 적이 없었다. 종업원들은 물론이고 회사 주변의 식당과 술집 주인들도 덩달아 좋아했다. 외상 때문에 동양회사의 월급이 언제 나올 지가 주변 상가들의 초미의 관심사였는데 월급이 제때 꼬박꼬박 나오니 좋아할 수밖에 없었다. 회사 안팎으로 김문권의 인기와 신뢰는 급격히 올라갔다.

그는 소위 '학출(대학 출신)'로 당선된 유일무이한 노조위원장이었다. 그는 동양공업의 노조위원장을 하면서 송학균, 심정숙과 함께 전국 단위의 노동조직인 전노맹의 지도 위원으로서 활약했다. 그는 주말이면 지방으로 내려가 지방 단위의 노조 결성과 임금 투쟁, 복직 투쟁, 노사 협상을 도와주었다.

학출인 그가 무려 7년간이나 노동계에서 지도자로 활약할 수 있었던 이유는 무엇일까.

당시 대학생들은 저마다 뜨거운 정의감을 안고 노동 현장에 뛰어들었다. 그러나 대학에서 펜대를 굴리던 그들은 들어간 지 얼마 되지 않아 험한 노동 현장에 적응하지 못해 뛰쳐나오거나, 현장에서 학출로 드러나 해고됐다.

하지만 김문권이 무려 7년 동안 노동 현장에서 해고되지 않고 노동 운동가로 활동할 수 있었던 것은 전문 기능직 기술 자격증을 땄기 때문이다. 그는 노동을 하면서도 열관리 기능사, 환경기사, 전기안전기사, 위험물 취급 기능사, 전기 기계 기능사 등 무려 8개의 자격을 취득했다. 그 덕분에 그는 전문직인 보일러공으로 취직해 최초로 대학생 출신 노조위원장에 당선되었으며, 베테랑 노동 운동가가 될 수 있었다.

회사 측에서는 김문권이 눈엣가시 같은 존재였다. 틈만 나면 해고하려고 했지만 노조위원장으로서 조합원들의 절대적 지지를 받고 있는데다 공무실장으로서도 성실하게 일하는 그를 해고할 빌미가 없었다.

북 - 메달

특수부대원들은 한 해의 모든 훈련을 마치고 개선장군처럼 평양에 입성했다.

'선군정치가 좋긴 좋군.'

군은 식량 배급뿐만 아니라 문화, 예술 모든 배급에서 늘 우선순위였기 때문이다.

최강철은 개선문과 인민문화궁전을 관광하고, 주체사상탑 앞에서 구호를 외치고 기념사진을 찍었다. 예술단과 교예단 공연, 집단체조의 꽃인 '아리랑' 공연을 보면서 공화국의 위대함을 실감했다. 최강철은 옥류관에서 꿩고기 냉면 곱빼기를 먹고, 청류관에서 대동강 소주에 불고기를 구워 먹으며 훈련의 피로를 털어 버렸다.

수용소와 군대에서만 생활했던 그에게 평양의 고층 빌딩군과 대동강의 아름다운 풍경, 화려한 옷차림을 한 평양 여인들의 모습은 감동 그 자체였다. 자유와 휴식, 해방감은 혹독한 훈련 뒤에 맛보는 것이라 꿀맛이었다. 특히 최강철은 인민군 최고사령관 동지 김정일 장군에게 호피를 바치고 영예전사의 메달을 받기로 되어 있어 더욱 가슴이 설레었다. 장군님께 드릴 호피는 정찰총국으로 미리 올라가 잘 무두질해 놓은 상태로 보관되어 있었다.

평양 체류 마지막 날 최강철은 영예전사의 메달을 받기 위해 군인회관으로 들어갔다. 인민군 내에서 업적과 위훈이 있는 군인 영웅들과 특수부대원들이 초청받아 왔다.

요란한 박수 속에 김정일 국방위원장이 입장했다. 최강철이 보기에 얼굴에 주름이 늘어지고 배도 볼록 나온 게 옛날의 젊고 건강한 모습이 아니었다.

김정일의 치사가 있었다.

"나는 누구보다 특수부대원들을 사랑합니다. 여러분 한 명은 일개 사단과 맞먹는 막강한 힘을 가지고 있기 때문입니다. 일당백, 일당천, 일당만인 여러분으로 인해 조선은 든든히 설 수 있습니다. 난 여러분에게 이 말을 꼭 전하고 싶습니다. 조선의 특수부대원들에게 무궁한 영광이 있어라!"

뒤이어 수상식이 있었다.

귀밑을 하얗게 드러나게 깎은 사회자가 말했다.

"전 조선인민군이 기다리던 올해 최고의 군인, 공화국 영예전사의 시상식이 있겠습니다. 올해 공화국 영예전사는 각종 훈련에서 최고의 점수를 받았으며, 특별히 백두산에서 호랑이를 단도 하나로 잡은 용감한 군인입니다. 먼저 호피를 경애하는 지도자 동지께 바친 뒤 영예전사 메달 수여식을 거행하도록 하겠습니다."

최강철은 입이 바짝 말랐다. 어버이로 모시고 신앙의 대상으로 생각했던 장군님에게 호피를 선물하고 직접 메달을 받는다는 것이 꿈만 같았다.

"그럼, 올해 공화국 영예 전사는 정찰총국 예하 211정찰부대의, 김경만 소위! 앞으로 와서 경애하는 장군님께 직접 선물을 바치도록!"

최강철은 잘못 들었나 자신의 귀를 의심했다.

'호명하는 이름이 최강철 중사가 아니고 김경만 대위라니!'

김경만은 예행연습을 치른 듯 자연스럽게 앞으로 나가 거수경례를 하고 호피를 김정일 위원장에게 전했다.

김정일이 넉살 좋은 웃음을 지으며 김경만의 목에 영예전사 메달을 걸어 주었다.

최강철은 뒤통수를 쇠망치로 얻어맞은 듯 멍했다.

'저 호피는 내가 목숨 걸고 얻은 것이다. 내 등과 종아리에는 호랑이 앞발에 할퀸 상처가 아직도 덜 아문 채로 남아 있다. 김경만, 각종 훈련을 면제받고, 지저분한 사생활로 비난의 대상이 된 놈이다. 그런데 왜 놈의 목에 빛나는 영예전사의 메달이 걸려야 하나? 저 놈에게 메달을 주기 위해 내게 함구령이 내려졌단 말인가.'

더욱 놀란 것은 최강철과 동료 대원들은 계급이 중사인데 김경만 혼자 훌쩍 몇 계단을 뛰어넘어 대위 계급이었다.

'이건 또 무슨 개 같은 경우란 말인가. 양철 조각을 오려서 마음대로 어깨에다 붙이면 계급장이 되는가.'

최강철에게는 참석한 특전사 모두에게 주어지는 김일성 배지 하나만 달랑 주어졌다. 마음 같아서는 이 배지를 대동강에 집어던지고 백두산 속으로 들어가고 싶었다. 그러나 의식은 식순대로 진행되어 우렁찬 군가 합창과 요란한 박수로 끝마쳤다.

그는 군인회관을 나와 평소 자신을 친동생처럼 아껴 주는 심상덕 교관을 찾아갔다.

심상덕 또한 교관으로서의 실력과 자질은 최고이나 연줄이 없어 계속 험한 보직인 훈련 교관에 머무르고 있었다. 그는 최강철이 설과 추석 명절에 아무 연고 없이 영내에 혼자 있을 때 집으로 초청해 음식을 나눠 먹으며 가족처럼 대해 줬다.

둘은 대동강 둑에 나란히 앉아 강심에서 고래처럼 뿜어 올리는 아름다운 분수를 바라보았다.

"대동강은 언제 봐도 아름답군."

"교관님! 저 물에 뛰어들고 싶은 심정입니다."

최강철은 죽고 싶다는 심정이었다.

심 교관은 그의 등을 토닥토닥 두드리며 말했다.

"그래, 대동강이 네 눈에 들어오겠나. 모든 걸 날려 버리고 싶겠지."

심 교관은 담배를 권했다.

"일 없습네다."

“참, 동무는 담배를 피우지 않지.”

교관은 담배를 꺼내 물고 담배 연기에 한숨을 실어 날리며 말했다.

“현실을 직시해. 출신성분 때문에 받을 수 없는 메달에 미련을 버려.”

최강철의 할아버지와 할머니는 지주에 기독교인이었으며, 아버지는 반동분자로 처형되었고, 자신은 요덕수용소 출신이었다.

“그 때문에 남들보다 몇 갑절이나 뛰었습니다.”

그는 훈련마다 목숨을 걸었고 백두산 호랑이까지 잡았다.

“김경만은 백두혈통에 만경대 출신이야. 우리하고 피가 달라. 그는 특수전의 지휘자가 되기 위해 우리 특수부대에 들어온 거야. 태어날 때부터 이미 메달을 목에 걸고 태어난 거야.”

“평등을 외치는 이 땅에서 불공평하지 않습니까?”

신라 시대 타고난 뼈다귀에 의해 관직과 복제, 결혼과 거주에 차별을 둔 골품제와 뭐가 다른가.

“장군님도 군대 경력이 없지만 별 다섯 개를 단 원수이시잖아. 세상의 일이란 그런 거야. 대신 내가 최동무의 실력을 아니까 최대한 뒷배를 봐주겠네.”

심 교관이 장군님까지 들먹이며 위험천만한 말까지 하자 그는 더 이상 불만을 토로할 수 없었다.

“앞으로 어떻게 해야 좋을지 모르겠습니다.”

“방법은 있네. 남조선을 가는 일이야. 그곳에 가서 괴뢰군의 목을 따오든지, 몇 번 오가면서 주어진 과업을 충실히 수행하면 공화국에서 동무를 믿어 줄 거야. 왕살모사란 별명만으로 이 험한 세상을 이겨 낼 수는 없네.”

“왜죠?”

“‘생각하는 왕살모사’가 되어야 해. 그래야 이 바닥에서 살아남을 수 있어. 난 최 동무를 아껴. 내가 기른 전사들 중에 최고지. 하지만 최동무가 일회용 소모품으로 사용되는 걸 원하지 않아. 전사에게 가장 중요한 건 어떠한 상황에서도 살아남는 능력, 죽어 지옥에 가서도 살아 돌아오는 생존 능력이야.”

“생존 능력, 잘 알겠습니다.”

심상덕 교관이 말했다.

“동무는 항상 감시의 대상이야. 완전한 신뢰를 얻기 전까지 담보물이 필요하겠지.”

“담보물? 그게 뭡니까?”

“차차 알게 될 거야. 그것보다 한 달 뒤에 인민군 주최의 격파술 경연 대회가 있을 텐데, 나가 봐. 거기에서 최우수 선수로 뽑히면 지도자 동지 앞에서 시범을 보이게 돼. 우리 같은 사람들은 착실히 한 점씩 점수를 따서 올라가는 수밖에 없어. 호피와 메달 따윈 잊어버려. 자, 창광 거리로 나가 맥주나 한 잔 하자고.”

심 교관은 최강철의 어깨를 두드리며 일어섰다.

남 - 감옥

유신 말기, 고양이 눈처럼 불안하게 움직이던 시국은 박정희 대통령의 암살과 전두환의 12·12쿠데타로 급격하게 변동되기 시작했다. 군부를 장악한 보안사령부는 반대파를 제거하기 위한 인물 사찰에 들어갔다. 김문권의 집 주변에도 낯선 그림자들이 얼른거리기 시작했다.

야간 통금 사이렌이 울리기 전 집 대문을 열고 들어가려는데 뒷덜미를 낚아채는 손이 있었다.

"어이, 김문권. 가자!"

"누구요? 무슨 일이요?"

"일단 차에 타, 짜샤."

저항하는 그를 곤봉으로 내리찍으며 지프에 강제로 태웠다. 김문권은 직감적으로 신군부가 움직이기 시작했다는 걸 알았다.

그가 끌려간 곳은 남영동 대공분실이었다. 물고문, 전기고문, 무릎관절 뽑기 고문 등이 상시적으로 행해지는 곳으로 훗날 대학생 박종철이 물고문을 당하다가 숨진 곳이었다.

수사관들은 먼저 그를 발가벗긴 뒤 곤봉과 구둣발로 초다듬이질을 했다.

청년의 몸은 순식간에 발에 밟힌 붉은 고추처럼 짓이겨 터졌다.

그렇게 1시간 동안 무자비하게 매다듬이질을 한 뒤 멧돼지 같이 생긴 수사관이 군복을 던져 주었다.

“걸쳐.”

멧돼지 같이 생긴 수사관은 붙박이 의자에 김문권을 포승으로 꽁꽁 묶은 뒤 심문했다.

“장의사 사업이 이제야 제철을 만났군, 이름?”

“김문권…….”

“‘입니다’라고 선생님께 깍듯이 존댓말로 해야지, 짜샤.”

멧돼지는 뾰족한 구둣발로 정강이를 걷어찼다. 정강이 살점이 찢어지며 피가 흘렀다.

“송학균, 그 개자식하고, 심정숙, 개쌍년은 어디 갔어?”

“모릅니다.”

“몰라? 양아치 술안주 같은 놈이, 뭐 몰라? 이 개새끼가, 오늘이 네 장례식인 줄 알아.”

멧돼지는 청년의 목을 뒤로 젖힌 채 주전자로 콧구멍에 물을 콸콸 들이부었다.

김문권은 재채기를 해대며 물을 게워 내자 멧돼지는 이죽거리며 말했다.

“맹물이라서 맛이 없어 뱉어 내는 거야? 그럼 양념을 좀 넣지, 먹기 좋게 말이야.”

멧돼지는 물에 고춧가루를 타서 들이부었다.

매운 물이 콧구멍과 부비강으로 흘러들어 오자 재채기와 호흡곤란과 함께 코뼈와 두개골이 빠개지는 듯한 극심한 고통을 느꼈다.

“다시 묻는다. 송학균과 심정숙은 어디로 도망갔어?”

“모릅니다.”

"이 새끼가 내 말을 개젖으로 아나?"

멧돼지는 솥두껑 같은 손으로 어깨 인대를 탁 내리쳤다.

"아아, 으으으."

어깨 관절이 빠져나가자 온몸에 엄청난 고통이 몰려왔다.

으윽.

김문권은 그예 오줌을 지리고 말았다.

"아우, 오줌 냄새. 아, 이 자식 진짜 웃기네. 똥오줌도 못 가리는 놈이 무슨 전노맹 지도 위원이야."

그때 갑자기 신사복을 입은 점잖은 사람이 들어오더니 다짜고짜로 멧돼지의 따귀를 때리며 소리쳤다.

"이 새끼가 지금 뭘 하는 짓이야! 누가 물고문에 관절뽑기를 하랬어!"

따귀를 맞은 멧돼지는 억울하다는 듯 몇 마디 중얼거리다 밖으로 나가 버렸다.

"과잉 충성을 하는 저런 새끼들이 꼭 문제를 일으킨단 말이야."

신사는 어깨를 만져 빠진 관절을 제 자리에 돌려놓고 바지를 챙겨 주었다.

"도대체 저 자식이 무슨 짓을 한 거야. 김문권 씨, 이거 정말 미안합니다. 우리 애들이 통 배우지를 못한 무식한 놈들이 되놔서요."

신사는 뜻밖에도 굽실하며 사과와 함께 존댓말을 했다.

신사는 김문권 앞에 앉아 서류철을 뒤적이며 말했다.

"고향은 경남 울산, 학력은 울산제일중, K북고, S대 법학과, 이거 저희들은 죽었다 깨어나도 도저히 따라갈 수 없는 KS마크 아닙니까? 이런 학벌이면 출세를 보장받은 자리지요."

“전 출세에 연연하지 않습니다.”

“알고 있소. 전 당신의 자료를 수집하면서 큰 감명을 받았습니다. 기득권을 헌신짝처럼 던져 버리고 가장 낮은 노동자의 삶을 택했다는 것에 감동했어요. 결혼도 여고 출신의 노조위원장과 했고요. 예수 말고 누가 스스로 이런 낮은 자리로 가겠습니까?”

“…….”

“S대학 다닐 때 전태일의 분신자살에 충격을 받고 노동 현장으로 뛰어들었지요?”

“그렇습니다. 노동자들도 인간다운 삶을 살 권리가 있습니다. 그러나 지금의 노동자들은 하루 20시간 노동을 해도 생존권조차 보장받지 못하고 있어요.”

철저하게 인격을 무시하고 고문을 가했던 멧돼지 수사관과 달리 신사는 생긴 것 그대로 모든 게 신사적이었다. 김문권은 이런 곳에도 이처럼 인간적인 자가 있다니 놀랍게 생각했다.

“음, 북한의 김일성도 김문권 씨처럼 그렇게 말하고 있습니다. 우리 정부를 전복하려고요.”

“전노맹의 강령을 잘 살펴보면 아시겠지만 김일성 부자를 반대합니다. 북한 인민들은 굶주려 죽어가고 있는데 김부자의 배는 볼록 튀어나온 것만 보아도 화가 납니다. 하지만 김일성이 전두환을 반대하고 너희도 전두환을 반대하니 너희는 결국 김일성과 똑같다는 논리는 인정할 수 없습니다.”

“좋아요. 일단 김일성 부자를 반대하는 점에서는 나와 똑같군요. 전태일이 원하는 세상도 공감합니다. 하지만 국가보안법이 존재하고 있는 한, 당신의 전노맹 조직과 활동은 위법하고 중대 구속 사안인 것입니다. 그러니, 나와 거래합시다."

"거래하자고요?"

"송학균과 심정숙은 당국의 일급 수배범이오. 둘의 소재를 이야기해 주면 당신을 당장 석방해 가족의 품으로 돌아가게 해 주겠소. 원한다면 외국으로 보내 줄 수도 있소."

"……."

그의 선량한 눈매와 부드러운 말투는 설득력이 있었다.

"김문권 씨, 난 개인적으로 당신을 존경합니다. 앞으로 당신은 우리 나라의 훌륭한 지도자가 될 수 있는데 붉은 줄이 그어지는 걸 원치 않습니다. 자, 그러니 나와 손을 잡읍시다."

신사는 손을 내밀었다.

김문권은 갑자기 뇌에서 골수가 빠져나가 하얗게 되는 느낌이었다.

송학균과 심정숙의 소재만 이야기하면, 이 지옥 같은 곳을 빠져나갈 수 있다.

벽에는 '家和萬事成'이라는 액자가 걸려 있었다. 아내와 딸아이가 멀리서 오라고 손짓하는 모습이 보이는 듯했다. 아예, 멀리 외국으로 가서 세상모르고 살면 어떨까. 아, 파도야 날더러 어찌하란 말인가.

감성의 파도는 물러가자 차가운 이성이 돌아왔다.

신사는 심문하는 방법만 달랐지 목적은 욕설을 퍼붓고 고문을 가하던 멧돼지와 동일했다. 둘의 목적은 단 한 가지, 동지들의 소재 파악이었다. 전노맹을 일망타진하면 일 계급 특진에다 보너스까지 두둑하게 챙기겠지.

길 Road to nation   2부

김문권은 신사의 기름지고 통통한 손을 물리치며 말했다.

"전 모릅니다. 설사 알고 있다 하더라도 말하지 않겠습니다."

신사의 낯빛이 대추처럼 붉어지며 내밀었던 손을 겸연쩍게 거두었다.

신사는 손으로 이마를 짚으며 로댕의 '생각하는 사람'의 포즈를 취하더니 자리에서 일어났다.

신사가 나가면서 멧돼지에게 말하는 소리가 얼핏 들려왔다.

"저 새끼, 오냐오냐하니까 할아버지 수염을 챔질할 놈이야. 똥구멍에서 장물이 나오도록 짜 버려."

멧돼지는 신사의 태그터치를 받고 링에 올라온 레슬러처럼 들어오자마자 김문권을 헤드록으로 잡고 뒤집기로 던져 버렸다.

"야, 이 거지 밥상 같은 자식아! 여기가 네 안방이야? 편하게 대해 주니까 의자에 돼지처럼 나자빠져 있는 거야? 주제 파악을 좀 해라, 이 새꺄!"

멧돼지는 김문권의 손과 발을 묶은 뒤 봉걸레 자루로 통닭구이처럼 꿰어 두 책상 사이에 걸쳐 놓았다. 처음에는 그저 무덤덤했으나 시간이 지나자 몸무게의 중력으로 당겨져 손발이 찢어질 듯이 아팠다.

"요즘 배가 출출했는데 어디 전기 통닭구이 맛을 좀 볼까."

멧돼지는 통닭구이에게 찬물을 쫙 끼얹었다.

"그 연놈들은 어디 있나?"

"모른다."

흥분한 멧돼지는 손발과 곤봉으로 마구잡이로 그의 몸을 난타하더니 전자봉으로 그의 몸을 지졌다.

<u>으으으으.</u>

그의 몸은 한동안 부들부들 전율을 일으키며 흔들리더니 축 늘어졌다.

멧돼지는 찬물을 한 양동이 끼얹었다.

가물가물한 의식이 번쩍 되돌아왔다.

눈을 떠 보니 특수 의자에 그를 앉혀 팔다리를 꽁꽁 묶은 채 나무 막대기를 가슴에 꽂아 주리를 틀었다.

"아아아."

온갖 수단을 동원해도 김문권은 입을 열지 않았다.

그러자 멧돼지는 기묘한 웃음을 지으며 기이한 행동을 하고 있었다. 그의 바지를 따고 사타구니 속으로 손을 집어넣은 것이다. 그의 성기가 자라목처럼 숨어들자 멧돼지는 미꾸라지 잡듯 그의 성기를 몇 번이고 헤집어 끄집어내었다. 그는 아직도 사타구니를 더듬던 뱀처럼 징그러운 그 손의 감촉을 생생히 기억하고 있다. 그리고 마치 지렁이를 낚시 바늘에 꿰듯 성기를 구리심에 꿰었다.

"이 버턴만 누르면 너 인생은 영영 재미라곤 못 봐! 누르기 전에 어서 불어! 이제 넌 앞으로 자식새끼도 못 낳고 평생 고자가 되는 거야."

그는 다시 한번 구리심을 요도 깊숙이 박아 넣으며 협박했다.

놈들은 일 계급 특진이 걸려 있는 수배자들을 빨리 잡으려고 혈안이 되어 있었다. 놈들은 빗나간 국가 의식과 애국심으로 가장 비열한 성 고문을 가하고 있었다. 김문권은 지렁이처럼 밟혀 죽더라도 그들에게 일격을 가하고 싶었다.

"이 개XX야, 마지막으로 묻겠다. 그 연놈들은 어디 있나?"

"모른다, 개자식아."

"뭐야? 개자식? 으으으으!"

김문권은 온몸을 전율시키는 전기 충격으로 축 늘어졌다.

길 Road to nation 2부

그는 꿈인 듯 생시인 듯 고문에 대해서 생각했다.

고문자는 짐승이다. 아니다. 놈들은 짐승도 못 된다. 짐승은 짐승끼리 그렇게 고문하지 않는다. 고문자는 인간이다. 짐승만도 못한 인간이다.

저항하지 못하도록 사람을 묶어서 손발로 구타하고, 도끼로 장작 패 듯 몽둥이로 두들겨 패고, 전기로 지지고, 성 고문하고……. 고문하는 자도 자기 처자들에게는 살갑게 굴겠지. 오늘 멧돼지는 귀갓길에 케이크를 사 들고 갈 지도 몰라. 아내는 '여보, 오늘 당신 일하느라 애썼어요.' 하고 맞아 주겠지. 아이는 케이크를 보고 '아빠, 최고!'라고 말하며 볼에 뽀뽀 세례를 퍼부을 지도 몰라. 일하느라 애썼어요, 아빠, 최고……. 이런 생각을 하며 의식이 까무룩히 잦아들었다.

눈을 떠보니 1평도 채 안 되는 교도소 독방이었다.

그의 몸은 가마니 위에 눕혀져 있었고, 무궁화 무늬 한가운데 법자가 찍힌 하늘색 모포가 거적처럼 덮여 있었다. 나중에 안 일이지만 가마니 한 장은 만신창이가 된 그를 위해 특별히 구치소에서 배려해 넣은 것이 었다. 확실히 가마니는 다다미처럼 냉기를 차단하는 효과가 있었다.

그는 겨우 몸을 일으켜 뺑끼통에 오줌을 누니 노란 오줌이 아니라 붉은 핏물이 줄줄 흘렀다. 붉은 오줌은 근 한 달간 계속 나왔다. 온몸은 시퍼런 가짓빛이 그대로 남아 있었고, 전기 고문 때 +극과 -극이 닿은 살점에는 검붉은 전류반電流斑의 흔적들이 남아 있었다.

감방 벽에는 수인들이 낙서한 글들이 보였다.

'무전유죄 유전무죄'

'살고 싶다.'

'왕건이 야마야마.'

어떤 수인은 벽에 달력을 적어 놓고 하루하루 X를 치면서 마지막 출소 날짜에 동그라미를 치고 밑에다 글을 적어 놓았다.

김문권은 적은 글귀를 보고 픽 웃었다.

'고문한 놈, 복수하러 가는 날.'

그는 가장 먼저 요가 책을 펴 들고 요가를 했다. 요가는 히말라야 설산보다 좁은 감방에서 하기 좋은 운동이었다. 스트레칭과 호흡과 명상을 통해 고문으로 망가진 몸을 추스를 뿐 아니라 마음도 다스릴 수 있어 좋았다. 적막한 방에서 혼자 가부좌를 틀고 있으니 깊은 암자에 들어온 것 같았다. 똑딱똑딱, 복도에서 들리는 시곗바늘 소리가 목탁 소리처럼 크게 들려온다. 누가 말했던가. '나는 혼자 있을 때 가장 외롭지 않았다'고. 들어온 김에 도나 닦고 나가야겠다는 팔자 좋은 생각마저 들었다.

뚜뚜 뚜뚜뚜 뚜뚜뚜뚜 뚜뚜뚜

아침 기상나팔 소리는 언제나 너무 방정맞다는 느낌이었다.

'83번 김문권 면회!'

그는 아내와 딸일 거라고 생각하고 면회실로 나갔다.

구멍이 숭숭 뚫린 두꺼운 유리벽 너머에는 뜻밖에도 늙은 어머니가 와 있었다.

어머니는 이번 여행이 힘에 부쳤는지 앙상하게 마른 모습으로 면회실 의자에 비스듬히 기대앉아 있었다. 아버지가 돌아가신 뒤 다섯 자식을 기르느라 손에 물마를 날이 없었던 어머니는 자식 앞에서 이렇게 힘없는 모습을 보인 적이 없었다.

"문권아."

자신의 이름을 힘없이 부르는 어머니의 목소리에 그는 눈물이 왈칵 흘러나왔다.

"예, 어머니."

"건강은?"

"괜찮아요, 어머니가 더 걱정입니다. 영 몸이 안 좋아 보여요."

"내사 마 괜찮다. 니, 팔 한번 쑥 걷어 올려 봐라."

"왜요, 어머니?"

김문권은 별 생각 없이 옷소매를 걷어 올렸다.

손목과 팔뚝에 밧줄을 묶어 통닭구이를 한 흔적이 시커멓게 드러났고, 곤봉에 맞은 가짓빛 자국이며, 전기 고문으로 터진 피부 반점이 얼룩덜룩 나타났다.

그러자 어머니는 벌떡 일어서더니 자그마한 체구에 어디서 그런 힘이 솟아났는지 갑자기 고함을 지르기 시작했다.

"내 그럴 줄 알았다! 옛날 너 아배가 친구 때문에 방첩대에 끌려가서 그렇게 애먼하게 당하고 왔더니라. 그런데 이제 너마저 이러키 험한 꼴을 당하다니! 네 이놈들, 주리를 틀어 쥑이삐리고 말끼다! 이 개백정 놈들이 내 귀한 아들을 이렇게 험하게 뚜딜겨 패고! 이 개백정 놈들아!"

어머니는 면회실에서 고래고래 패악을 부렸다.

김문권의 옆에서 대화 내용을 적고 있던 입회 교도관이 말했다.

"할머니! 왜 이러세요. 이러시면 면회가 안 돼요."

교도관의 제지 때문이 아니라 힘이 부쳐 어머니의 고함은 점점 울부짖음으로, 흐느낌으로 작은 어깨를 흔드는 들먹임으로 잦아들었다.

"왜 착하고 공부 잘하는 우리 아들을 이렇게 만들었느냐, 이 나쁜 놈들아. 지금까지 우리 아들은 남 한번 때린 적도 없고, 물건 하나 훔친 적도 없고, 헐벗은 사람들을 보면 불쌍하다고 지 옷까지 벗어 주었는데, 세상에 무슨 죄가 있다고 저렇게 험하게 두들겨 패서 감옥에 가두었느냐. 이 천벌을 받아 죽을 놈들아…….."

"아, 할머니 이제 그만 좀 하세요. 정말 면회 중지합니다."

젊은 입회 교도관은 짜증을 내었다.

어머니는 한동안 어깨를 들먹이더니 말했다.

"그래. 민주 애비야. 며느리한테 매를 많이 맞아 골병들었다는 말을 듣고 인중황을 만들어 댓병에 넣어왔다."

어머니는 보자기를 풀어 정종 댓병에 들어 있는 누르스름한 액체를 보여 주며 말했다.

"인중황이 뭡니까?"

"먹어 보면 안다. 네 아배도 이걸 먹고는 몸이 많이 좋아졌다. 장독을 푸는 데는 이만한 게 없다. 꼭 다 먹도록 해라."

"알겠습니다, 어머니."

"그라고 너한테 꼭 한마디 하고 싶은 말이 있다."

"뭡니까, 어머니."

"너도 힘들 때면 천주님께 기도해라. 그러면 천주님이 반드시 좋은 길을 열어 주실 게다. 이 한마디를 하려고 울산에서 이꺼정 올라왔니라. 알겠제, 문권아."

"……예."

"그래, 난 항상 너를 믿어 왔다. 네가 얼마나 좋은 앤지, 넌 우리 집안과 우리 문중의 별이고 자랑이었단다."

"시간이 다 되었어요, 할머니. 면회 끝!"

입회 교도관의 말에 따라 가족들은 의자에서 일어났다.

어머니는 눈물 닦으며 면회실을 떠나, 폐암으로 돌아가셨다. 김문권이 출소하기 6개월 전이었다.

열여섯 살에 김씨 문중에 시집와 죽도록 고생만 하던 어머니는 그렇게 자식들 효도 한번 받아 보지 못한 채 세상을 떠났다. 인중황은 똥통에 왕대를 찔러 대통 속에 고인 물을 받아 낸 것이란다.

김문권은 늘 고생하시는 어머니가 안쓰러웠지만 어머니에게 살가운 말 한마디 해드린 적이 없었다. 감옥에 갇혀 정작 어머니를 위해 할 수 있는 일은 아무것도 없다는 점에서 처음으로 자신을 자책했다.

'나 자신이 이렇게 나약하고 무기력한 존재였던가?'

어머니가 돌아가신 날, 그는 사흘 동안 아무것도 먹지 않고 독방에서 홀로 울었다.

어느 날 운동을 마치고 통용문을 지나 사동으로 걸어 들어오는데 낯이 익은 사람과 마주쳤다. 자세히 보니 전노맹 의장 송학균이었다.

"아니, 송학균 선배님 아니십니까?"

"아, 김 동지. 나도 뒤따라왔네."

"심정숙 동지는요?"

"심동지도 체포되어 여사에 있네."

김문권을 호송하는 교도관이 통방을 제지했다.

"빨간 명찰들은 만나면 서로 통방이야! 닥치고 그만 가지."

둘은 서로 눈인사만 하고 헤어졌다. 이로써 전노맹은 하부 조직을 비롯해 수뇌부까지 일망타진이 되었다. 허무했다. 그가 인내를 극한 고문을 당하면서도 끝내 거처를 말하지 않았던 송학균과 심정숙이 불과 석 달을 버티지 못하고 잡혔다는 것이 더욱 허무했다.

그는 독방으로 돌아와 생각했다.

'공안 바람 한 번에 지하조직에서 다 무너졌다. 현 정권은 미군 3만과 국군 60만, 경찰 15만 명을 기반으로 하는 강력한 공권력을 지니고 있고, 세계 네 번째로 강한 KCIA를 정보기관으로 가지고 있다. 이처럼 거대한 공권력과 정보력에 허술한 지하조직으로 맞서는 건 계란으로 바위 치는 격이다.'

김문권은 전노맹을 통한 비합법적인 조직 운동의 한계성을 절감했다. 물밑으로 숨어들어 지하활동하고, 위장 취업하고, 비밀 연락하고, 비선 조직을 만들고 해 봤자 모두 정보망에 포착되고 공권력에 일망타진된다. 게다가 비밀주의 운동은 부담은 크고 효율은 떨어진다.

그러면 어떻게 해야 노동자가 주인 되는 세상을 만들 수 있는가? 김문권은 점과 선이나 움직이는 비합법 조직이 아니라 대중을 동원하는 강력한 합법 정당만이 유일한 해답이 될 수 있다고 생각했다. 노동자와 농민, 도시 빈민 등 민중이 중심이 되는 합법적인 정당을 결성해서 선거 혁명을 일으키는 것이다. 그래! 한국에서도 북유럽식 사회민주주의 복지 정당을 만들어 선거를 통해 권력을 잡는다면 일하는 사람이 주인이 되는 우리의 이상을 실현할 수 있다! 그는 당 건설과 관련한 수많은 책을 읽으면서 노동민중당 건설 플랜을 짜고 또 짰다.

북 - 격파

인민무력부에서는 해마다 태권도의 꽃인 격파술 경연 대회를 실시했다. 여기에서 뛰어난 실력을 보인 선수들을 따로 뽑아 집중 훈련시킨 뒤 김정일 위원장과 당 간부들 앞에서 직접 격파 시범을 보였다.

만수대 극장.

선수들은 두껍게 쌓아 놓은 송판과 얼음, 기와와 벽돌을 손과 발과 이마로 격파하고 있었다. 맨손으로 병목을 날리고, 복근 위에 블록을 쌓아 놓고 해머로 내리쳐서 깨뜨렸다. 고난이도의 격파가 끝날 때마다 박수가 터져 나왔다.

격파 시범의 절정은 송판을 격파하는 공중 발차기였다. 이것은 격파술 경연 대회에서 최우수 선수로 뽑힌 최강철의 몫이었다.

1단은 양발차기 격파하기, 2단은 두 사람이 무등을 타고 잡은 송판을 돌려차기로 격파하기, 3단은 3층 인간 피라미드를 쌓고 맨 위에 선 사람이 잡고 있는 송판을 격파했다. 최강철은 단수가 높이 올라갈수록 점점 큰 박수를 받았다. 마지막 5단 뛰기 격파는 높이가 무려 5m에 달해 사람이 새처럼 날지 않는 한 불가능해 보였다.

1층에서 5층까지 인간 피라미드를 만들고 맨 위에 선 사람이 송판을 잡고 있었다. 밑에는 스프링으로 받친 도움닫기 판이 있었다.

도움닫기 판을 충분히 박차 뛰어오르지 못하면 중도에서 추락한다. 박차 올라 목표물에 도착하더라도 가속도가 붙지 않으면 위력이 떨어져 송판을 격파할 수 없다. 5단 뛰기 격파의 성공 여부는 빠르고 정확하면서도 힘이 실린, 고도의 순간 집중력에 달려 있었다.

최강철은 호랑이 발톱 목걸이에 입을 맞춘 뒤 심호흡을 했다. 만수대 극장 안의 관중들도 모두 숨소리를 멈춘 긴장된 순간이었다. 최강철은 으랏차차 기합을 넣으며 달려가 힘차게 도움닫기 판을 박차고 비호처럼 날아올랐다. 오르면서 공중제비로 빙글 돈 뒤 몸을 비틀어 강력한 돌려차기로 5층탑의 송판을 격파한 뒤 다시 한 바퀴 돌며 내려와 사뿐히 착지했다.

만수대 극장 안에서 우레와 같은 박수가 터졌다.

인간의 한계를 극복한 5단 뛰기를, 그것도 공중제비로 돌아 돌려차기로 격파하자 참석한 지도자 동지를 비롯한 당 간부들이 일제히 일어나 기립박수를 보냈다. 최강철은 격파술 시범이 끝난 뒤 일 계급 특진이 되어 중사에서 상사가 되었다.

남-국회의원

83번 김문권 석방!

철문이 뒤로 쾅 닫히며, 체포, 고문, 어머니의 죽음, 인생에서 가장 어두운 부분이 등 뒤로 흘러갔다.

전두환 정권은 사형선고를 받은 김대중을 국제인권단체의 압력으로 석방하면서, 함께 수용되어 있던 정치범들에 대해서도 대규모 석방을 단행했다. 김문권도 송학균, 심상정, 구운룡 등과 함께 크리스마스 특사로 석방되었다.

그는 옥독獄毒에 찌든 몸을 추스를 시간도 없이 옥중에서 구상한 노동민중당 건설에 착수했다. 정치적으로 억압받고, 경제적으로 착취당하는 이 땅의 노동자들을 선거 혁명으로 해방하겠다는 목적이었다.

감옥에 있는 안 노동 운동의 판도는 많이 바뀌어져 있었다.

운동권의 세대교체가 일어났다. 개인의 정의감과 도덕, 휴머니즘에 의존해 독재에 저항하던 운동권 1세대들은 새로운 이론과 조직으로 무장한 운동권 2세대에 의해 자의 반 타의 반으로 물갈이가 되었다. 5 · 18 광주항쟁으로 양산된 2세대 운동권들은 마르크스 레닌주의와 마오주의, 북한의 주체사상 등으로 무장해, 이론도 조직도 없는 선배들과 노선 투쟁을 벌여 운동의 헤게모니를 장악했다. 전노맹 의장이었던 송학균 선배는 '전태일의 순수한 노동 정신이 이데올로기에 의해 왜곡 · 변질되었다'고 비판하고 하버드 대학으로 유학을 떠났다. 설 자리를 잃은 1세대 운동권들은 한민당과 시민단체에 들어가거나 소시민으로 몰락해 갔다.

하지만 김문권은 합법적인 노동민중당 건설을 주도하면서 오히려 활동 범위가 전국적으로 넓어졌다. 전노맹 조직의 사람들은 출옥한 뒤 노동민중당의 깃발 아래 재집결했다. 김문권과 더불어 여성인권운동가인 심정숙, 환경운동가로 변신한 구운룡은 창당위원이 되었고, 뿔뿔이 흩어졌던 활동가들을 노동민중당이 흡수했다. 노동민중당은 도시마다 지부를 건설함으로써 명실공히 전국적 조직을 갖추었다. 다가오는 총선에 합법적인 정당으로서 장차 북유럽의 사민주의처럼 일하는 사람, 노동자와 농민, 환경 중심의 정당으로 우뚝 서려고 착착 준비하고 있었다.

1988년 4월 14대 총선.

김문권과 심정숙, 구운룡은 합법적인 노동민중당을 창당하고 총선에 뛰어들었다. 전국에 51명의 노동민중당 후보를 내고, 그는 노동민중당 비례대표 국회의원 후보 2번으로 출마했다. 김문권이 전국을 돌아다니며 진두지휘했다. 여당인 통일당과 야당인 한민당 사이의 틈새를 노려 성공할 수 있다는 자신감을 얻었다. 선거가 끝나고 개표 결과, 당선자는 한 사람도 없었고, 득표율 2%도 못 얻어 노동민중당은 선관위로부터 해산 명령을 받았다. 의욕적으로 당을 건설하고 전국을 다니며 동분서주했으나, 노동민중당에 대한 정부의 사상적 공격과 국민들의 인식 부족으로 참담하게 실패하고 말았다. 노동자들조차 찍지 않은 것에 대해 김문권은 심한 좌절감을 느꼈다.

노동민중당의 실패 후 김문권이 6개월간 자숙하며 미래의 진로를 고민하고 있었다. 새롭게 당을 건설하자는 당재건파 모임에도 나가지 않았다. 다만 무료 법률상담소를 열어 노동과 인권 문제에 대해 무료 법률상담을 해 주고 있었다. 어느 날 무료 법률상담소로 말쑥한 차림을 한 사람이 그를 찾아왔다.

"무슨 일로 오셨습니까?"

"어떻게 하면 나라를 좀 더 민주국가로 만들 수 있는지 고민이 되어 상담하러 왔습니다."

"그건 고민한다고 해결되는 문제가 아니고 실천을 해야지요."

"그럼, 어떤 실천을 해야 합니까?"

"적어도 쿠데타를 일으키고 광주학살을 한 전두환 노태우를 잡아넣어 국가 기강을 바로잡고, 군사독재 하에 왜곡된 반민주적 법들을 바로세워야지요."

"아, 그런 개혁적 실천을 김 선생님이 좀 해 주십시오."

"그게 무슨 말씀입니까?"

"김 선생님, 통일당에 들어와 그런 일 좀 해 주십시오."

그는 자신이 통일당 간부임을 밝히고 입당을 권유했다.

"난 지금까지 노동 운동을 하며 통일당과 싸운 사람입니다. 그런데 통일당에 입당하라니요?"

김문권은 말인가 말뚝인가 싶었다.

"통일당은 그동안 보수 일색이었는데 민주투사를 영입해 민주계를 새롭게 세우려고 합니다."

김영삼 대통령은 재야 혁신세력을 통일당에 영입함으로써 통일당 내 민주계의 세력을 강화시키려고 했다

"그래 봤자 과거 수구골통 보수 정당의 연장 아니오?"

"아니오. 민주계가 중심이 되면 보수 야당보다 더 혁신적인 정책을 펼칠 겁니다."

"낡은 인물들이 버티고 있는데 과연 그것이 가능할까요?"

"그래서 김 선생님의 도움이 필요한 겁니다. 전 김 선생님을 평소부터 지켜보았습니다. 국가에 대한 애국심, 자유민주주의에 대한 소신, 서민과 민중에 대한 헌신을 높이 평가합니다. 그런 열정으로 우리 당에 와

서 큰 뜻을 한번 펼쳐 보는 것이 어떻겠습니까?"

"아, 글쎄 저는……."

"사랑하다가 사랑을 잃는 편이 한 번도 사랑하지 않은 것보다 낫지 않겠습니까?"

김문권은 일단 통일당 간부의 입당 제의를 거절하며 돌려보냈다.

그러나 '사랑하다가 사랑을 잃는 편이 한 번도 사랑하지 않은 것보다 낫지 않겠느냐'는 마지막 말이 귓전을 때리며 여운을 남겼다.

간부의 방문 이후 마음에 갈등을 하던 김문권은 대학 시절 운동권 동아리 지도교수였던 윤승노 교수가 떠올랐다.

'그래, 윤 교수를 만나 보면 어떨까?'

그는 김문권에게 법관이 되기보다 법철학자가 되라며 노동 운동에 뛰어드는 것을 권했을 뿐만 아니라 자신도 제자들과 함께 감옥에 간 지 행합일의 교수였다.

윤 교수는 독일 자유 베를린대학에서 헤겔 법철학을 전공해 박사학위를 받았다. 논문이 워낙 탁월해 학위와 동시에 베를린대학 교수가 되었으나, 애국심에 불타 귀국해 S 대학에서 법철학을 강의하며 제자들을 길렀다. 유신헌법이 선포되자 유신헌법의 철학 정신을 정면으로 비판해 긴급조치법으로 구속되었으나, 박 대통령이 죽은 뒤 대학에서 그의 학문적 재능을 높이 사 다시 복직시켰다. 그는 전공인 헤겔 법철학보다 동양철학에 더 깊은 관심을 가져 노자와 장자에 관한 책을 내기도 했다.

김문권은 S 대학 교수 연구실로 가서 윤승노 교수를 찾았다.

그는 김문권을 반갑게 맞으며 말했다.

"언젠가 한 번은 찾아올 줄 알았네."

"늦게 찾아와서 죄송합니다."

"노동민중당 일을 한다는 소식은 들었네만 아직도 노동 운동을 하고 있나?"

"예."

김문권은 그간의 삶을 이야기한 뒤 윤교수의 조언을 부탁했다.

"제가 노동 운동을 계속해야 할지 정계에 입문해야 할지 고민하고 있습니다."

"노동 운동을 계속한다. 글쎄, 노동자들이 자네를 필요로 할까?"

"예?"

"먹고 살기 편한데 뭐 때문에? 자네가 나타나서 혁명하자고 그러면 귀찮게 생각하지 않을까?"

"……."

"지금 한국의 대기업 노동자들은 유럽의 노동자들처럼 자가용을 타고 다녀. 노동자들이 이익집단이 되어 그들의 힘으로 조직을 이루고 있어. 그런데 왜 학출들이 그곳에서 얼씬거려?"

"……."

"젊은 시절에 혁명을 품지 않은 사람은 바보이고 40이 넘어서도 혁명을 품는 사람도 바보일세. 자네도 이제 40이 아닌가?"

윤 교수는 녹차를 내놓으며 말했다.

"왜 하필 40이죠?"

"사람은 고향에서 죽는 사람과 타향에서 죽는 사람 둘로 나눌 수 있지. 인생의 절반쯤인 나이 40에 섬이 하나 놓여 있지. 고향에서 죽는 사람은 그 섬을 반환점으로 삼아 돌아오고, 타향에서 죽는 사람은 그 섬을 발판으로 삼아 더 나아가지. 그게 보수와 진보의 차이야.”

“교수님은요?”

“나에게는 나이 40에 들어간 감옥이 터닝포인트가 되었네. 그곳에서 원효대사의 말을 생각했지. 원효대사는 ‘부지런히 수행하더라도 지혜가 없는 자는 동쪽으로 가고자 하면서도 서쪽으로 가고 있다’며 부지런히 참선하는 눈 푸른 납자들에게 경고한 일이 있었지.”

“……”

“제 몸과 마음을 다 바쳐 헌신적으로 노력하고 있지만 올바른 판단을 못하면 완전히 방향 착오에 빠져 뜨거운 열정으로 열심히 노력할수록 더욱더 미망에 빠지는 것을 경계하는 말이지.”

윤 교수는 우회적이긴 하지만 결론적으로 그에게 말했다.

“나이 40, 인생의 반환점에 날 잘 찾아왔네. 노동 운동을 계속해야 할지 정계에 입문해야 할지 고민하고 있다고? 자, 이 녹차 맛을 보게. 그윽하지? 자네도 이제부터 강렬한 커피 대신에 부드러운 녹차를 마셔 보라고.”

“알겠습니다.”

김문권은 녹차를 잔을 받아 마신 뒤 마음에 확고한 결심이 섰다. 난 사랑하다가 사랑을 잃는 편을 택하겠다. 내 머릿속에 있는 이 개혁 플랜을 반드시 실천하다 죽고 싶다. 그는 개운한 마음으로 연구실을 나왔다.

김문권은 총선을 6개월 앞두고 노동민중당 창당위원인 구운룡과 함께 통일당에 입당했다. 언론의 스포트라이트를 많이 받았지만, 동지들로부터 변절자라는 비판을 더 많이 받았다. 그는 A지역 지구당 위원장을 맡았다. 그는 이 지역에 연고도 없는 데다가 이름도 알려지지 않은 정치 신인이었다. 여론조사는 4：1의 압도적인 표 차로 한민당 대변인이자 중진 의원인 박지완이 김문권을 이긴다고 나왔다.

김문권은 국회의원 출사표를 던지고 울산 천전리의 부모님 묘소를 찾았다. 하얀 눈길을 밟으며 산으로 걸어 올라가는데 눈길이 얼마나 미끄러운지 허리를 낮추고 거북이처럼 네 발로 엉금엉금 기어야 했다.

김문권은 몸의 무게중심을 낮춰 기다시피 능선 길을 오르는데 문득 등 뒤에서 소리가 들렸다.

"문권아, 모든 일을 눈길 걷듯이 해라."

깜짝 놀라 돌아보았으나 빈 산, 빈 하늘만 있을 뿐 아무도 없었다.

환청이었던가? 분명히 아버지의 목소리인 듯했다.

모든 일을 눈길 걷듯이 해라. 그게 무슨 뜻일까?

아버지는 돌아가시기 전에도 빈손을 잡아 주시며 나에게 많은 화두를 던졌다.

'눈길은 사람을 조심조심 걷게 하지. 매사에 조심하라는 말씀인가? 눈길은 또한 이처럼 사람의 몸을 낮추게 만든다. 유권자들에게 겸손하게 다가가라는 말씀일 수도 있겠다. 어쩌면 이 새하얀 눈길처럼 청렴하게 살아가라는 말씀일 수도 있겠다. 우리는 결국 선인이 걸어가신 그곳에서 스스로 진리를 발견할 수밖에 없다.'

그는 조심조심 눈길을 밟으며 부모님의 무덤으로 올라갔다.

흰 눈이 덮인 동그란 두 무덤은 마치 부모님이 하얀 솜옷을 맞추어 입고 다정하게 앉아 있는 느낌이었다.

그는 절을 하면서 보고했다.

"아버지, 어머니. 불초는 A시 원외지구당을 맡았습니다. 이제 6개월 후엔 총선이 있습니다. 아버지, 어머니 절 도와주십시오."

눈 덮인 무덤에서 허연 사람이 벌떡 일어나더니 천둥 같은 소리로 말했다.

"문권아! 당장 여기서 내려가라!"

그는 놀라서 눈을 크게 뜨고 바라보았다.

아까처럼 아무 것도 없었다. 무덤 주위를 둘러봐도 아무런 인기척이 없었고 재잘거리는 겨울 텃새 소리만 들릴 뿐이었다. 환영인가, 환청인가? 하지만 험한 정치판에 입문하는 아들이 아버지는 염려스러우신 게다. 그래서 두 번이나 혼령으로 나타나 충고하신 것이다.

'예, 아버지의 염려와 그 뜻을 충분히 받들겠습니다. 매사에 눈길을 밟듯 조심스레 하면서도 당장 현장으로 내려가 부지런히 뛰라는 말씀이시지요. 아버지께서 저에게 당부하셨던 정의로운 사회를 꼭 만들겠습니다.'

그는 공동묘지에서 네 발로 눈길을 엉금엉금 기듯이 내려오며 아버지가 던진 말씀을 곰곰이 되새겼다.

그래, 내가 보수 여당에 왔다고 해서 결코 오만하거나 부패하거나 불의한 인간이 되어서는 안 된다. 오히려 야당과 노동계 인사들보다 더 정의롭고 더 깨끗한 인간이 되어야 한다.

그는 두 발로 걸어 다니며 선거운동을 했다. 애당초 그는 차가 없었고, 차를 사지도 않았다. 기름 한 방울 나지 않는 곳에서 차는 사치라고 생각했다. 웬만한 거리면 두 발로 걸어가고, 중거리이면 자전거를 타고 가고, 원거리는 대중교통을 이용했다. 새벽 4시에 일어나 동네 약수터와 배드민턴장, 새벽시장을 한 바퀴 돌고 지구당에 들르면 아침에 만나는 사람만 오백여 명이 넘었다. 낮과 저녁에는 버스와 지하철을 타면서 주민들과 악수를 나눴다. 그는 출근길에 지하철을 타고 다니면서 황금과 같은 공약 하나를 발견했다.

A시 사람들 70%가 지하철을 타고 서울로 출퇴근을 하는데 지하철이 아니라 '지옥철'이었다. 문이 열리면 푸쉬맨이 두 손으로 등을 떠밀어 열차 안으로 쑤셔 박는다. 만원으로 튕겨 나오는 사람이 푸쉬맨에 의해 지하철 안으로 종이 구겨지듯 들어간다. 매일 출퇴근길에 되풀이되는 지옥철의 탑승을 과연 윗분들은 아실까? 아마도 편한 자가용을 타고 다니면서 서민들의 발이 어떤지 알 길이 없을 것이다.

김문권은 총선 핵심 슬로건을 '지옥철, 대통령도 같이 타 봅시다'로 정하고, 이 공약 하나로 이번 선거를 밀어붙이기로 했다. 공약公約이 공약空約으로 끝나지 않기 위해 소관 부서인 교통부장관을 찾아가 경인전철을 복복선으로 만들어야 한다고 설득했다. 장관은 예산 등을 들어 난색을 표했지만 끈덕진 설득에 '우선 현안 사업'으로 하겠다는 약속을 얻어 냈다.

15대 총선이 눈앞으로 성큼 다가와 있었다.

그는 한 명이라도 더 만나기 위해 밤낮으로 지역구를 돌았다. 그는 과거 노조 운동하던 경험을 살려 노동자, 노숙자, 서민들과 함께 자면서 그들의 얘기를 들어주고 손을 잡아 주었다. 여야 후보를 막론하고 지금까지 누구도 이처럼 서민과 소외 계층에게 가까이 다가간 적이 없었다.

　장례식장과 결혼식장에 찾아가는 것은 기본이고, 불이 나면 소방차보다 먼저 가고, 홍수가 나면 재난구조대보다 먼저 현장에 도착했다. 여북했으면 김문권은 누구네 집에 숟가락 몇 개 있는지 안다고까지 했을까.

　선거를 열흘 남짓 남겨두고 김문권이 대중목욕탕에 갔을 때였다.

　그가 노인들의 등을 밀어준 뒤 "통일당 김문권입니다. 열심히 하겠습니다"라고 하자 목욕하던 노인들이 김문권을 알아보고 몰려와 말했다.

　"이봐 젊은이. 뛰어 봤자 벼룩이야. 상대가 거물보다 큰 대물이잖아."

　"20년 동안 야당인 지역에 왜 나왔누? 여기선 안 된다니까."

　"열심히 뛰는 건 좋아. 차기나 차차기를 보고 말이야."

　늘 듣던 말이었으나, 때밀이를 하고 벌거벗은 몸으로 이 말을 들으니 맥이 푹 빠지는 듯했다.

　'도대체 내가 지금 무엇을 하고 있지? 발탄 강아지처럼 뛰는데도 유권자들 반응은 썰렁하기만 하고. 아, 여기서 접어야 할까?'

　외부의 어려움은 얼마든지 이길 수 있었으나 내면이 주저앉아 버리면 쉽사리 일어나기 힘들었다. 그는 고개를 흔들며 다시 마음을 가다듬었다.

　드디어 선거일이 되었다. 거의 모든 언론 방송은 A시에서 1위 한민당, 2위 통일당, 3위 무소속으로 예측했다. 어떤 여론조사기관은 2위와 3위의 순위를 뒤바꾸기도 했다.

　투표가 마감되고 TV 개표 방송이 시작되었다.

　그런데 막상 뚜껑을 열자 한민당 박지완 후보와 김문권 후보의 득표수가 엎치락뒤치락하는 상황이 벌어졌다. 잠시도 개표 방송에서 눈을 떼지 못할 정도로 팽팽한 접전이었다. 밤 12시가 넘어도 당선 윤곽이 잡히지 않았다. 과연 A시에서 이변이 일어날 것인가? 새벽 동이 틀 무렵 마침내 김문권이 상대 후보를 천 표 차로 누르고 당선되었다. 다윗이 골리앗을 이긴 것이다. 당선된 뒤 그는 초심을 잃지 않고 지옥철과 관련한 선거공약인 전철 복복선 건설을 강력히 추진했고 교통과 관련된 환승제 실시, 버스 이중요금제 폐지 등의 공약도 성실히 지켰다. 그는 다음 총선에서는 야당 후보를 압도적으로 따돌리고 득표율 전국 1위로 재선되었고, 이후 국회의원 4선 도지사 한 번을 했다.

북 - 연애

정찰국 소속인 최강철은 평양의 모란봉 구역에 있는 노동당 작전부 초대소로 차출되었다. 노동당 작전부는 남한과 제3국에 비합법적으로 침투하거나 요인암살 및 납치, 무인포스트 매몰, 군사 정찰 및 폭파의 임무를 수행하는 최고의 대남공작 부서이다.

지금까지 요덕수용소와 특수부대에서 살아오면서 통제에 익숙한 그였지만 작전부 초대소에 들어간 뒤 지켜야 할 비밀이 많아지고 행동반경은 더욱 제한되었다.

그는 그곳에서 컴퓨터 관련 훈련을 집중적으로 받았다. 지금까지 육체적 훈련만 받았지 지적 훈련과는 담을 쌓은 그였다. '생각하는 왕살모사가 되라'는 심상덕 교관의 말을 잊지 않았다. 컴퓨터 조작 기술도 육체훈련의 하나라고 생각하고 밤늦게까지 컴퓨터에 달라붙었다.

그의 컴퓨터 실력이 남조선 국방부 사이트에 침입할 정도로 일취월장하자 상관인 부부장이 말했다.

"강철 동무, 대단한데. 힘든 특전대보다 해커 부대에 들어가는 게 낫지 않을까?"

"전 좁은 공간이 싫습니다."

늘 비좁은 공간에만 있다가 해상전술 훈련을 하기 위해 서해바다로 나갈 때면 답답한 속이 확 트이는 느낌이었다. 그곳에서 항해전술, 수중 폭파, 수중 잠수 훈련 등을 받았다. 바다 훈련은 고되었지만 훈련 도중 돔, 전복, 소라와 같은 싱싱한 해산물을 맘껏 먹을 수 있어 좋았다.

어느 날 최강철이 훈련을 마치고 더러워진 발싸개를 빨고 있는데 부부장이 최강철에게 다가와 말했다.

"동무, 지금 뭐 하고 있소?"

"아, 그냥 발싸개를……."

"동무도 세탁을 여자에게 맡기고, 치마 걸린 방에서 자야 할 텐데."

"……."

"좋아하는 여자가 있나?"

"없습니다."

그는 스물 셋이었다. 북한의 청년들이 17살에 입대해 10년간 군복무를 마치고 30세 전후에 결혼하는 북조선 총각들에 비하면 그는 아직 결혼을 언급할 나이는 아니었다.

"그래도 연애해 본 적은 있을 것 아임메?"

“없습니다.”

어릴 때는 여자에게 말을 거는 것조차 금지였다. 보위원들은 요덕수용소에서 죄수들끼리 만나 연애하는 것을 금지했다. ‘연애금지’는 어릴 때부터 그들에게 내려진 무의식적인 율법이었다. 그렇다고 해서 연애에 대한 상상을 하지 않은 것은 아니었다. 금지된 사랑에 대한 열망은 본능적으로 더 강렬하기 마련이다. 안으로 억압된 욕망은 관음증, 변태적 상상, 과대망상, 자위행위 등에 집착으로 나타나, 은밀하게 비정상적으로 발달했다.

그의 가슴에 아직도 담고 있는 죽은 처녀에 대한 집착과 망상이 그 중 거였다.

“하긴 소년전사로 입대한 동무에겐 연애할 기회조차 없었겠지.”

부부장은 최강철과 마주칠 때마다 자기가 중매쟁이가 되어야 겠다고 말했다.

설을 앞둔 어느 날 부부장이 환한 얼굴로 와서 말했다.

“동무를 보고 싶어 하는 처녀가 하나 있어.”

“예?”

자신은 여자를 본 적이 없는데 그 여자는 언제 나를 봤다는 것인가?

“만나 보면 알 것이야. 곧 설 명절인데 동무의 발싸개를 빨아 줄 처녀는 있어야 할 것 아이가?”

“…….”

“장소는 옥류관이야. 한번 만나 봐. 후회하지 않을 테니.”

부부장은 싱긋 웃으며 사진 한 장을 전해 주고 갔다.

사진 속의 처녀는 약간 나이가 들어 보였으나 얼굴은 보름달처럼 훤

한 미인이었다.

그는 사진을 뚫어져라 쳐다보며 중얼거렸다.

'이런 미인이 무슨 이유로 나를 보고 싶어 하지?'

최강철은 약속 장소인 옥류관으로 일찍 갔다.

대동강변이 보이는 전망이 좋은 곳에 자리를 잡고 앉아 있는데 아래위로 멋진 감색 양장을 빼입은 사진 속의 여자가 들어오더니 그에게 인사했다.

"최강철 동무 되시죠?"

"그렇습니다만."

"아. 맞구나. 지난번 만수대 극장에서 5단 격파를 하신 분?"

"예……."

만수대 예술단 단원인 그녀는 바로 무대 뒤에서 최강철의 공중 격파술을 보았다고 했다.

"제비처럼 공중을 날아올라 송판 격파를 하는 동무가 너무 멋있었습니다."

"……."

"전 씩씩하고 늠름한 동무의 그 모습이 지워지지 않더군요. 그 뒤로부터 전사 동무를 제 마음에 그리게 되었습니다."

미인인 그녀가 자신을 마음에 그리게 되었다니 기분이 좋았다.

"그래서 공연이 끝난 뒤 군 대장을 찾아가 부탁했지요. 전사 동무를 한번 뵙고 싶다고. 그런데 이제야 만나게 되네요."

"……."

"지금 하고 있는 목걸이가 그때 입을 맞추었던 호랑이 발톱 목걸이인가요?"

"맞습니다."

"만져 보고 싶습니다."

그는 목에서 목걸이를 빼서 보여주었다.

그녀는 호랑이 발톱 목걸이를 자기 목에 걸어 보며 말했다.

"어마, 멋있네요. 나도 이 목걸이를 했으니 5단 공중 격파를 할 수 있겠다."

"호랑이 발톱은 행운과 용기를 주죠."

그는 호랑이 발톱을 볼 때마다 극한의 상황에서 호랑이를 잡았던 용기와 인내를 떠올렸다.

"이걸 제가 가져도 되나요?"

"가지세요."

"고마워요."

둘은 꿩고기 육수로 만들었다는 옥류관 냉면을 먹은 뒤 대동강변을 거닐었다.

겨울 얼어붙은 대동강은 유리처럼 번쩍이고 몇몇은 그곳에서 스케이트를 타고 있었다. 여자의 이름은 정려원이었다. 나이는 29세, 최강철보다 6살이 많았다.

그녀는 매우 적극적이었다. '어, 손 시려' 하면서 최강철의 호주머니에 손을 쏙 집어넣으며 손을 잡았다.

"동무의 표정은 대동강보다 더 얼어붙은 것 같아요. 봄이 돼야 얼어붙은 얼굴이 풀릴래나?"

어느 날은 주점에서 술에 취해 자기의 가슴이 너무 뛰어 죽을 것 같다면서 그의 손을 자기의 가슴께로 가져갔다.

"제 심장이 터질 것 같아요."

심장의 박동보다도 몽실한 젖가슴이 느껴졌다. 그녀의 젖가슴을 만지고 난 손에서 단풍나무 향기 같은 단내가 났다.

어머니와 누나를 보지 못하고 자란 최강철에게 그녀는 어머니 같고 누나 같이 포근했다.

'기쁨조로 불리는 만수대 예술단원이라. 나와는 차원이 다른 여자지. 그렇더라도 작전부 부부장 동지가 소개한 여자가 아닌가. 싫어도 거부할 수 없다. 어차피 받아들일 것이면 문을 활짝 열어 버리자.'

외출이 엄격한 작전부에서도 최강철이 그녀와 만난다고 하면 얼마든지 외출을 허락해 주었다.

최강철은 그녀가 공연할 때 꽃다발을 사 들고 앞자리에 가 앉아 공연을 보았다. 그녀는 주연은 아니었지만 빛나는 조연이었다. 최강철의 눈에 그녀가 주인공보다 더 눈부시고 화려해 보였다. 그렇게 열 번쯤 만났을까. 서로 입맞춤도 나누고 진한 스킨십도 거쳤다.

설에는 평양 창광거리에 있는 그녀의 아파트에 가서 가족에게도 인사를 하고 윷놀이를 하며 즐거운 시간을 보냈다.

여섯 살 연상이지만 그녀는 온실 속의 화초처럼 곱게 자랐고, 최강철은 풍찬노숙을 하면서 거칠게 자라서 외모상 나이 차이는 그리 나지 않았다.

그러나 최강철은 나이가 아직 일렀고 특수 훈련을 받는 군인 신분이었기에 결혼은 염두에 두지 않았다.

남 - 대선 후보 1호

어둠의 소리들이 두런두런 들린다.

"김문권 후보가 지지율 1위인 박선화 후보를 거세게 추격하고 있다고요?"

"그런가 봅니다. 박 후보는 신비주의로 자신을 감추는 데 급급한 반면 김문권 후보는 발탄 강아지처럼 돌아다니니 대의원과 유권자들에게 진정성이 어필되고 있나 봅니다."

"어허, 그러면 안 되는데. 그를 조기에 낙마시킬 방법이 없소?"

"김 후보가 가장 자신 있어 하는 강점을 깨 버리면 됩니다."

"강점이 뭐요?"

"청렴, 도덕성, 사상성이죠."

"청렴, 도덕성, 사상성? 그것을 공격하라는 거요?"

"그렇습니다. 돈과 여자로 덫을 놓고 마지막에는 빨갱이로 몰아붙이는 것입니다."

"잔인하군."

"그것도 안 되면 아예 전부를 깨끗하게 없애 버리는 거죠."

"놈은 확장성이 강하니까 조기에 매장시켜야 합니다."

"옳은 말씀이요."

"확실히 하는 거죠?"

"이 방면에 최고의 전문가를 보낼 작정입니다."

"좋소. 그렇게 갑시다."

두런두런하던 어둠의 소리들이 더 이상 들리지 않았다.

'나도 대통령이다.'

대통령 예비 후보 등록제는 누구라도 대통령 후보가 되는 기회를 제공하는 열린 선거제도이다. 간단한 서류만 접수시키면 대통령 예비 후보가 되는 이 제도는 자금, 조직이 없는 무명의 정치 신인들에게 인지도를 높일 수 있는 길을 열어 준다.

지난 대선 때는 알바 청년, 요리사, 선원, 회사원, 종교인 군인 등 96명이 예비 후보로 등록했다. 그들은 218일 동안 대통령에 당선되면 어떻게 국정을 운영할지 꿈을 설계했다. 그러나 17대 대선에서 기탁금 5억 원을 내고 5,000명의 추천을 받아 정식 후보로 등록한 사람은 12명뿐이었다.

부지런한 김문권은 주민등록등본, 호적초본과 간단한 서류를 구비해 과천시에 있는 중앙선거관리위원회에 가서 대통령 예비 후보 등록을 제1번으로 했다.

대선 후보 1호 김문권이 된 것이다.

현재 지지율인 15%, 여당에서는 유일하게 박선화 후보를 맹추격하고 있지만 그가 경선에서 탈락하면 정식 후보가 되지 못하고 예비 후보로 끝날 가능성도 있다. 그러나 분단을 극복하고 통일강대국을 만들 비전을 결코 포기하지 않을 것이다.

울산시 울주군 두동면 천전리.

김문권은 새로운 정치적 행보를 할 때마다 고향의 선산을 찾았다.

동네 어귀에 뿌리내린 늙은 느티나무 숲을 지나자 경주 김씨 제숙공파 종갓집이 나왔다. 김문권이 태어난 곳이다. 그동안 그는 애써 이 종갓집을 외면하고 곧장 부모님의 무덤이 있는 선산으로 갔다. 늘 바쁜 걸음이었고, 어린 시절의 아픈 기억을 떠올리기 싫었다.

하지만 오늘은 종갓집으로 슬그머니 발길이 옮겨졌다.

대문이 살짝 열려 있기도 했지만, 이제 아픈 기억도 아름다운 추억으로 바뀔 나이가 되었다는 생각 때문이었다. 종갓집은 퇴락해 기와에는 이끼가 웃자랐지만, 높다란 솟을대문과 용머리를 얹은 지붕에서 옛 위용의 흔적을 짐작할 수 있다. 집 앞에는 한 걸음에 넘을 수 있는 작은 도랑이 흐르는데 어릴 때는 그것이 얼마나 크게 보였던지 시내처럼 보였다.

그는 솟을대문을 밀며 말했다.

"계십니까?"

대답이 없이 조용한 걸 보니 주인이 잠시 마실 나간 듯했다.

대문 안으로 한 발을 들여놓고 집 안을 살펴보았다. 마당에 나온 암탉이 노란 병아리들을 거느리고 모이를 쪼고 있었다. 사랑채 앞 잉어가 놀던 연못은 메워지고 대신 소철이 심어진 정원으로 바뀌었다. 머뭇거리던 발걸음을 이리로 당겼던 것은 어릴 적 숨바꼭질할 때 자주 숨었던 오미자 터널을 볼 수 있을까 함이었다. 그러나 연못과 동편 담 사이에 푸른 넝쿨이 뒤얽혀 있었던 무성한 오미자 터널은 흔적도 없이 사라졌다. 다만 오미자나무 한 그루가 기울어진 담벼락을 덩굴손으로 안간힘으로 붙들고 서 있었다.

순간 그 오미자나무 한그루가 황금색으로 빛나는 듯했다. 담록淡綠의 이파리가 바람에 일렁이면서 황금빛 햇살을 반사하고 있었다.

찬란하게 빛나고 있는 황금 오미자나무 한 그루가 넝쿨손을 뻗어 그에게로 다가오고 있었다. 김문권은 손을 내밀어 그의 넝쿨을 잡았다. 순간 그의 입안에 오미자의 다섯 가지 맛과 향이 살아났다. 신맛, 단맛, 쓴맛, 짠맛, 매운 맛, 다섯 가지 맛이 난다 해서 오미자五味子라고 불렀던 나무. 그는 온갖 신산한 맛을 준 유년의 오미자 터널 속으로 성큼성큼 걸어 들어갔다.

그의 발걸음은 저절로 외양간으로 향했다. 삐걱. 맞지 않은 나무 문을 열고 들어가니 외양간은 완전히 폐가가 되어 있었다. 가는 거미줄이 겹겹이 쳐져 있고, 녹슨 가마솥은 휑뎅그렁 엎혀 있고, 식은 아궁이는 여전히 굶주린 채 뻥 뚫린 입을 벌리고 있었다. 소가 누워 있던 자리에는 비닐 포대가 쌓여 있고, 소여물을 주는 구유는 썩어 내려앉아 있었다.

아, 어린 시절 함박눈이 내리는 겨울철에 이 외양간은 얼마나 아늑한 곳이었던가! 엄마 누나의 어린 시절 추억의 중심이 정지간(부엌)이라면, 외양간이야말로 그의 유년 시절 형성된 모든 추억의 중심이자 허브(hub)였다.

외양간에 소를 집어넣으면 소는 배가 고프다고 음메 하고 울거나 머리로 벽을 쿵쿵 뜸배질(뿔로 박는 짓)을 했다. 그러면 부랴부랴 등겨와 콩깍지, 건초와 쌀뜨물을 소물솥(소죽을 끓이는 솥)에 넣어 소죽을 끓인다.

아궁이에는 그가 가장 좋아하는 마법의 불이 있었다. 처음에는 신문지와 소나무 갈비로 헛불을 지핀 뒤 가는 솔가지를 던져 넣어 점점 화력을 키운다. 불기운이 세어지면 마지막으로 꽈둥가리(그루터기 나무)와

팬 장작을 넣어 활활 타오르는 화마火魔대왕으로 만든다. 대왕 불은 소
물솥의 밑바닥을 쇠쇠 새된 소리를 내며 달구다 끝 모를 깊은 동굴인 방
고래로 빨려 들어갔다.

신나게 활활 타오르는 불을 신데렐라의 흥겨운 무도회라고 한다면
재 속에 묻혀 있는 빠알간 불씨는 잠자는 숲속의 공주라고나 할까. 부삽
으로 재속에 묻힌 예쁘고 고운 알불을 건져 화로에 담아내고 남은 불씨
에는 감자와 고구마, 밤과 달걀을 묻어 두었다. 껍질만 시커멓게 타고 속
은 덜 익은 감자·고구마라도 왜 그리 맛이 있던지. 칼집을 내지 않은 밤
을 한 주먹 불 속에 집어넣었다가 대폭발하는 바람에 불티를 뒤집어쓰
고 혼비백산한 일이며, 뱀과 개구리를 잡아 구워 먹은 것도 이제는 복원
할 수 없는 즐거운 추억이다.

소죽이 익어가는 냄새를 맡은 소는 고드름처럼 긴 침을 흘리며 움머
라고 울었다. 소두뱅이(솥뚜껑)를 열고 자루가 달린 나무바가지로 소죽
을 퍼 구유에 담으면 소는 코로 투루루투루루 투레질을 하며 김이 펄펄
나는 소죽을 고개를 돌려가며 먹었다.

그는 지금도 냄새로 사람을 구별할 수 있다고 생각했다. 짚여물을 푹
삶은 소죽 냄새를 구수하게 느끼는 사람은 진짜 농촌 사람, 푹 삭은 똥거
름 냄새조차도 구수한 냄새로 느낄 수 있는 사람은 진짜 농부.

고향 마을의 종갓집은 늘 아름다운 추억으로 물들어 있었다.

종갓집을 일별하고 나온 김문권은 들길 따라서 혼자 걸어갔다. 부모
님의 묘는 천전리 각석과 대곡리 암각화 사이에 동암사 올라가는 동암
사 심검당 위 공동묘지에 있었다.

천전리 각석과 대곡리 암각화, 그 원시적 세계는 어린 시절부터 지금까지 그에게 무한한 매력과 상상력을 주었다. 오래된 바위 벽면에는 늘 따사로운 태고의 햇살이 비치고 있다. 남해바다 어느 곳에는 잠만 자도 도가 닦이는 명당이 있다고 했던가. 하지만 천전리 각석과 대곡리 암각화 가는 길만큼 아름답고 고즈넉한 구도의 길이 있을까. 떠남, 그것만으로 온전한 행선行禪을 이루는 길이다.

천전리 각석 계곡에서 반구대 암각화로 이어진 길은 하늘에서 지상에 떨어진 가장 아름다운 길로 하늘길이라 부른다. 하늘길을 따라 숲 속으로 걸어 들어가면 걸음을 옮길 때마다 먼 곳의 여인의 옷 벗는 소리처럼 사락사락 나뭇잎 밟히는 소리가 난다. 마르지 않은 나뭇잎은 아직 추억이 되지 못한 기억처럼 아프게 밟힌다.

대학 시절, 운동권으로 수배되거나 고문을 당하고 감옥에서 나왔을 때, 해 저물녘 고향의 이 길을 걸었다. 장발에 흰 고무신을 신고 쓸쓸히 담배 연기를 날리면 미래가 불투명하고 불가해해서 두 눈에 매운 눈물이 흘렀다.

'난 어디로 가야 하나?'

천전리 각석과 대곡리 암각화, 서로 2.5km 떨어져 있는 국보 147호와 285호인 두 바위는 둘 다 신석기인이 그린 그림이나 그림의 내용은 달라 대립하고 있다. 천전리 각석이 날카로운 추상화라면 반구대 암각화는 부드러운 구상화이다.

젊은 시절 그는 예리한 각석에 새겨진 관념적이고 이념적인 기호에 이끌렸다. '반독재 민주주의', '완전한 평등', '노동자가 주인 되는 세상'은 바위에 새겨진 마름모와 동심원, 우렁 무늬의 각석처럼 관념화, 추상화, 이념화되어 있었다. 최초의 한반도인 그림인 신석기인의 얼굴마저 경직된 마스크를 쓴 듯 이데올로기화 되어 있었다. 그는 신석기인들의 날카로운 각석처럼 추상화된 이념과 이데올로기로 투쟁하며 사회를 혁명하고자 했다.

그런데 천전리 각석 계곡에서 하늘길을 따라 내려가면 대곡리 암각화가 나온다. 날카로운 천전리 각석과는 달리 대곡리 암각화에는 부드럽고 현실적인 그림들로 가득 차 있다. 선사시대에 그려진 고래 · 호랑이 · 곰 · 멧돼지 · 사슴 · 거북이 · 토끼 · 여우들이 당장이라도 바위 껍질에서 뛰쳐나올 듯 현실적이다. 이들 동물을 창과 그물로 포획하는 실용적 그림까지 그려져 있다. 40세 이후는 천전리 각석보다 대곡리 암각화를 더 많이 찾았다. 천전리 각석이 날카로운 진보의 이념이라면 대곡리 암각화는 안온한 보수적 현실이었다.

이념으로 예리하게 선각된 추상적 세계로 갈 것인가. 아니면 눈에 보이는 구체적 현실 세계에 머무를 것인가. 그 사잇길로 발걸음을 옮기면 어느 산길을 가든 상관없다. 어느 길을 걸어가도 결국은 동암사 심검당에서 만나게 되어 있으니까. 심검尋劍이란 무명과 번뇌를 단칼에 베어버리는 지혜의 검을 찾는다는 뜻이다. 어느 길에서 헤매도 결국은 중도와 조화라는 진리의 한길로 이어진다. 각석과 암각, 추상과 구체, 이념과 현실, 노와 사, 남과 북이 대립된 두 갈림길은 결국 하나로 합쳐져 심검당에서 만난다.

그는 심검당 위 능선 길을 올라 부모님이 묻힌 곳에 도착했다. 부모님이 묻힌 곳은 국보인 울주 천전리 각석 맞은 편, 마을 공동묘지였다.

'대통령에 당선되기 위해 지관의 말에 따라 부모님의 무덤을 명당으로 이장하고 무덤 앞에 각종 석물을 세우고 호화롭게 분묘를 꾸민 후보들이 많다지. 그러나 비석도 상석도 없이 풀만 무성한 부모님의 무덤은 참으로 초라하구나.'

그는 벌초 없이 풀만 허리 높이로 성성하게 자란 부모님의 무덤을 보고 문득 시의 한 절이 떠올랐다.

> 산 자를 위한 벌초,
> 죽은 자에게는 정원이 필요하다
>
> 발목이 푹푹 빠지도록 버려 둔,
> 그리하여 개미와 풀벌레와 뱀과 두꺼비의 집이어서
> 망자의 정원이던 묘지를
> 인연을 끊은 지 오래인 사람들이 찾아와 망쳐 버린다
>
> 망자의 희미한 기억을 먹으며 잔디는 자라고
> 잔디 사이에서 잡초는 정원을 가꾸었다
> 전에 자식들을 키우느라 거칠던 망자가
> 손을 땅에 묻어 세운 집,
> 그 집 식구들이
> 아직 죽지 않은 채로 철거반원처럼 달려 들어
> 망자의 정원을 짓밟을 때
> 묘비 옆에서 낫질에 동강난 누런 구렁이가

차라리 벌초를 하지 말고 망자의 정원을 그대로 두자는 이 자연주의자 시인의 시구가 위안이 될 수 있을까.

부모님은 죽어서도 문중의 선산에 들지도 못하고 산꼭대기 마을 공동묘지에 묻혀 있는 게 가슴 아프다. 그러나 일부 정치인들처럼 호화분묘로 이장할 생각은 없다. 부모님을 이 땅의 인연에 맡긴 이상 더 이상 어지럽히지 말자.

김문권은 아직도 기억하고 있다. 무덤에서 아버지의 혼령이 나타났던 때를.

김문권은 힘들 때마다 통일당에 입당하던 첫날, 성묘의 눈길을 기억하며 '겸손, 청렴, 현장'이라는 세 가지 교훈을 잊지 않았다. 정치를 하면서 명암과 얼룩이 없을 수는 없었다. 선의의 거짓말을 할 때도 있었고, 때론 감춰야 할 진실도 있었다. 그러나 그 어느 순간에도 아버지의 혼령이 무덤에서 들려준 이 세 가지 결심만은 놓치지 않았다.

김문권은 쓸쓸한 부모님의 묘소 앞에서 대통령 예비 후보에 등록했음을 보고했다.

"아버지, 어머니. 노동과 자본, 진보와 보수, 빈자와 부자, 남과 북의 이념적 대립을 통합하고 한국이 선진 통일강대국이 될 수 있도록 도와주십시오. 대선의 멀고 험한 길을 끝까지 완주할 수 있게 해 주세요."

그는 성묘를 한 뒤 벌초를 하고 천전리 각석으로 내려와 샘물을 한 모금 마셨다. 칼같이 찬 물맛이 등골을 타고 내려가 온몸이 시원해진 기분이었다.

어두운 길을 조심스레 내려오는 데 폰이 울었다. 구운룡 수석보좌관의 전화였다.

목소리가 다급했다.

"의원님, 뉴스를 봤습니까?"

"무슨 뉴스?"

"대선 후보 1호인 의원님에게 골프장 허가를 대가로 백만 달러 줬다는 놈이 나타나 방금 인터뷰를 했습니다."

"무슨 뚱딴지같은 소리야? 돈 한 푼 받아 본 적이 없는 사람에게 백만 달러라니."

김문권은 여야를 막론하고 가장 클린하고 청렴한 정치인으로 통했다. 그런데 백만 달러를 수뢰했다니 맑은 거울에 똥칠을 하겠다는 수작이었다.

"후보님을 낙마시키기 위해 한탕주의로 터뜨린 것 같습니다."

대선 때는 꼭 양명산, 김대업과 같은 놈이 나타나 한탕을 터뜨리고 빠져 버린다. 훗날 무혐의로 밝혀져도 표는 이미 우수수 떨어지고 선거는 종료된다. 단기전엔 한탕주의 네거티브 전략만큼 효과 있는 것이 없기 때문에 후보들은 쉽게 이런 유혹에 빠진다.

"돈을 줬다는 자는 누군가?"

"G골프산업의 공재도란 자입니다."

"공재도? 금시초문의 이름이네."

"인터넷에 기사가 떴으니 읽어 보십시오."

"알겠네. 내일 대책회의를 열도록 하지."

김문권은 산이 깊어 빨리 어두워지는 하늘을 보며 고개를 흔들었다.

'대선의 길이 험할 것이라 짐작했지만, 너무 빨리 험산 준령과 마주치는군.'

북 – 결혼

봄꽃이 만발한 오월 어느 날 그녀는 최강철을 어느 결혼식장에 데려갔다. 그곳은 만수대 예술단원 동료의 결혼식이었다. 결혼식에는 당 간부와 내각의 고위층들이 많이 와서 축하해 주었다.

결혼식 뒤풀이 자리에서 정려원이 말했다.

"저에 대해 부모님들이 걱정해요."

"왜요?"

"나이가 들었는데 아직도 시집을 가지 않는다고요. 이제 절 어떡하실래요."

"음, 아……."

'제 나이 이제 겨우 스물셋인데…….'

그러나 생각과 반대로 말이 나오고 말았다.

"알겠습니다. 제가 정려원 동무를 책임지겠습니다."

애당초 최강철은 결혼할 꿈조차 꾸지 않았다. 전사는 언제 죽을 지 모

르는 파리 목숨이다. 그로 인해 아내와 아이들이 불행해지는 것을 원치
않았다. 하지만 자기가 결혼을 거부하면 이 여인이 불행해질지도 모른
다고 생각했다.

언젠가 심상덕 교관이 자신에게 들려준 말이 떠올랐다.

"자넨 항상 감시의 대상이야. 그러기 위해선 담보물이 필요하지."

필요한 담보물을 마련했으니 남파 공작이 임박했음을 알 수 있었다.

최강철은 정려원과 결혼했다. 일말의 망설임이 없었던 것도 아니었
다. 만수대 예술단이었던 그녀의 과거는 베일에 싸여 있었다. 그러나 아
리따운 얼굴과 '5단 격파를 본 이후 전사 동무를 제 마음에 그리게 되었
습니다'라는 말에 강철 같은 전사의 심장이 녹았다. 한 마리 늑대처럼
혼자 자란 그에게 연상인 그녀는 넉넉해서 좋았다.

첫날밤 그녀는 수줍은 듯 몸을 사렸으나 이후 그를 능숙하게 이끌었
다. 풍만한 유방과 도톰한 입술, 늘씬한 허벅지와 성숙한 삼각주 지대.
그는 강인한 전사였지만 성에 있어서는 미숙한 초보였다. 애당초 신부
의 순결 따위는 기대하지도 않았다.

첫날밤 신랑은 마음속에 사라질 듯 하면서도 떠오르는 환상을 떠올
리고 있었다. 달빛 속에 목욕하던 독가촌의 여인 이정희였다. 그의 가슴
소沼에는 두레박을 타고 내려온 선녀가 고개를 뒤로 젖힌 채 두 손으로
풍만한 가슴과 깊은 가슴골을 문지르며 목욕을 하고 있었다. 사슴처럼
크고 선량한 눈과 순수하고 빛나는 몸, 그는 신부의 몸 위에서 산골 처녀
에 대한 나뭇잎처럼 가냘픈 집착을 안고 뒹굴고 있었다.

최강철은 첫 아이를 임신한 아내를 두고 임진강을 건너 남조선으로
내려왔다.

임진강 하구에는 남북으로 떠다니는 섬이 있다. 갈대와 물풀 사이에
숨어 있는 이 섬은 조수 간만의 차이에 따라 남북으로 자유로이 이동하
며 떠다니는 전설의 섬이다. 최강철은 이 섬을 타고 남으로 내려와 파주
에 닿았다. 첫 남파라 서울로 내려가는데 하루 종일 긴장 그 자체였다.
같은 산하 같은 민족인데 무엇이 그렇게 낯설까 생각했지만 반세기를
서로 다른 체제에서 살아와 산도 건물도 말도 사람도 다 낯설었다.

비가 부슬부슬 내리고 있었다.

최강철은 우산을 하나 사서 쓰고 서울 변두리에 있는 허름한 술집에
들어갔다.

술집 여주인이 막 비광 화투점을 떼다 들어오는 손님을 보며 말했다.

"비가 오는데 우산을 쓴 영감탱구라, 오늘 어디 간첩이나 한 마리 잡
아 볼까."

술집 문을 들어서던 그는 그 말을 듣고 얼마나 화들짝 놀랐는지 그만
튀어 달아나려 했다.

"아이, 손님 왜 놀라서? 진짜 간첩이나 되는 모양이제?"

"그게 무슨 소리요? 난 선량한 국민이요."

"아, 이 아저씨가 누가 선량한 국민인 줄 몰라. 아저씨, 화투점도 모르
시나? 이 손님, 진짜 간첩 아냐?"

"거, 술 마시러 온 사람에게 술맛 떨어지게 무슨 재수 없는 말을……."

최강철은 남조선 사람들이 화투점을 떼며 간첩이나 잡아 볼까고 허
두를 꺼낸다는 걸 그때 처음 알았다.

‘쌍꺼풀은 딸래미한테 있어야 돈을 버는데 쓸데없구로 아들놈한테 있네.’라고 하는 말을 듣고 해독하기가 난수표보다 어려웠다.

그는 그날 밤 술집 여주인과 대작했다.

“사장님, 창포는 비오는 날 더욱 향기가 좋다는 것 알아요?”

“글쎄요.”

“내 몸에서 진한 창포 향기가 나지 않아요?”

“모르겠소.”

“아이, 이 손님은 왜 이리 목석처럼 무뚝뚝할까.”

“…….”

“술맛도 비오는 날 더 좋고. 난 비오는 날에 찾아오는 사람이 제일 좋더라.”

최강철은 주모의 수작과 농지거리에 넘어가 하룻밤을 잤다.

북조선의 아내 앞에서는 맥없이 석 죽어 버리던 그의 남성성이 그 여자 앞에서는 변강쇠처럼 눈을 떴다.

술집 여자는 다음날 아침 해장국까지 끓여 주며 호들갑을 떨었다.

“정말 당신과 같은 멋진 남자는 처음이야. 술값 걱정 말고 언제든지 와, 간첩 아저씨.”

간첩이란 말이 농담인 줄 알지만 반사적으로 몸이 움찔했다.

남조선에 오면 전신에 검은 털이 북실북실하게 덮여 있는 승냥이 떼 미군들이 득실거리는 줄 알았다. 하지만 거리에 미군들은 눈을 씻고 찾아도 보이지 않았다. 간혹 서울 거리에서 마주친 외국인들은 피에 굶주린 승냥이 떼가 아니라 바가지나 덮어쓰지 않을까 겁먹은 눈빛으로 쇼핑 다니는 게 전부였다.

역전과 공원에는 거지와 노숙자들이 분명 있었다. 남조선 거지와 노숙자들이 북조선에 굶주려 기아 상태에 있는 하층민들보다 형편이 훨씬 좋아 보였다.

그러나 최강철은 이런 겉모습 때문에 사상이 흔들리거나 임무를 잊지 않았다. 그건 가난한 이슬람 신자가 기독교국가의 부유한 물질문명을 보고 기독교로 개종하리라고 기대하는 것만큼이나 어리석은 일이다. 오히려 마음의 고향을 더욱 확고히 붙들고 싶은 것이다.

그는 서울역 부근 찜질방에서 코드넘버 4519와의 접선을 기다리고 있었다. 최강철이 찜질방에서 누워 있는데 가냘프게 생긴 젊은 청년이 옆으로 와 눕더니 발로 다리를 툭 건드렸다.

'설마 이 청년이 코드넘버 4519?'

최강철이 옆으로 슬쩍 피하니 청년은 매끈한 다리를 척 걸치며 음탕한 눈으로 빤히 쳐다보았다.

여성처럼 긴 머리에 마약을 한 듯 흐릿한 눈, 남자인지 여자인지 구별이 가지 않는 중성적인 얼굴, 게이였다. 메스꺼워 토할 것만 같았다. 한 방에 목을 꺾어 버리고 싶었지만 접선 중인 긴박한 상황인지라 그는 말없이 게이에게 독사 같은 강렬한 눈빛을 쏘았다. 청년은 겁먹은 눈빛으로 슬금슬금 물러났다.

공작원을 가르치는 지도원에게 들은 말이 기억났다.

"남조선 찜질방에는 동성애자, 변태들이 많고, 역전에는 광신자, 정신병자, 걸인, 노숙자들이 많은데 절대 이들과 부딪치면 안 된다. 엉뚱한 일에 휘말려 정작 중요한 공작을 망치는 경우가 있으니 경계심을 늦추면 안 된다."

고온 찜질방에서 접선한 코드넘버 4519는 사람이 아니라 옷장 키 번호였다.

"이거, 아저씨가 흘린 거 아냐?"

중학생쯤 되어 보이는 아이가 키를 전해 주었다.

키 넘버가 4519번임을 알고 깜짝 놀랐다.

"누가 전해 주더냐?"

"몰라. 밖에서 웬 아저씨가 전해 주라던데."

주변을 살펴보았으나 의심 갈 만한 사람은 없었다. 아이는 키들거리는 게 심부름값으로 돈푼이나 받은 모양이다. 남조선 아이들은 어른에 대한 예의가 없다. 웃어른에게도 반말이다. 존댓말은 조선어의 특징이 아니라 조선의 전통문화이다. 전통문화가 사라진 남조선에서는 아이고 어른이고 존댓말을 할 줄 모른다. 4519의 옷장을 열었다. 그곳에는 접선자에게 받기로 되어 있는 봉인된 서류봉투와 작은 상자가 들어 있었다. 짐작컨대 서류의 내용은 암호화되어 있을 것이고, 상자 안의 물건은 남에서 북으로 올려 보내는 충성의 선물로 보석류일 것이다.

최강철이 무인 접선을 마치고 찜질방을 나오면서 얼핏 보니 아까 그 게이놈은 다른 남자와 붙어 있었다.

남－백만 달러

한반도를 둘러싼 주변 국가들의 움직임이 심상치 않았다.

작년 말 김정일의 사망 이후 3대 세습을 한 북한 김정은은 화해의 메시지 대신 로켓을 발사함으로써 김정일과 다름없는 대결 노선을 천명했다. 스위스에서 교육을 받고 농구를 좋아한다는 새로운 젊은 지도자에 대한 기대감은 실망감으로 바뀌었다. 남북 관계는 더욱 경색되어 갔다.

미국의 경제는 더블딥에 들어선 조짐을 보이고 있으나 공화당의 약체 후보 롬니 덕에 오바마의 재선은 무난할 것으로 보인다. 오바마는 이라크와 아프가니스탄이 불안정한 가운데 한반도만은 현재의 안정된 분단체제로 유지되기를 원하고 있다.

별다른 국민의 저항 없이 총리에서 대통령으로 3선 집권에 성공한 러시아의 푸틴은 메드베데프와 총리직과 대통령직을 주거니 받거니 하면서 강한 러시아를 건설하고 있었다. 푸틴은 시베리아 가스관을 남한으로 밀어 넣기 위해 부심하고 있는 중이었다.

중국은 보시라이 숙청 등 권력투쟁을 통해 시진핑의 후계 체제가 서서히 드러나고 있었다. 이들은 내부의 불안을 외부로 돌리면서 동북아 안보에 대해 매우 공세적으로 나오고 있다.

지지율 하락으로 퇴진 압력을 받고 있는 일본 수상은 독도와 센가쿠 제도 영토 문제로 한·중을 자극함으로써 내부 지지율을 끌어올리려는 꼼수 전략을 취하고 있었다.

이처럼 한반도와 주변 4대국이 거대한 권력 이양기에 접어들었다. 특히 변화의 한 가운데 서 있는 한국의 대선이 주변국들에게 초미의 관심사로 떠올랐다. 누가 집권하느냐에 따라 동북아 체제의 운명이 바뀌게 되기 때문이다.

G골프회사 대표 공재도는 대선 후보 1호, 청렴 후보 1위인 김문권의 낙마를 겨냥해 기자회견을 자청해 열었다.

"골프장 인허가를 위해 백만 달러를 김문권에게 건넸습니다. 제가 2009년 여름 휴가 시즌 때 제주도 S 호텔 로비에서 건네주었습니다. 007 가방 하나에 딱 백만 달러가 들어가더군요. 이상입니다."

기자들이 벌떼처럼 일어나 공재도에게 질문했다.

"돈을 전해 준 날짜가 정확하게 언제인지 기억납니까?"

"여름 성수기 무렵이었으니 2009년 8월 1, 2일 사이였던 것으로 기억합니다."

"아니, 김문권 의원은 정치인 중에 가장 청렴하기로 소문난 사람입니다. 4·11총선과 통일당 경선을 앞두고 흠집내기 마타도어를 퍼뜨리는 게 아닙니까?"

"선거용 마타도어가 아니고 분명한 증거가 있습니다. 김 의원이 '엄격한 정치자금법 규제로 인해 통일당 자금 운용이 어려운 데 정말 고맙다. 이 돈은 내 개인을 위해서가 아니라 당을 위해 요긴하게 쓰도록 하겠다'고 말한 녹취록을 가지고 있습니다."

"그럼, 그 녹취록을 내놓아 보시오!"

"그건 곧 검찰에 제출하도록 하겠습니다."

공재도는 가냘픈 인상에다 목소리도 차분한 중저음이어서 묘하게 신뢰성을 주었다.

한 기자가 다소 흥분한 목소리로 질문했다.

"그럼 그 대가로 골프장 인허가를 받았습니까?"

"인허가를 받았다면 제가 이런 인터뷰를 하겠습니까?"

공재도는 갑자기 카메라를 보고 정색을 하더니 약간 격앙된 톤으로 말했다.

"김문권 의원님, 보고 계십니까? 돈 가방 들고 찾아간 공재도입니다. 혼자 깨끗한 척, 청렴한 척하지 마시고, 지금이라도 제 돈을 돌려주시든지 아니면 골프장 인허가를 내주시든지 하십시오. 이상입니다."

공재도는 기자들이 빗발치는듯한 질문 공세를 뒤로 하고 뒷걸음쳐 사라졌다. 그의 기자회견은 잘 짜여진 한 편의 드라마였다. 한국의 잠룡 시장, 현대판 청백리 황희 정승으로 불리며 가장 깨끗한 정치인 1위에 단골로 오른 김문권 의원에게 결정타를 먹인 회견이었다. 검찰은 김문권의 뇌물수수 건을 신속하게 조사해 수사를 진행하겠다고 밝혔다.

여론은 공재도와 입을 맞춘 듯 김문권 의원을 '겉과 속이 다른 가면 정치인'이라고 매도했다.

인터넷 사이트에서는 온갖 댓글이 난무했다.

'난 청렴한 김 의원의 골수지지자였는데 오늘 망치로 뒤통수를 한방 얻어맞았다.'

'님아, 표리부동이 정치인의 속성인데 뭘 그리 흥분하니?'

'고비용 저효율의 대표적 상징, 정치인이야말로 제1차 구조조정 대상 이다.'

'청백리 황희 정승도 뒷돈 엄청 챙겼다더라.'

김문권을 지지하는 세력들마저도 처음에는 '설마 돈을 받았겠나' 하는 분위기였지만 시간이 흐를수록 '돈 앞에 장사 있나?'며 의구심을 보이기 시작했다.

공재도의 기자회견에 김문권은 황당하고 당혹스러웠다. 그는 청렴은 정치의 기본이라고 생각해 지금까지 공금으로 자장면 한 그릇이라도 공짜로 먹지 않았고, 종이 한 장 집으로 들고 온 적이 없었다. 그런데 그는 졸지에 '백만 불의 사나이'로 탈바꿈하게 되었다. 이번 사건은 4·11총선을 코앞에 둔 통일당으로서도 청천벽력과 같았다. 부패정당 통일당의 마지노선인 청렴 정치인 김문권까지 부패 스캔들에 휘말리면 통일당에는 '믿을 놈이 하나도 없다'는 꼴이 되고 만다.

평소 '청렴이라는 기본이 서 있지 않으면 정치판을 떠나라'고 말하던 김문권 자신이 골프장 인허가 관계로 백만 달러를 챙기다니 이게 무슨 말인지 말뚝인지 몰랐다.

그는 가능한 많은 골프장을 인허가해 주자는 입장이었다. 살아 있는 곰에다 빨대를 꽂아 쓸개즙을 뽑아 먹으며, 19홀은 여자 거시기에 넣는다는 몇몇 타락한 인사들을 보면 허가해 준 골프장도 철회하고 싶지만 국익과 관광, 기업 활성화를 위해서는 골프장도 필요했다. 그는 골프의 골 자도 모르지만 골프장 건설 규제도 과감하게 풀어 주었다. 그러나 돈으로부터 깨끗한 그였기에 청탁을 받아 원칙에 어긋난 허가를 해 준 적은 단 한 번도 없었다. 청렴한 그를 골프장 비리와 연관시켜 몰락시키려 하는 자는 누구일까? 공재도는 하수인, 깃털에 불과하고 몸통은 따로 있다.

그는 우선 짚이는 대로 공재도의 배후를 추리해 보았다.

1. 박선화와 그 캠프팀

통일당 경선에서 경쟁 관계가 있기 때문에 현실적으로 가장 가능한 선택지이다. 그렇다 하더라도 박선화와 그녀의 캠프가 직접적인 배후라기엔 무리가 간다. 아직 경선까지는 시간이 남아 있고, 지지율 격차가 여전히 커서 안심할 수 있는데 구태여 무리수를 둘 필요가 없다고 생각된다. 하지만 경선에서 직접 대립하고 있는 마당에 현실적으로 가능성이 가장 크다.

2. 한민당 문인제, 송학균 시민 후보 안영수 교수

문인제, 송학균, 안영수 셋 다 깨끗한 사람으로서 권모술수형이 아니다. 특히 송학균은 과거 함께 옥중생활을 했던 자로 이 셋의 대선 참여로 18대 대선은 어느 때보다 도덕적으로 깨끗한 대선이 될 것으로 판단된다. 송학균, 문인제, 안영수 교수는 집권여당인 통일당을 겨냥할 수 있지만, 김문권 한 명을 특정해 뇌물 스캔들을 만들지는 않을 것이다. 그리고 사실이 아니라는 게 밝혀질 경우, 한민당과 시민단체는 후폭풍을 감당할 수 없을 것이다.

3. 국민당 장대필 후보. 전형적인 정치인으로 음모형 인물이다. 하지만 보수적인 국민당은 같은 성향의 통일당보다 야당인 한민당과의 전선(戰線)을 더 중요하게 생각하는 듯하다. 국회에서도 통일당과 밀월 관계를 유지하고 있는데 굳이 여당 후보에게 흠집을 낼 필요가 없다. 그러나 장대필 후보 개인을 보면, 김문권과 이데올로기 성향이 비슷하고 같은 5%대 지지율 대인 점으로 봐서 김문권을 물고 뜯을 개연성은 여전히 남아 있다.

4. 국가정보부(NIA): 공재도의 배후일 가능성이 있다. 그동안 대통령의 의중에 따라 박선화 후보를 강하게 견제하고 홀대한 세력이 NIA였다. 이제 박선화 후보 대세론이 등장하자 그에 대한 보상적 생존 전략의 일환으로 박선화 대항마인 김문권을 낙마시키기 위해 뇌물 스캔들을 일으킨 것으로 볼 수도 있다. 잠룡의 선두 주자인 김문권을 제거함으로써 박선화 후보가 쉽게 경선의 레드 카펫을 밟을 수 있도록 정지 작업을 한 것이다.

공재도의 배후가 4번일 경우, 경선과 대선에서 승리는 상당히 힘들 것이라고 생각했다. 세계에서 이스라엘의 모사드 다음으로 강력한 정보기관인 한국의 NIA가 노골적으로 박선화 후보에게 충성을 바치려고 하는 한, 대선 레이스는 굉장히 힘들어질 것이다. NIA는 불법 감청과 도청으로 개인의 모든 사생활을 꿰고 있는 정보화시대의 빅 브라더가 아닌가.

공재도의 배후가 이들 말고 제3의 인물이나 세력과 연계될 수도 있다. 북한과 미국과 중국으로 확대될 수 있다. 한반도의 정치는 이미 글로벌화 되어 있고, CIA, FSB, 국가안전부, 내각조사국 등 미·러·중·일의 어느 정보기관이 한반도에 촉수를 뻗쳐 영향을 미칠는지 알 수 없는 일이었다.

어쨌든 이번 뇌물 스캔들을 최선을 다해 빨리 방어해야 생존한다. 아무리 자신이 결백하다고 외쳐 봤자 믿어 줄 놈은 하나도 없다는 걸 냉혹한 정치판에서 잘 알고 있었다.

'오로지 증거만이 능력이 있고, 증거만이 입을 열어 말을 한다.'

북 - 지령

정려원은 결혼하자 예술단의 화려함을 버리고 재빨리 모성의 자리로 옮겨 앉았다. 그녀는 아들을 잘 키울 뿐만 아니라 음식, 빨래, 청소, 다림질 등 어느 것 하나 손색이 없을 정도 깔끔했고, 가정적이었다. 최강철이 집에 들어가면 도마에 깍뚝 썰기를 하는 정겨운 소리가 들렸다. 하지만 결혼하고 나서 가정의 포근한 맛을 느낄 겨를도 없이 최강철은 계속해서 남파 공작에 동원되었다. 그처럼 날렵하고 정확하고 담대한 일당백의 전사가 없었기 때문이다.

아내의 배가 점점 불러 오고 둘째 아이의 산달이 임박할 때였다. 공작원 최강철은 노동당 작전부로부터 새로운 지령을 받았다.

"동무에게 새로운 과업이 떨어졌다."

"명령만 하십시오."

최강철은 결혼 한 뒤 남조선을 3번 갔다와 훈장을 받았고, 김정일 군관학교도 졸업해 계급은 장교인 상위가 되었다.

작전부 부부장이 말했다.

"최 상위, 이번엔 특별과업이야. 지도자 동지와 당에게 충성 서약을 하게."

대형 김일성과 김정일의 초상화가 걸려 있는 방이었다.

탁자 위에 칼과 흰 천이 놓여 있었다.

최강철은 곧바로 허벅지에 칼을 그어 피를 뽑았다. 그는 그 피로 흰

천에 '위대한 김정일 장군 만세'라고 적었다.

"지난번 임무들은 잊어버려."

"……."

"다음 달이 둘째 놈 산달이라지?"

"예."

"가족을 위해 더 완벽하게 임무를 수행해야 할 거야."

'자넨 출신성분 때문에 항상 감시의 대상이야. 그러기 위해선 담보물이 필요하지'란 심상덕 교관의 말이 떠올랐다.

전사의 세계에서 배신자는 용납할 수 없다. 배신자에 대한 뒤처리는 방걸레질처럼 깔끔할수록 좋다. 그것은 오히려 최강철이 바라는 바이기도 했다.

작전부 부부장은 동해안 지도를 펼쳐 보이며 말했다.

"이번은 잠수함으로 적 후방 깊숙이 침투하는 대규모 작전이야."

"예?"

그동안 단독 행동을 해왔던 그는 갑작스런 대규모 침투 작전이 이해되지 않았다.

"하필이면 왜 이 '고난의 행군' 시기에?"

"이유는 묻지 마라. 당이 결정하면 우리는 실행한다, 알았나?"

"옛, 목숨 바쳐 수행하겠습니다."

최강철은 귀가해 다음 달이 산달인 아내에게 말했다.

"여보, 난 한 달간 백두산 훈련소로 파견되었소."

"아, 다음 달이 둘째 산달인데 작전부가 너무하군요."

"부디 건강한 아이를 낳아 주오."

최강철은 남산만 한 아내의 배를 쓰다듬으며 말했다.

1996년 9월 18일

전사 25명을 태운 북한의 상어급 잠수함은 1차 상륙 목표 지점인 안인진에서 공작조인 13명만 부려 놓고 12명은 돌아가려고 했다. 애당초 그들은 '남조선 고난의 행군'을 완수하는 조원들이었다. 이들은 백두대간에 붙어 고난의 행군을 하며 북조선으로 복귀하는 임무가 주어졌다. 그런데 뜻하지 않게 잠수함이 해안가에 쳐 놓은 정치망 그물에 걸리고 말았다.

어부들이 생계를 위해 해안가에 촘촘히 쳐 놓은 정치망 그물은 북한 잠수함에게는 천적이었다. 과거에도 북한 잠수함이 어망에 걸렸다 나포된 적이 있고 몇 번은 구사일생으로 빠져나간 적이 있었다.

아무리 정치망이 잠수함에 치명적이더라도 차분하게 전진과 후진을 반복하면 빠져나갈 길이 있었다. 정 힘들면 승조원을 해치 밖으로 내보내 스쿠루에 낀 그물을 제거하면 되는데 함장 김경만 대좌는 경험이 부족한 탓인지 성급하게 후진하려다 엉뚱하게 해안가 바위에 부딪쳐 좌초하고 말았다.

선체가 망가지자 예정에 없던 나머지 승조원 12명도 잠수함을 탈출하여 안인진에 상륙했다. 비록 작전상 차질은 생겼지만, 일제강점기 항일유격대원들의 '고난의 행군'을 남조선에서 재현하겠다는 목적은 동일했다.

남 - 청렴

　정치판에서 청렴의 대명사로 통하던 김문권은 졸지에 '백만 불의 사나이'가 되었다. 그는 공재도가 친 뇌물의 덫을 빠져나오기 위해 먼저 알리바이를 대야 했다. 공재도가 백만 불을 주었다는 2009년 여름 8월 1일과 2일, 김문권은 과연 제주도 S 호텔에 있었던가?

　그는 집의 책상 서랍에서 2009년 일기를 뒤적거려 보았다. 그는 중학교 때 이순신 장군의 난중일기를 읽고 감동받아 가능한 하루에 한 줄이라도 일기를 써서 하루의 삶을 반성하려고 노력했다. 이순신 장군은 생명이 오가는 전란의 와중에도 붓을 잡고 일기를 쓰지 않았는가.

　그런데 3년 전 일기장을 살펴보니 공교롭게도 2009년 7월 25일부터 8월 5일까지 열흘간의 일기는 빠져 있었다. 그는 그는 일기를 읽으며 다시 한번 기억을 더듬어 보았다.

　'그렇다. 이 시기에 열흘간 일본 중국 러시아를 탐방하는 해외순방을 했지. 제주도에 간 적은 없어.'

　조금 뒤 구운룡 수석보좌관으로부터 전화가 왔다.

　"의원님, 당시 의원님의 업무일지를 찾아서 살펴보니 그 시간대에는 '해외 출장 중'이라고 기록되어 있었습니다. 그밖에도 그 시간대에 해외 출장에 나갔다는 증거자료는 많이 있습니다. 홍보책자와 인터넷 뉴스에 러시아의 푸틴, 중국의 시진핑, 일본의 오자와를 만난 사진과 기사도 있습니다. 그런데도 제주도 S 호텔에서 돈을 받았다니 이건 전혀 앞뒤가 맞지 않습니다."

그는 보좌관과 비서, 참모들을 불러 모아 의논한 결과, 일단 찾아낸 증거를 가지고 한시라도 빨리 기자회견을 여는 것이 눈덩이처럼 커지는 의혹을 차단하는 길이라는 결론을 내렸다.

김문권은 공재도가 회견한 광화문 프레스센터 그 자리에서 기자회견을 했다.

"존경하는 국민 여러분, 선거 때만 되면 제2의 김대업이 나와 거짓을 퍼뜨립니다. 이번 공재도의 주장도 4·11총선을 앞두고 저와 저의 당을 음해하려는 전형적인 흑색선전입니다. 제가 돈을 받았다는 그때 제주도는커녕 국내에도 있지 않았습니다. 열흘간 일본, 중국, 러시아 3개국을 돌며 경제협력을 맺었습니다."

김문권은 2009년 7월 25일부터 8월 15일까지 열흘간 외국 순방 중이었음을 일자가 찍힌 사진을 공개했다.

"저 김문권은 정치에 입문한 뒤 '부패즉사, 청렴영생腐敗卽死 淸廉永生'을 저의 좌우명으로 삼고, 무차, 무채, 무소유 3무를 생활신조로 삼았습니다. 저는 개인 소유의 차를 가지고 있지 않습니다. 저의 11호 자가용 두 다리로 지역구를 누볐고, 대중교통을 이용해 유권자들을 만났습니다. 단, 주말이면 현장 민심을 알아보기 위해 택시 운전대를 잡고 있습니다."

"저는 골프채가 없습니다. 정치인은 골프를 치지 않으면 건강도 잃고, 정치도 못한다는 말이 있지만 저는 골프 대신 약수터 등산과, 재래시장 돌기, 취침 전 요가로 건강을 관리해 왔고, 현장에서 지역 구민을 한

명이라도 더 만나는 기쁨으로 정치를 해 왔습니다.”

“마지막으로 무소유입니다. 법정스님처럼 완벽하게 무소유는 할 수 없었습니다만 그분처럼 청빈과 청렴을 목숨처럼 소중한 것으로 간직하려고 노력했습니다. 3선 국회의원에 도지사 두 번이면 한 살림 장만했다고 생각하실지 모르겠지만 저의 전 재산은 20년 된 30평짜리 낡은 아파트 한 채밖에 없습니다.”

그는 마지막으로 단호한 목소리로 말했다.

“지금까지 저는 공금으로 자장면 한 그릇 공짜로 먹지 않았고, 종이 한 장 집으로 들고 온 적이 없었습니다. 그런데 백만 달러를 받았다구요? 이번에는 제가 G 골프회사 공재도 회장님께 묻겠습니다. 녹취록이 있다고 하셨습니까? 그러면 빨리 검찰에 내놓으십시오. 그리고 거짓과 양심 중에 하나를 선택하십시오.”

김문권의 기자회견은 성공적이었다. 알리바이를 정확하게 제시한 데다 그가 3무의 청렴한 정치인이라는 사실이 언론을 통해 전국적으로 알려졌기 때문이었다. 김문권의 취약 계층인 젊은이들 사이에서 ‘3무 정치인 김문권이 누구인가?’라는 관심이 일기 시작했다.

“부패한 정치판에 이렇게도 클린한 정치인이 있었나?”

“정치인 중에 천연기념물 아나?”

“썩어빠진 나라에 청렴 하나만으로도 대통령감이야. 이런 사람이 대통령이 되어야 나라 전체가 깨끗해져.”

젊은이들은 인터넷과 모바일로 김문권을 검색하고 트위터와 페이스북 등 SNS로 퍼나르면서 인터넷을 뜨겁게 달구기 시작했다. 김문권을 사랑하는 모임인 김사모가 사이버 상에서 우후죽순처럼 생겨나고, 카페가 저절로 만들어져 운영되었다. 김문권이 즐겨 쓰는 팔자성어 '부패즉사, 청렴영생腐敗卽死 淸廉永生'이 NAVER 검색어 1위에 오르기도 했다.

네티즌 수사대들이 제주도에서 돈을 받았다는 그 날짜에 김문권이 베이징 공항에 내리는 사진, 선전과 포동 지구를 방문하는 사진, 베이징 시장과 만찬을 나누는 사진 등을 찾아 올려서 그의 알리바이를 증명해 주었다.

공재도는 검찰에 녹취록을 제출하지 못했다. 김문권 캠프의 법무팀이 공재도를 검찰에 명예훼손으로 고발했을 때, 그는 이미 치고 빠지는 식으로 미국으로 출국하고 난 뒤였다.

상황이 빠르게 김문권 쪽으로 반전되고 지지율이 반등하자, 야당에서는 '제2의 김대업인 공재도'의 배후가 김문권 후보이며 '이번 해프닝은 김 후보가 스스로 인지도를 높이기 위한 자작극'이라는 설을 흘렸다.

북 - 고난의 행군1

김정일은 잠수함의 좌초로 승조원까지 안인진에 상륙했다는 보고를 받고는 일그러진 미소를 지었다.

가장 이상적 상황이었다. 전사들은 좌초된 배에서 뭍으로 올랐으니 국제적으로 비난받을 일이 없다. 그들은 오로지 생존 차원에서 조국으로 귀환하는 '고난의 행군'을 시작한 것이다.

먼저 뭍에 오른 13명의 '고난의 행군'조 전사들은 벌써 백두대간에 붙어 전투를 수행하면서 북상하고 있었다. 그 공백을 이용해 12명의 승조원들은 백두대간으로 냅다 뛰었다. 후방 깊숙한 강릉에 25명의 무장공비가 상륙했다는 소식에 대한민국은 발칵 뒤집어졌다. 국민들은 불안감에 떨며 잠도 제대로 자지 못했고, 일부 강원도 도민들은 짐을 싸서 강원도를 빠져나오고 있었다.

김영삼 대통령은 전군에 비상을 걸고 25명의 무장공비를 조속히 소탕할 것을 지시했다.

함장과 승조원 12명은 국군의 제1포위망을 뚫고 청학산 7부 능선에서 잠시 숨 고르기를 했다.

그러나 그들의 꼬리를 밟은 국군 헬기 3대가 동시에 청학산을 향해 곧장 날아오고 있었다. 그들은 우거진 소나무 숲 바위 밑에 납작하게 엎드렸다. 그리 멀지 않는 곳에서 개 짖는 소리도 들렸다. 산자락에서 군견을 앞세운 추격대가 뒤쫓아 올라오고 있었다.

산 위 정상에서 헬기 세 대가 레펠을 늘어뜨렸다. 공수부대들이 레펠을 타고 착지하고 이어 군견 셰퍼드도 줄로 묶어 레펠로 달아 내렸다. 적군의 전술은 산의 위와 아래에서 협공해 이 잡듯이 무장공비를 섬멸하겠다는 것이다.

정찰조장 최강철이 함장 김경만 대좌에게 말했다.

"적들이 우리의 위치를 파악했습니다. 여기서 결단해야 합니다."

"무슨 결단?"

김경만 함장은 바로 자신의 호피를 가져갔던 자였다. 최강철이 아직 상위 계급에 불과한데 백두혈통인 그는 벌써 잠수함의 함장인 대좌계급에 올랐다.

"12명이 함께 움직여서는 위험합니다. 우리도 공작조처럼 2, 3인으로 나눠서 각자 포위망을 뚫고 백두대간을 타고 북으로 복귀하는 겁니다."

백두대간 줄기인 태백산맥을 타고 올라가자는 것이다.

헬기는 바로 머리 위에서 솔개처럼 맴돌고 있다. 추격대는 청학산 둘레를 겹겹이 에워싸고 점점 포위망을 좁혀오고 있다.

함장이 최강철의 말을 듣고 승조원들의 얼굴을 둘러보며 말했다.

"동지들, 이제 결단의 시간이 왔다."

함장은 TT권총을 빼들고 말했다.

"우리 모두 자결함으로써 장군님의 은혜에 보답하자. 이것은 노동당의 명령이다."

함장의 말에 최강철은 놀랐다.

2~3명씩 소조로 나뉘어 각자도생의 길을 찾자는 말을 할 줄 알았다. 여기서 정전선까지는 100km. 백두대간으로 뛰면 잘하면 서너 명 정도는 공화국으로 복귀할 수 있을 것이다. 그런데 창창한 젊은 생명들이 집단 자살을 하는 것은 너무 성급한 결론이 아닌가.

"동지들, 도망가다 잡히면, 온갖 고문을 당한 뒤 추하게 죽는다. 차라리 명예로운 죽음을 택하자."

"예, 기렇게 하겠습니다!"

대원들은 절체절명의 위험에 처한 순간 자폭하도록 훈련을 받았기에 함장의 말에 양처럼 온순하게 순응했다. '장군님'이라는 말은 인간이

도저히 거역할 수 없는 신적 언어였다. 대원들 누구도 함장의 말에 토를 달거나 반발하지 않았다. 적에게 투항해서 목숨을 건지는 건 꿈에도 생각해 본 적이 없는 전사들이었다. '적에게 잡히느니 장군님을 위해 자결하라'는 말은 어려서 군대놀이할 때부터 뇌에 지문이 새겨지도록 들어왔다.

대부분이 승조원인 이들은 앞에 내린 정찰조와는 달리 극한의 생존 훈련을 받은 적이 없었다. 여기까지 오는 사흘 동안 도토리만으로 배를 채운 채 완전히 탈진한 상태였다. 계속해서 조여드는 2차, 3차의 저지선을 돌파하기란 사실상 불가능한 일이었다.

대원들은 모두 북쪽을 향해 무릎을 꿇고 절을 했다.

함장이 승조원의 머리에 권총을 갖다 대며 말했다.

"장군님의 품속에서 영생하자!"

극한의 공포 속에서 국가가 위로가 될 수 있을까. 첫 승조원은 두 눈을 부릅뜬 채 손을 들고 "공화국 만세!"를 외쳤다. 김경만은 비장한 표정으로 방아쇠를 당겼다.

탕.

총성과 동시에 첫 번째 승조원이 쓰러졌다. 함장은 무릎을 꿇고 나란히 앉은 그들의 머리에 총구멍을 대고 차례로 방아쇠를 당겼다.

탕 탕 탕 탕 탕 탕 탕 탕

총소리와 총소리 사이에 "공화국 만세!" "장군님 만세!"의 소리가 연달아 들렸다. 그들은 꽃다운 20대였다. 앳된 얼굴들. 총소리에 꽃잎처럼 떨어졌다. 열 명이 모두 저항 하나 없이 쓰러졌다. 다만 스물이 안 돼 보이는 다섯 번째 앳된 전사는 공화국과 장군님을 부르는 대신 '오마니'를 부르고 죽었다. 마지막 순간 그 어린 전사는 죽음을 강요한 국가 이데올로기보다 생명을 안겨 준 어머니를 더 의지하고 싶었던 것일까?

10명이 쓰러지고 마지막으로 최강철의 관자놀이에 피 묻은 총구가 겨눠졌다. 달궈진 총구멍의 열기로 관자놀이가 뜨거워졌다. 관자놀이 정맥이 부풀어 올라 지렁이처럼 꿈틀거렸다.

함장이 방아쇠를 당기기 전 말했다.

"이제 우리 둘만 남았군."

바로 발밑에서 개 짖는 소리가 컹컹거렸다. 총소리로 위치를 파악한 추격대원들이 빠르게 올라오고 있었다. 산 정상에 레펠을 타고 내린 공수특전대원들은 총소리를 듣고 머리 위에서 탕탕탕 근접사격을 하며 내려오고 있었다.

"동무는 마지막으로 무엇을 부르겠나?"

"……침묵하겠습니다."

"왜?"

"기냥 조용히 가고 싶습니다."

"음, 자네는 좀 억울할 거야. 이 상황에서도 달아나면 충분히 살 수 있는 능력이 있으니까."

함장은 눈을 번들거리며 말했다.

최강철은 자신의 죽음에 대해 별 미련이 없었다. 생존 본능이 작동하긴 했지만 국가 이데올로기를 넘을 수는 없었다. 산달인 아내가 걱정이 되지만 뒷배는 국가에서 잘 보살펴 주리라.

컹컹컹컹 짖어대는 개의 숨소리가 턱밑까지 올라왔다.

"최강철, 우린 특수부대 훈련 시절부터 동지였지."

“빨리 쏘아 주십시오.”

“난 자네를 잘 알고 있지. 조선 최고의 전사라는 걸.”

방아쇠에 넣은 함장의 검지가 조금 흔들렸다.

“이번 남조선이 네 번째이던가?”

자세한 신상은 같은 배를 타고 같은 일을 해도 몰랐다. 서로에 대해 이름조차 묻지도 않고 고향조차 말하지도 않은 게 공작원의 수칙이었다. 자신의 이력과 경력, 수행한 과업, 월남 횟수 등은 목숨과도 바꿀 수 없는 기밀이었다. 그러나 함장은 그의 모든 걸 알고 있었다.

“그렇습니다.”

“살고 싶지 않나?”

“…….”

삶에 대한 미련이 없다고 하면 거짓일 것이다. 사선을 넘나들 때마다 죽음을 초월하기는커녕 생존 본능만 더욱 강해졌다. 어떤 상황 속에서도 삼천갑자 동방삭이처럼 끈질기게 살아남아야 했다.

“솔직하게 말해 보라우. 살고 싶지?”

“동지들과 함께 가고 싶습니다. 빨리 쏘십시오.”

“기래? 그럼 내 죽여 주지.”

함장이 최강철의 관자놀이에 총구를 대고 방아쇠를 당겼다.

남 - 경선

　4·11총선은 여당의 승리, 야당의 참패로 끝났다. 총선 전 압도적인 제1당이었던 통일당은 총선 뒤 겨우 현상 유지로 152석을 얻었지만 과반을 그대로 유지한 것만으로도 큰 승리를 거두었다는 게 중론이었다. 여당은 정부의 경제정책 실패, 대통령 측근들의 총체적 부패에 이어 민정수석실의 민간인 불법사찰마저 터져 사실상 120석도 건지지 못할 것으로 보았기 때문이었다. 4·11총선의 승리로 위기의 당을 구해 낸 박선화 후보는 다시 선거의 여왕으로 화려하게 복귀하고 박선화 대세론은 더욱 탄력을 받았다. 뒤이어 치러진 전당대회에서 당 대표와 원내 총무 간부들이 친박 일색이어서 경선에서 박선화 독주 체제가 완비되었다.

　한편 야당인 한민당은 81석에서 127석으로 늘리는 대약진을 했음에도 불구하고 참패라는 불명예를 뒤집어써야 했다. 왜냐하면 선거 전 여론조사로는 야당이 적어도 150석 이상 과반을 넘을 것으로 예상을 했기 때문이었다. 야당은 유리한 국면을 표로 연결하지 못한 채 FTA 반대, 제주 해군기지 반대, 나꼼수 막말 파문 등 잇따른 페널티 킥 실축으로 완벽하게 다 이긴 게임을 여당에게 내주고 말았다.

　통일당 경선을 앞두고 대선후보 1호인 김문권이 성명을 발표했다.

　"현재의 경선 룰은 독주 체제를 완비한 박선화 후보에게 절대적으로 유리합니다. 경선이 공정하고 국민적 관심사에서 치러지기 위해서는 국민 모두가 경선에 참여하는 미국식 오픈프라이머리(국민완전경선제)를 도입하는 게 맞다고 생각합니다.”

그가 강력하게 던진 오픈프라이머리는 정치권의 뜨거운 감자가 되었다. 비박 계열의 잠룡들도 잇달아 출사표를 던지며 오픈프라이머리를 주장했다.

하지만 이미 대세론을 등에 업은 박선화 후보는 일언지하에 거절했다.

잠룡들의 한결같은 오픈프라이머리 제안에 친박 좌장은 ‘잠룡’을 ‘잡룡’이라 부르며 모욕적인 언사를 했다.

“잡룡들, 들으시오. 오픈프라이머리? 무슨 개풀 뜯어먹는 소리야. 우리가 추대로 가지 않은 것만 해도 다행인 줄 알아!”

탄력 받은 대세론 속에서 잠룡 후보 7룡 중 4룡이 1위 박선화 후보를 지지한다고 선언했다. 김문권을 지지하는 후보는 한 명도 없었다. 대선 후보 지지율 순위는 박선화 40%, 김문권 20%, 정동준 10% 남경동 5%, 이재우 3%로 현재 상태에서 통일당 경선은 하나마나 했다. 게다가 박선화 후보를 경계해 왔던 대통령마저 퇴임 후 안전을 위해 박선화 후보와 매주 독대를 하는 등 적극적으로 박선화 후보를 밀기 시작했다.

통일당 경선 일정은 거인의 걸음처럼 성큼성큼 다가오고 있었다.

통일당의 경선 시작일, 부산 구덕체육관에서 합동연설회가 있었다.

연설 전 연단에서 조우한 김문권과 박선화는 서로 어색한 악수를 나누었다.

김문권이 박선화의 손을 잡고 말문을 열었다.

“후보님, 전 어릴 때 후보님을 본 기억이 있습니다.”

“어디서 봤지요?”

“울산 강남초등학교에서요. 그때 박 대통령과 함께 우리 학교를 방문했고 박후보는 운동장에서 그네를 탔었지요.”

“아, 그랬나요.”

“그때는 나에게 공주님이었지요. 교실에서 바라보고 있는 나를 향해 손을 흔들어 주었습니다. 전 부끄러워 차마 손을 흔들지 못하고 유리창에 가만히 손바닥만 대고 있었지요.”

“그랬나요, 호호. 그렇다면 오늘 그때 흔들지 못한 손을 나에게 흔들어 주지 않겠습니까?”

“글쎄요, 이미 너무 많은 후보들이 박 후보에게 손을 흔들어 화답하지 않았나요?”

“난 김 후보만 날 지지하면 두 발 뻗고 편히 잠들 수 있을 것 같아요.”

“아무래도 이번마저 나는 유리창에 손바닥을 대고 박 후보님을 바라만 보고 있어야 할 것 같습니다. 나의 주장대로 이 경선은 오픈 프라이머리를 했어야 합니다. 땅 짚고 헤엄치기 방식으로 박 후보님이 경선에서 이겨 봤자 과거 여당 후보의 대세론과 마찬가지로 야당에게 패하는 죽은 대세론이 됩니다. 전 그것이 너무 아쉽습니다.”

“오픈프라이머리는 김 후보가 경선에서 나를 이기려는 꼼수라는 걸 잘 알고 있어요.”

“꼼수가 아니라 국민의 지지를 확산시켜 누가 후보가 되든 대선에서 이기려는 것입니다.”

“김 후보, 이제 그만하시죠.”

국민의례와 여러 치사들이 시작되었다.

그동안 김문권은 박선화는 과연 누구인지 눈감고 생각해 보았다.

그녀는 어릴 때부터 대통령인 아버지로부터 제왕학을 학습 받았다고 해도 과언이 아니다. 아버지가 울산 강남초등학교로 어린 그녀를 데리고 온 것도 그런 학습의 연장일 것이다. 어머니의 부재로 젊은 나이에 국가의 퍼스트레이디 역할을 맡았고, 아버지의 급작스런 부재에도 의연함으로 버텨 왔다. '온실공주', '얼음공주'라고만 불러서는 알 수 없는, 격동의 세월을 헤쳐 온 그녀만의 강인한 삶이 있다.

박선화는 일어서서 연단으로 나갔다.

그녀의 경선 연설은 우레와 같은 박수 속에서 시작되었다.

"존경하는 당원과 대의원 여러분, 저는 대한민국의 경제 발전을 이끈 대통령의 딸로, 누구보다도 경제 발전의 노하우를 잘 알고 있습니다. 그리고 저는 통일당이 차떼기당이라는 오명을 쓴 어려운 시기에 당사를 천막으로 옮기고 발로 뛰면서 당을 구해 내었고, 이번 4·11총선에서도 고사 직전의 당을 살려 냈습니다."

그녀 특유의 명확하고 절제된 언어로 연설은 계속되었다.

"위기에 빠진 당을 두 번이나 구해 낸 저는 이제 위기에 빠진 대한민국을 구해 내겠습니다. 현란한 말잔치만 무성한 현 정부와 달리 국민과 약속한 것이라면 반드시 실천하는 원칙주의자인 저, 박선화가 해내겠습니다. 선덕여왕의 지혜와 담력을 계승해 우리나라를 세계에서 가장 행복하고 잘사는 나라를 만들겠습니다."

그녀의 연설이 끝나자 실내체육관이 흔들릴 정도로 큰 박수가 터졌다.

강자의 여유일까? 경쟁 후보인 김문권에 대해서는 네거티브 전략을 일절 쓰지 않았다. 괜한 시비를 걸어 상대가 치고 나올 이슈를 만들어 줄 필요가 없다고 판단했을 것이다.

예상대로 세 명의 친박 후보들은 모두 박선화 후보를 지지한다며 사퇴하고, 비박 후보인 정동준, 이재우 후보는 박선화 후보 대선 불가론을 천명하며 지지를 호소했다. 당내 쇄신파인 남경동 후보는 경선 지킴이가 되겠다며 독자적 노선을 걸었다.

이제 김문권의 차례였다. '김문권 후보는 사퇴를 선언하고, 박 후보를 지지하시오.'라는 메모가 자기 앞으로 배달되었다. 그는 메모지 뒷면에 '난 나의 사명이 다하지 않는 한 전 당원이 사퇴해라 해도 하지 않을 겁니다. 그러나 나의 사명이 다했다고 생각되면, 전 당원이 날 붙잡아도 난 사퇴할 겁니다.'라고 적어 되돌려 보냈다.

김문권은 헛기침을 하고 연단에 올랐다.

마이크를 잡고 마경덕의 시 '신발론論'을 낭독했다.

'신발론(論)

마경덕

2002년 8월 10일
묵은 신발을 한 보따리 내다 버렸다.

일기를 쓰다 문득, 내가 신발을 버린 것이 아니라 신발이 나를 버렸다는 생각을 한다. 학교와 병원으로 은행과 시장으로 화장실로, 신발은 맘먹은 대로 나를 끌고 다녔다.

일기장에 다시 쓴다.

신발이 나를 부려놓고 멀리 떠났다.'

장내는 '갑자기 무슨 신발 타령이야?' 하는 분위기였다.

김문권은 차분하면서도 강한 어조로 연설했다.

"사랑하는 당원과 대의원 여러분, 국민을 무시한 오만한 독주 체제는 무너지기 마련입니다. 지금 선거에서 정작 주인인 신발은 없습니다. 우리가 신발을 끌고 다녔다고 착각하지만 이 시처럼 정작 신발인 국민이 우리를 끌고 다닙니다. 그래서 저는 경선 방식으로 국민완전참여제인 오픈프라이머리를 강력하게 주장했던 것입니다."

김문권은 피를 토하는 심정으로 사자후를 토해 내었다.

"저는 세 가지 정책을 주장합니다. 첫째 저는 한반도를 통일강대국을 만들겠습니다. 유로존처럼 남북과 미·러·중·일 4대국을 하나의 경제체제로 묶는 6개국경제공동체인 동북아존(Zone)을 건설하겠습니다. 동북아존 한가운데 유럽처럼 국경과 경제와 문호를 개방하여 남북이 실질적으로 하나가 되는 통일강대국을 이룩하겠습니다."

대의원들은 심드렁한 표정이었다. 졸거나 밖으로 나가는 자들도 있었다.

"둘째 일자리 창출과 고용을 위해 최선을 다하겠습니다. 저는 도지사를 하면서 한국의 일자리 60%를 창출하고 고용했습니다. 이제 국내 일자리 창출을 넘어 글로벌 일자리 창출을 위해 노력하겠습니다. 전 세계의 노동시장과 일자리를 네트워크화 해서 한국인들이 세계의 일자리를 향해 진출하도록 인센티브를 부여하고 돕겠습니다."

"셋째 저는 감히 한반도 핵 주권을 주장합니다. 북한은 헌법에도 핵

보유국가임을 명시했는데도 우리는 북한이 6자회담에 나와 핵 폐지를 할 것이라는 어리석은 기대를 하고 있습니다. 우리도 핵무장을 해야 합니다. 현재처럼 남북의 핵이 비대칭인 한, 북한은 핵에 의지해 머지않아 제2의 제3의 연평도 포격을 가할 것입니다.”

대의원들이 김문권에게 야유를 보내며, “지금, 뭐 하자는 거야?”, “북풍을 일으키자는 거야, 뭐야?”라고 고함을 쳤다.

김문권은 계속해서 강력하게 주장했다.

“핵 없는 안보는 이빨 빠진 호랑이나 다름없습니다. 핵무기 보유국인 북한에게 우리가 아무리 큰소리쳐봤자 허세이고 약자의 비굴한 변명에 지나지 않을 것입니다. 제가 분명히 예언합니다. 우리에게 핵 주권이 없는 한 6자회담은 핵보유국들의 사교 모임이 되고, 곧 이 땅으로 북한의 장사정포에서 포탄이 날아올 것입니다.”

김문권의 연설이 끝나자 체육관에는 박수 대신 야유만 가득 찼다.

김대중과 박정희를 섞어 놓은 듯 모순된 그의 연설에 김문권의 지지자조차도 박수를 치지 않았다. 동북아존을 건설해 북한과 통일강대국을 만들겠다는 것도 황당하고, 국민을 외국으로 내쫓아 글로벌 일자리를 창출한다는 것도 지나친 발상인데다 돈키호테처럼 핵무기를 개발하겠다니 이게 무슨 시대착오적인 발상이란 말인가. 무엇보다 한반도에서 머지않아 북한의 장사정 포탄이 날아올 것이라고 전쟁까지 부추기니 대의원들에게 완전 낙마 3종 세트를 선물한 꼴이 되었다.

부산 경선의 승리자는 박선화 후보였다. 압도적인 표 차로 1위를 차지했다. 선거에서 ‘집안의 여러 자식 중 될성부른 아이 하나를 밀어주자’는 선택과 집중 현상이 일어났다. 후보의 지지도 여론 조사 결과 1위,

2위의 격차는 더욱 벌어져 1위가 2위를 트리플 스코어로 앞섰고, 2위와 3위의 순위는 뒤바뀌었다. 1위 박선화 65%, 2위 남경동 20%, 김문권은 5%로 3위로 주저앉았다. 박선화 후보는 역시 선거의 여왕다웠다. 그는 어떤 상황에서도 마이너스 조건을 플러스 조건으로 만들 줄 아는 능력을 가지고 있었다.

북-고난의 행군2

함장이 권총을 최강철의 관자놀이에 겨누고 방아쇠를 당겼다.

철컥.

총알이 다 떨어져 빈 총소리만 들렸다.

강철심장의 전사 최강철의 이마에도 식은땀이 주르륵 흘러내렸다.

"일어나. 이제 자넨 나의 안내원이야."

최강철은 말없이 일어나 주위의 동료들을 보았다. 관자놀이에 총을 맞아 나란히 누워 있는 10명의 승조원들, 명예로운 죽음이라고 말하기엔 죽은 모습이 끔찍했다. 이들의 눈은 모두 허공을 향해 부릅뜬 채 한이 맺혀 있었다.

둘은 자살 현장을 잽싸게 벗어났다.

청학산 정상에 내린 공수특전대원와 산 밑에서 올라온 11사단 추격대가 청학산 8부 능선, 왕소나무 바위에서 딱 조우했다. 자칫하면 아군끼리 오인 사격을 할 뻔 했다.

그들은 자살한 열 구의 시체를 보는 순간, 마치 지옥도를 보는 듯했다. 시체들은 모두 옴팡한 왕소나무 바위 뒤에 무릎을 모은 채로 쓰러져 있었다. 모두들 정확하게 귓등 위 측두엽에 총구멍이 난 채로 눈을 부릅뜨고 있었다.

사단 추격대장은 자살한 시체들을 발견하고 만족했다.

"우리의 포위망이 좁혀 오자 전원 자살이란 극단적인 방법을 택했군. 우리 부대가 사살한 것이나 다름없어."

국군이 강릉 침투 무장공비들이 전원 자결로 오판하고 있는 사이, 최강철과 함장은 백두대간을 타고 내리뛰어 제2저지선을 통과했다.

둘은 노인봉에서 텐트 안에서 매복하고 있던 국군 둘을 목 졸라 죽이고, 군복으로 바꿔 입은 뒤 국군의 텐트에서 하룻밤을 새웠다.

함장이 말했다.

"남조선 군바리 새끼레, 텐트 참 따뜻하게 잘 만들었구만."

"집같이 편합니다."

"최 상위는 이번 작전 내용은 알고 있나?"

"모릅니다."

그는 위에서 명령하는 대로만 행동했다.

"당연히 모를 테지. 이제 '고난의 행군'이 시작되었으니 이야기해 주지. 이번 작전은 장군님이 직접 세우신 거야."

작전명 '고난의 행군'은 김정일이 노동당 작전부 부장을 통해 김경만 함장에게 하달했다.

"김경만 함장, 24명과 함께 강릉으로 침투하라는 명령이다."

"도대체 이번 임무는 무엇입니까?"

"'고난의 행군'조 13인은 남조선 백두대간에서 '고난의 행군'을 시작해 북상한 뒤 정전선을 넘어 귀환하는 것이 임무이다."

백두산 항일유격대의 '고난의 행군'을 남조선 백두대간에서 그대로 재현하라는 것이다.

"잠수함 승조원 12명은 13명을 강릉에 하선시키고 돌아오는 겁니까?"

"아니다. 함장 동지와 최강철 상위를 제외하고, 10명은 전원 자결한다. 나머지 대원들의 탈출 시간을 최대한 벌기 위해서이다."

"저와 최강철 둘은 어떻게 해야 합니까?"

"선발대 13인이 개척한 길을 따라 올라 정전선을 넘어 귀환한다."

"살아 돌아오기 힘들겠습니다."

"그렇다. 그러나 최강철이 보위하는 한 함장, 너는 안전하다. 너희 둘만 살아 돌아오면 성공이다. 그렇게 함으로써 우리가 지금 하고 있는 '고난의 행군'의 간고함과 위대성, 선군정치의 정당성을 우리 인민과 전 세계 사람들에게 알리는 것이다."

1995년 이후 북한은 이상기후와 최악의 수해, 주체농법의 실패로 식량 대기근을 맞아 전체 2,500만의 인민 중 300만 명이 굶어 죽어, 건국 이래 가장 심각한 체제 위기를 맞고 있었다. 김정일은 이 절체절명의 난국을 타개하기 위해 일제강점기에 백두산 유격대원들이 겪었던 '고난의 행군'을 슬로건으로 끄집어내었다.

‘고난의 행군’은 1938년 12월부터 1939년 3월까지 100여 일간 김일성이 이끄는 항일 빨치산이 중국 길림성 몽현현 남패자에서 압록강 연안 국경지대인 장백현 북대정자까지 ‘끊임없이 계속되는 가열한 전투와 영하 40도를 넘나드는 모진 추위, 가슴을 넘는 눈길과 식량난’ 속에서 일본군의 추격을 뿌리치고 감행한 역사적 행군을 말한다. 백두산 유격대원들이 100일 동안 눈뭉치를 먹어가면서 일본군과 싸우던 그 시절을 회상하며 우리 인민들도 이 어려운 시기를 헤쳐 나가자는 것이었다.

하지만 굶주림과 기아 앞에는 사상과 이데올로기도 별 효력이 없었다.

“김일성 수령 때는 먹고 살기는 했는데 아들놈 대에 와서는 다 굶어 죽게 생겼다.”

“300만이 굶어 죽어가고 있는데 선군정치라며 식량을 군대에 다 퍼다 주고 있다.”

“옛날엔 유격대원들이 고난의 행군을 했는데, 지금은 군인들은 놀고 먹으면서 힘없고 약한 우리들 보고 고난의 행군을 하래, 때려죽일 놈들!”

굶주린 인민들이 김정일 체제와 선군정치에 대한 불만은 하늘을 찌를 듯했고, 케케묵은 과거의 역사에서 ‘고난의 행군’을 끄집어내어 아무리 선전해도 인민들에게 전혀 먹혀 들어가지 않았다.

인민들에게 먹혀들 수 있는 새로운 ‘고난의 행군’ 모델이 필요했다. 300만 기아사飢餓死와 선군정치에 비판을 잠식시키기 위해서는 드라마틱한 ‘고난의 행군’이 인민들의 눈앞에 펼쳐져야 했다.

“그 주역을 함장과 최강철이 해야 하오, 알겠소?”

노동당 작전부 부장의 명령이었다.

함장의 이야기를 들은 최강철은 놀라는 눈빛으로 물었다.

“그럼, 잠수함의 좌초도…….”

“일부러 바위를 들이받아 좌초된 것이다. 최 상위의 지난번 백두대간 침투도 이번 고난의 행군을 위한 준비 과정이었다.”

‘아, 그렇구나.’

그제야 최강철에게 모든 것이 일목요연해졌다.

지난달 그는 지금 타고 있는 백두대간으로 남파되었다. 금강산에서 매봉 운봉을 타고 내려와 정전선을 넘어 남한의 가칠봉과 민통선이 있는 대우산까지 내려왔다. 그리고 보면 이번 잠수함 작전은 우연이 아니라 철저하게 사전에 계획된 것이었다. 지난번 백두대간을 탔을 때 대우산 지하비트에 식량을 묻어 놓도록 지령을 받았는데 바로 고난의 행군을 대비하기 위함이었다.

“하지만 동지들의 목숨이…….”

“극강의 전사, 최강철이 아직도 감상주의에 젖어 있나? 공화국 체제를 유지하기 위해 300만이 굶어 죽었다. 그에 비하면 우리의 희생은 새 발의 피다.”

함장은 지도를 펼치며 말했다.

“앞으로 우리는 어떻게 귀환해야 하나?”

“여기서 정전선까지 백두대간을 2등분 하면 이렇게 됩니다. 노인봉에서 대우산, 대우산에서 정전선입니다. 현재 우리는 1, 2저지선을 통과했고, 여기서 민통선이 있는 대우산까지 3저지선이 처져 있습니다. 이 3저지선을 통과해 대우산 비트까지만 가면 제가 침투한 루트라 쉽게 북으로 귀환할 수 있습니다.”

“3저지선이 문제군.”

“놈들이 점검하러 오고 있습니다. 일단 여기서 뜹시다.”

점검조가 암구호를 부르며 다가오고 있었다. 최강철과 함장은 재빨리 텐트에서 빠져나와 북상했다.

길 road to nation

제3부

남 - 소환

D—150

경선에서 동북아존과 핵 주권론, 북한 포격론 연설이 나온 뒤 스티븐 슨 주한미대사가 김문권 후보를 광화문 미대사관으로 불렀다.

스티븐슨은 김문권을 정중하게 소파로 안내했지만 그의 얼굴은 딱딱 하게 굳어 있었다.

"김문권 후보, 당신이 핵 주권을 주장하고 핵무기를 개발하자고 했습 니까?"

"그렇습니다."

"무슨 소리요? 미국 정책은 한반도에서 일절 핵무기를 만들지 못하며 반입도 못하는 한반도 비핵화를 추구하고 있다는 걸 잘 알잖소?"

북한의 3차 핵실험이 언제 터질지 몰라 골머리를 썩고 있는데 남한의 대권 후보가 핵무기를 개발하겠다고 공개적으로 선언하니 스티븐슨은 골이 지끈거렸다.

"핵무기 개발이 궁극적인 목표는 아닙니다. 남한이 핵무기를 개발하여 북한의 핵 위협을 없앤 뒤 북한과 대등하게 핵 협상을 하자는 것입니다. 비대칭전력인 북한 핵에 대비하기 위해 미 의회에서도 남한에 전술핵 재배치를 고려하겠다고 논의하지 않았습니까?"

"미 의회에서 전술핵 재배치는 부결되었습니다. 한국은 동아시아의 이스라엘이 되려고 합니까? 핵 개발을 시도하고 시치미를 떼는 데는 이스라엘보다 당신네가 한 술 더 뜹니다. 2004년 남핵파동을 모르십니까? 내 임무 중 중요한 것 하나가 남한의 핵무기 개발 감시를 하는 것입니다, 알겠소?"

김문권은 오만한 미 대사 앞에서 자신의 소신을 굽히지 않고 당당하게 주장했다.

"대사님, 왜 강대국만 핵을 독점합니까? 정작 핵무기가 필요한 것은 우리 대한민국입니다. 우리에게 핵이 없는 한, 한반도에서는 제2, 제3의 연평도 포격이 일어날 것입니다. 특히 국론이 분열되는 선거 국면에서 장사정포의 포격에 의한 북한의 선거 개입이 염려스럽습니다."

"북한의 포격은 남한의 핵무장보다 작은 문제이오. 분명히 경고하건대 또다시 핵 주권을 주장하다가는 당신은 제2의 박정희가 될 수도 있을 것이오. 명심하시오."

미 대사의 'Keep it in your mind!(명심하시오!)'라는 말에는 오만한 협박이 담겨 있었다.

"대사님께서 지금 무슨 말씀을 하고 있는 겁니까? 일설에는 박 대통령이 독자적으로 핵무기를 개발하다가 미국의 끄나풀인 중정부장에게 암살당했다는 말도 있습니다. 경우에 따라서는 나를 암살할 수도 있다는 말이 아닙니까!"

김문권의 강력한 항의에 미 대사는 꼬리를 내리며 말했다.

"미안합니다. 그렇게 들렸다면……. 난 단지 김후보의 핵 주권론에 미국 측의 우려를 표명한 것뿐이오."

"대사님, 저는 위키리크스에 나오는 그런 한국 관리가 아닙니다."

그는 현재 대통령 후보 겸 국회의 외교통상 통일 상임위원회 위원장이다. 일부 친미파 관료들이 청와대보다 미국 대사에 먼저 보고하는 내용이 위키리크스의 폭로로 밝혀진 바 있지만, 미 대사가 한국의 대통령 후보를 불러 주의를 주는 건 예의가 아니라는 생각이 들었다.

"아, 정말 미안합니다. 커피나 한 잔 하며 이야기하죠."

미 대사는 정식으로 사과하며 그제야 커피 아메리카노를 권했다.

김문권이 커피를 마시고 미 대사관을 나왔을 때 김문권은 과연 대한민국이 주권국가가 맞는지 다시 한번 생각해 보았다. 역시 대한민국은 미국의 핵우산에 무임승차할 것이 아니라 독자적으로 핵무기를 개발해야 발언권이 생길 것이라는 확신이 들었다.

김문권이 미 대사관에서 나온 지 얼마 되지 않아, 구운룡 수석보좌관으로부터 전화가 왔다.

"중국의 시진핑이 의원님을 뵙자고 합니다만."

"무슨 일로?"

"한반도의 선거가 중국에도 중요하니까 미리 후보들을 만나 '꽌시關係'를 만들어 놓고자 하는 모양입니다. 이미 박선화, 문인제, 장대필 후보는 후진타오와 시진핑을 만나고 왔습니다."

"그래도 그렇지. 한창 경선으로 바쁜 사람을 초청하면 어떡하나?"

"제 생각에는 중국이 가까우니 하루쯤 시간을 내어 만나는 게 좋을 것 같습니다."

시진핑이라면 지금 중앙정치국 상무위원으로 후진타오에 이어 서열 2위이고 차기 중국 지도자로 내정되어 있는 자이다. 대국 굴기로 세계 초강대국으로 일어나고 있는 이웃 나라 중국을 무시하다간 큰코다칠 수 있다.

"알았어요. 그럼, 중국행을 준비해주세요."

김문권은 다음날 베이징으로 출국했다. 베이징 조어대에서 열린 만찬에 김문권은 초대를 받았다.

"오, 김문권 후보님. 반갑습니다."

시진핑은 김문권의 손을 잡으며 반갑게 인사를 했다.

"조어대가 참 멋지군요."

"며칠 전 이곳에서 6자회담이 열렸지요."

"알고 있습니다. 별 성과 없이 끝난 것까지도요."

북경오리가 나오고 막 만찬이 막 시작되려는데 시진핑이 갑자기 자리에서 일어섰다.

"지금 인도 수상이 도착했다는 연락이 왔습니다. 미안하지만 대신 외교부 부장 겸 6자회담 중국 대표인 왕뚱과 만나시는 게 좋겠습니다."

그는 눈인사를 하고 자리에서 일어나려 했다. 과거에도 이런 식으로 한국 인사들을 대한 듯했다. 만나서 얼굴만이라도 보고 사진만 찍어줘도 감지덕지 아니냐는 것이었다.

김문권은 시진핑의 손을 잡고 앉히며 항의했다.

"아니, 경선 중인 바쁜 사람을 불러 놓고 인도총리를 만나러 간다고요? 초청 당사자가 대화도 하기 전에 나가 버리는 것은 대단한 외교적 결례가 아닌가요?"

뜻밖의 강력한 항의에 시진핑이 놀라며 사과했다.

"죄송합니다, 김 위원장님."

"중국 어선이 우리 해역을 침범하고, 탈북자를 북으로 되돌려 보내는 일 등 참으로 유감이 많습니다."

"알겠습니다. 저가 급해서요, 우선 왕뚱 외교부 부장을 저 대신 좀, 부탁드립니다."

"중국이 과거 조선을 조공국으로 생각하고 사신을 함부로 대하던 버릇이 아직도 남아 있는 것은 아닌가요?"

"무슨 그런 말씀을. 정말 죄송합니다. 앞으로 정식으로 국빈으로 초대해 많은 얘기를 할 날이 있겠지요."

외교적 수사겠지만 그런 정도로 이야기하는데 계속 항의만은 할 수 없었다.

당장 자리를 박차고 조어대를 떠나고 싶었지만 이곳까지 와서 그냥 가는 것은 시간적으로 금전적으로 어리석은 일이라 판단해 일단 왕뚱과 만나기로 했다.

동그란 안경을 낀 왕뚱은 마오타이주를 김문권에게 따라 주며 말했다.

"이건 진짜 마오타이입니다."

마오타이주 90%가 가짜라는 걸 염두에 두고 하는 말이었다.

"그렇습니까? 마오타이를 빚는 우물은 하나인데 매년 우물물의 만 배 가량의 마오타이주가 생산된다고 하더군요."

"그게 우리 중국의 힘이지요. 하나가 곧 만 배가 되는 것이 대륙의 힘입니다."

"......?"

김문권은 왕뚱의 동문서답에 긍정도 부정도 할 수 없어 침묵했다. 대륙의 오만한 힘을 느꼈다.

왕뚱이 술잔을 뒤집고는 말했다.

"듣자 하니 김문권 후보는 다른 후보와 차별되게 한국의 핵 주권론, 핵무장 통일강대국을 주장한다면서요. 그래서 시진핑 총리께서 김 후보를 초청해서 의견을 한번 청취해 보고자 한 것입니다."

"말한 그대로입니다. 지금 한반도에서 핵무기가 비대칭인 한 안보가 불안합니다. 당장 핵무기를 개발하겠다는 뜻은 아닙니다. 6개국 경제 공동체가 튼튼하게 이루어지려면 남한에서도 핵 주권이 필요하다는 것입니다."

왕뚱이 퉁명스레 말했다.

"당신네 한국은 든든한 미국의 핵우산이 있는데 뭘 걱정이오?"

김문권이 반박했다.

"지금까지 한 번도 펴 본 적이 없는 핵우산을 어떻게 믿습니까? 만약 북한이 핵으로 선제공격한 뒤 미국에 협상을 제안하면, 미국은 북한과 협상 테이블에 앉을 것입니다. 핵우산이 무슨 소용이 있습니까?"

"그건 현실성이 없는 최악의 가정이고 상상력이요."

"맞습니다. 하지만 이런 가정과 상상력조차도 핵무기를 보유한 나라만이 할 수 있지요. 결국 핵무기가 없는 한국은 6자회담에서 보듯이 핵무기를 보유한 나라들에게 끌려다녀야 할 운명인 것입니다."

왕뚱은 동그란 안경알을 밀어 올리며 물었다.

"한국이 핵무장을 하게 되면 통일은커녕 남북은 더욱 긴장 상태에 빠지지 않겠습니까?"

"오히려 반대입니다. 남북이 동시에 핵을 보유하면 한반도에서 긴장이 사라집니다. 이것은 인도와 파키스탄의 관계와 같습니다. 두 나라가 핵이 없을 때는 서로 포격전을 벌이며 잦은 충돌을 일으켰습니다. 그러나 서로가 핵을 가지니 포격 하나도 조심스러워져, 지금은 카슈미르지역에서 포성이 사라졌습니다. 남북한 동시에 핵을 가지면 핵 억지 효과가 나타나고 모든 분야에서 화해와 협력이 더 빨라질 것입니다."

왕뚱이 쓴웃음을 지으며 말했다.

"어느 나라가 당신의 그런 주장에 귀를 기울이겠소? 게다가 당신이 주장하고 있는 6개국 경제 공동체 동북아존 구상은 또 뭐요?"

김문권은 '시진핑에 이어 왕뚱 이 작자는 또 뭐야? 한국 대통령 후보를 검증하자는 거야? 정말 따귀라도 날리고 싶군'이라는 생각이 들었다. 도대체 강대국 지도자들의 오만은 어디까지인가? 옛날 최치원이라면 어떻게 했을까 생각해 본다. 최치원전에 따르면 중국에 도착한 최치원은 일부러 50척에 달하는 높은 관을 쓰고 장안문으로 들어갔다. 높은 관이 문 지붕에 걸려 들어갈 수가 없었다. 그러자 최치원이 큰 목소리로 "우리나라 문도 내가 이 모자를 쓰고 능히 출입하곤 하는데 도대체 대국이란 나라의 문이 이처럼 낮아 왜 이리 들어가기가 힘든가!"라고 일갈했다. 그러자 놀란 당나라 관리들이 장안문의 지붕을 자르니 그제야 최치원은 당당히 입궐할 수 있었다고 한다.

김문권은 왕뚱에게 말했다.

“지금 나를 불러 놓고 뭘 따지자는 겁니까? 왕뚱 부부장님, 도대체 경선으로 바쁜 사람을 부른 이유가 뭐요? 제가 왜 당신 앞에서 한국 대통령 후보로서의 나의 공약을 검증받아야 합니까?”

왕뚱은 김문권의 역공에 놀라 말을 더듬거렸다.

“제가 심하게 말을 했다면 용서를 구합니다. 다만 저희 중국이 한국 선거에 관심이 많아서…….”

“중국은 지금 동북공정을 내세워 고구려 역사를 중국에 편입시키는가 하면, 이어도는 중국 섬이라고 주장하고, 최근에는 탈북자를 북송시키는 등 당신네 중국은 한국에 대해 사사건건 간섭하려고 하고 있소. 진정한 대국 굴기大國 堀起란 이웃 나라를 지배하려는 것이 아니라 함께 공존하며 동반 성장하는 것이오.”

김문권이 대화의 분위기를 반전시키고 있는데 문이 열리며 왕뚱의 비서가 들어와 귀엣말로 뭔가 속삭였다.

왕뚱의 얼굴에 특유의 쓴 미소가 떠올랐다.

왕뚱이 김문권에게 말했다.

“지금 김 후보가 큰소리를 치고 있을 상황이 아닌 것 같은데…….”

“그게 무슨 말이오?”

“한국에서 브레이킹 뉴스가 떴는데 김문권 후보에 관한 내용이라는군요.”

“어떤 뉴스요?”

김문권은 뭔가 자기에게 심상치 않은 일이 일어났음을 직감했다.

“글쎄, 그건 당사자가 더 잘 알 것 같소만.”

그때 폰이 울리고 통일당 대표로부터 전화가 왔다.

"김 의원, 도대체 이게 어찌된 일이오? 저는 김 의원을 믿지만 우리 당의 체면이 말이 아니오?"

"아니, 앞뒤 전후 설명 없이 도대체 무슨 말씀입니까? 저는 지금 베이징에 있습니다."

"그놈의 베이징에는 왜 자주 가는 거요? 김 의원이 중국 베이징의 H호텔 룸에서 고혜나 전 청와대 대외연락비서관과 늦은 밤 함께 있었다는 것이 언론마다 대문짝만하게 보도됐소. 제2의 변양균―신정아 스캔들이라는 거요."

"예, 무슨 그런 말씀을?"

"전엔 수뢰 사건으로 당에 부담을 주더니 이젠 불륜이라니."

통일당 대표는 매우 언짢은 목소리였다.

아, 이건 또 무슨 뚱딴지같은 일인가?

김문권의 뇌물 스캔들이 국민들의 뇌리에 사라지기도 전에 이번에 불륜 스캔들이라니, 도대체 이 무슨 망신이란 말인가. 차라리 경선 후보로 나오지 말았으면 좋았을 것을. 불륜 상대는 고혜나 청와대 대외연락비서였다. 정부 여자 관료들 중에서 가장 섹시하고 예쁘다는 미혼의 여인으로, 그녀가 대통령 연락비서로 발탁되자마자 실력보다 외모로 뽑혔다는 풍문이 돌았는데, 불행하게도 임기 중반에 백혈병으로 사망했다. 그의 흰 얼굴, 흰 피부는 백혈병 때문이었다고 할 정도로 그녀의 얼굴은 투명할 정도로 희고, 잡티 하나 없이 깨끗했다.

"대표님, 음모입니다. 저는 결백합니다."

"김문권 후보, 나도 큰 정치인은 바른 생활 따지는 것보다 국가적 대업을 추구해야 한다는 소신을 가지고 있소. 하지만 아무래도 이건 아닌 것 같소."

"아니, 대표님마저 절 믿지 못하신다면 전 누굴 믿고 정치를 하란 말 씀이십니까?"

"지금 TV에 둘의 사진과 동영상 방영되고 있소. 뭘 믿고 말라는 겁니까?"

전화는 딸깍 끊어졌다.

김문권은 전화를 끊고 잠시 멍해졌다.

왕뚱이 쓴 미소를 지으며 말했다.

"김 후보, 핵 주권 동북아존보다 우선 발등에 떨어진 불부터 끄서야겠소. 일어나시죠."

"걱정 없습니다. 전 결백하니까요."

김문권은 갑자기 초라해진 모습으로 조어대에서 나와 곧바로 베이징 공항으로 향했다.

김문권은 차 안에서 폰을 커서 인터넷에 접속했다.

실시간 검색 1위가 '김문권 고혜나 스캔들'이었다.

클릭해서 기사를 검색해 보니 자신과 고혜나가 H 호텔을 나오는 장면이 대문짝만하게 나와 있었다.

이게 무슨 뜬금없는 사진인가. 그는 황당함에서 오는 충격을 진정하고 그날에 H 호텔에 무슨 일이 있었는지 기억을 더듬어 보았다.

'아, 이런!'

적들은 나의 말 못할 약점을 노리고 불륜 스캔들을 터뜨린 것이다. 그는 사면초가에 빠진 느낌이었다. 큰 충격 속에서 서둘러 귀국 비행기를 탔다. 이번 사건은 뇌물 사건처럼 쉽사리 해결될 문제가 아니라는 불안감이 엄습했다. 그는 사람을 피하기 위해 평소 이용하던 이코노미석 대신 일부러 일등석에 앉았다. 베이징 공항에 들어가는 데서부터 몇몇 한국인들이 아는 체를 하며 수군거렸다. 당분간 사람들을 피하고 싶었다. 그는 이 엄청난 난국을 어떻게 돌파해야 하나 깊은 생각에 잠겼다.

북 - 고난의 행군3

둘은 낮에는 바위와 낙엽 더미에 오소리처럼 납작 엎드렸다가 밤이 되면 전투를 벌이며 저지선을 돌파해 북상했다.

자정쯤 계곡을 타고 내려가는데 술 냄새가 계곡 바람을 타고 술술 풍겨 왔다. 길목 요지에 매복하고 있어 매복조를 지나치지 않고는 피해 갈 길이 없었다.

하는 수 없이 고양이처럼 조심스레 접근했다. 참호 안에 셋은 술에 만취돼 자고 있었다. 9월 말 엄습해 오는 산 추위와 계속되는 매복의 피로에 군인들이 술을 먹고 곯아떨어진 것이다. 둘은 단숨에 술 취한 셋을 제압한 뒤 빵, 건빵, 담배, 수통 등 보급품을 빼앗아 북상했다.

함장이 수통의 술을 한 모금 마시곤 말했다.

"남조선 괴뢰군 아이들, 이거 정신 더 차려야갔어. 비상 전시에 매복하러 나온 놈들이 수통에 술을 담아 마시고 자빠져 있으니, 쯔쯔."

“우리 인민군 같으면 총살감이지요.”

“맞아, 이러니 우리 둘이 이 엄청난 대군들을 농락하며 빠져나갈 수 있지.”

수나라 당나라가 고구려를 침입할 때 병사들이 백만 대군이었다. 국방부는 옛 중공군이 6·25 때 쓴 인해人海전술을 본받아, 인산人山전술을 써 연인원 백육십만 대군을 강릉 이북의 산에 풀어 북상하는 무장공비를 소탕하려 했다.

하지만 최강철과 함장 둘은 기적과도 같이 그 사이를 비집고 여기 민통선까지 왔다.

“최상위, 과거 남파되었을 때 이번보다 힘든 때가 있었나?”

“없었습니다.”

첫 번째 동부전선으로 혼자 서울로 잠입한 것은 아주 성공적이었다. 그때 동부전선은 남조선을 유람한 것이나 마찬가지다. 레스토랑에서 밥 먹고 택시 타고 이동하고, 술집에서 한잔 하고 모텔에서 잠잤다. 그러나 두 번째 중부전선으로 남파되었을 때는 남조선에서 삼풍백화점이 무너져 나라가 시끄러웠다. 삼풍백화점처럼 곧 무너질 것 같은 낡은 건물에서 접선하기로 한 동무가 충성의 선물 대신 남조선 경찰 1개 소대를 데려온 것이다. 최강철은 현장에서 배신한 공작원과 경찰 둘을 살해하고 북상, 야간에 철원 노동당사에서 총격전을 벌이며 도주했다. 6·25의 폭격에도 살아난 강철 같은 건물인 철원 노동당사가 아니었으면 국군의 총격에 버티기 힘들었을 것이다.

돌아온 그에게 김정일이 직접 훈장을 달아 주며 말했다.

“최 동지, 당신 한 사람의 전투력은 일개 사단 병력과 맞먹소. 장하오,

강성대국의 아들!"

세 번째는 지금 타고 있는 백두대간으로 남파되었다. 그러고 보면 이번 잠수함 작전은 우연이 아니라 철저하게 사전 준비된 것이었다. 지난번 백두대간을 탔을 때 지하비트에 식량을 묻어 놓도록 지령을 받았는데 바로 이날을 대비하기 위함이었다. 안인진의 잠수함 좌초조차도 사전에 계획된 작전이지 않았던가.

둘은 밤낮으로 헬리콥터와 군견과 조명탄에 쫓기며 민통선까지 왔다. 돌멩이처럼 도처에 널려 있는 남조선 병사들. 넘어도 넘어도 끝이 없는 백두대간의 험산준령. 추위와 굶주림. 더욱이 등에 함장이라는 무거운 짐짝 하나를 짊어지고 이동하는 중이다. 아무리 악조건이라도 혼자라면 훨훨 날아 벌써 정전선을 넘어 갔을 텐데…….

160만 대군 속에서 2명은 필사적 탈출을 감행했다.

둘의 북상 경로를 보면 전체적으로 태풍의 북상 경로와 비슷하다. 국군의 저지선과 부딪히면 반원을 그리며 오른쪽 옆으로 이동하다 기습적으로 북상했다. 그들의 동선은 일직선이 아니라 태풍의 경로처럼 비스듬히 휘어진 곡선이었다.

잠수함에서 탈출한 지 15일째 밤. 최강철과 함장은 제4저지선을 뚫고 대우산 줄기에 붙었다. 대우산은 민통선 안에 있는 산으로 산 너머 정전선이 지나가고 있었다.

둘은 9부 능선에서 마지막 저지선인 정전선을 그윽하게 바라보았다. 대우산 가칠봉 운봉 매봉 금강산으로 이어지는 백두대간의 줄기는 분단의 철책을 무의미하게 만들며 거대한 용트림을 하며 북으로 올라가고 있었다. 가칠봉은 금강산은 원래 11,993봉우리여서 여기 일곱 봉우리를 더해 비로소 일만이천봉이 되었다 해서 가칠봉加七峯이었다. 자연에 무슨 경계가 있으며 하늘에 분단이 어디 있는가. 가칠봉 위로 검독수리 떼들이 떠서 금강산으로 오가고 있었다.

최강철은 오랜만에 풍경을 보며 감상에 잠긴 뒤 함장과 함께 비트(비밀 아지트)로 들어갔다.

이 비트는 지난번 백두대간을 타고 남조선으로 내려올 때 최강철이 식량을 묻었던 곳이다. 대우산 가장 깊숙한 곳 범바위 밑에 사람 셋이 은신할 천연 동굴이 있었다. 이 동굴의 출입구를 돌과 흙으로 막아 놓으면 범바위 밑에 텐트를 치고 찾아도 찾지 못한다. 그만큼 찾기 어려운 교묘한 비트였다. 범바위 밑 지하 동굴 은신처에 들어간 둘은 마치 천국에 온 듯한 기분이었다. 그곳에는 육포와 통조림 등 먹을거리가 비축되어 있었기 때문이었다.

함장이 육포를 질겅질겅 씹으며 말했다.

"말 타면 경마 잡히고 싶다더니 아, 육포를 씹으니 암탉 한 마리 뜯고 싶구만."

"암탉 좋지요."

"노릿한 암탉을 황기, 당귀 등 한약재를 넣고 푹 삶아 손으로 좍좍 찢어 김치를 얹어 먹으면 최고인데 말이야."

"……."

함장은 남조선 병사로부터 노획한 수통에 담긴 술을 한 모금 마시고는 최강철에게 주었다.

최강철도 한 모금 마시고 말린 육포를 안주로 뜯었다.

함장은 술을 한 모금 마시더니 뚜벅 말했다.

"자네에게 미안하다고 말할 게 있네."

"뭘 말씀하시려는 겁니까?"

"호피 말이네. 자네의 공을 내가 가로챈 것 말이야."

"다 지나간 일입네다."

함장이 그걸 기억하고 미안해하고 있다니 기특하다는 생각마저 들었다.

"장군님도 최 동무가 호랑이를 잡았다는 걸 알고 있네. 다만 최고전사인 동무의 충성심을 시험하고 싶으신 거지. 자넨 어디서나 감시받고 있거든. 늘 조심하는 게 좋아."

아, 나는 당에 그토록 충성했건만 당은 여전히 날 믿지 못하고 시험하고 싶었던 걸까?

"알겠습니다."

"이번에 복귀하면 난 장군으로 진급하게 될 거야. 장차 인민무력부장까지 바라보고 있어. 이번에 무사히 복귀하면 최 상위를 공화국 영웅으로 상신하겠네."

"……일없습네다."

"동무의 탁월한 능력과 변함없는 충성심을 잘 알 수 있었네."

"…….."

"망할 놈의 정치망 그물만 아니었다면 지금쯤 가족과 함께 예술단 공연을 볼 거 아이가."

그는 손깍지를 끼고 동굴 벽에 비스듬히 드러누웠다.

최강철은 함장의 입에서 가족 이야기가 나올 때 처음으로 인간의 냄새를 맡을 수 있었다. 인간에겐 초월적인 신성도 없지만 용서받지 못할 악마성도 없는 것이다.

둘은 낮에 곰처럼 충분히 자뒀다가 오늘밤 표범처럼 은밀하게 정전
선을 넘을 것이다.

남-불륜

D—144

김문권은 베이징 공항에서 귀국비행기를 탔다. 고혜나와의 불륜 스
캔들을 떠올리며 고개를 흔들었다. 이 딜레마를 어떻게 풀어야 하나? 어
쩌면 오명을 덮어쓰고 대통령 후보를 사퇴할지도 모른다. 비행기는 구
름을 뚫고 올라가 안정 고도 상태를 유지한 채 날고 있었다. 창밖에는 티
한 점 없이 새푸른 천공을 배경으로 거대한 구름 기둥들이 솟아올라 장
관을 이루고 있었다.

김문권은 아내의 얼굴을 떠올렸다. 그의 의정보고서와 홍보용 책자
첫 장은 항상 아내와 어깨동무를 하고 단란한 모습으로 찍은 사진이 차
지했다. 그러나 대부분의 권력자들에게는 이중생활이 일상화되어 있
었다.

점심을 먹은 뒤 약간의 졸음이 오는 한낮의 김문권 후보 사무실.

여비서가 결재서류를 들고 사무실로 들어왔다.

깨끗한 용모와 단아한 정장 차림 아래로 여비서의 미끈한 다리가 쭉 뻗어 있었다.

"미스 김, 외국에선 이 시간에 잠깐 시에스타를 즐긴다지."

김 비서는 미국에서 대학을 졸업하고 대기업 비서실에 있다 6개월 전에 이곳 비서로 채용됐다.

"그렇습니다. 그런데 시에스타의 본뜻은 낮잠이 아니라 점심 후에 잠시 친구와 함께 보내는 시간이래요."

"호오. 그럼 우리 사이는 친구 사이?"

김문권은 사무실 뒤에 있는 문을 열었다.

좁은 밀실에는 간이침대와 베개, 공 모양의 대형 쿠션이 하나 있었다.

나이 차이가 서른이고, 몰래 하는 불륜인 만큼 강렬하고 짜릿했다.

"대선이 얼마 남지 않았는데 조심해야 하지 않을까요?"

"걱정도 태산이야."

김문권은 미스 김의 머리를 아래로 밀며 생각했다.

'난 절대 뒷걸음치지 않아. 더 큰 권력 앞에서가 아니면.'

"까다로운 미국식 대선 검증 방법이 한국에 들어온 것 자체가 잘못이야. 대통령이 인턴 여사원과 부적절한 관계 한 번에 탄핵이라니 말이 돼? 그런데 우리나라 역대 대통령 중에, 여자 스캔들에다 사생아가 없었던 각하가 있으면 나와 보라 그래."

미스 김은 아래에서 움직이다가 말했다.

"무슨 말씀이세요. 후보님이야말로 미국식 검증 제도의 도입으로 가장 큰 덕을 보셨잖아요."

P, J, K 등 유력한 대선 후보들이 불륜 스캔들로 줄줄이 낙마했다.

"허긴 그래. 언론에 지레 겁을 집어먹고 중도에서 하차한 놈들만 바보가 됐지."

미스 김은 잠자리에서는 아내처럼 깊은 맛을 내거나 술집 여자처럼 진한 향은 없었다. 가슴이 풋사과처럼 싱싱하고 엉덩이는 야자처럼 탱탱했다. 솜털이 보송보송한 피부와 접촉하면 소변 뒤 잔뇨감이 사라지고 노화된 몸이 회춘되는 듯 생기를 얻었다. 무엇보다도 정치판에서 받은 온갖 스트레스를 한 방에 날릴 수 있어 좋았다.

그런데 이 광경을 처남이 카메라를 들고 찍고 있는 것이 아닌가.

"이거 한 장이면 난 돈방석에 앉는 거야."

얼마 뒤 타블로이드 신문들은 물을 만난 고기처럼 김문권과 여비서의 스캔들 사진으로 온통 지면을 도배했다. 상황은 급박하게 돌아갔다. 김문권은 결국 막판에 터진 여비서와의 불륜 스캔들로 대선 레이스를 접을 수밖에 없었다. 그동안의 모든 노력이 잠깐의 실수로 물거품이 되고 말았다.

그는 방송과 언론사를 불러 대선 후보를 사퇴한다고 공식 기자회견을 했다.

"국민 여러분, 참으로 죄송합니다. 저는 이 모든 사건에 책임을 지고 경선과 대선을 포기하겠습니다."

기자들의 플래시가 연이어 터지고 그의 이마에는 땀이 흥건했다.

그때 갑자기 여자 승무원의 소리가 들렸다.

"승객 여러분, 우리 비행기는 곧 인천공항에 도착합니다. 승객 여러분은 안전벨트를 매주시기 바랍니다."

아니, 기자회견장에 웬 스튜어디스가? 깨어 보니 꿈이었다. 이마에는 식은땀이 흥건했다. 창밖을 보니 비행기는 어느덧 영종도 하늘을 날고 있었다.

'휴, 꿈이었구나!'

그는 가슴을 쓸어내렸다. 천만다행이었다. 현실이 아니라 꿈이었음을 하느님께 감사하며 성호를 그었다.

'아니, 불륜 스캔들로 궁지에 몰려 있는데 이 따위 말도 안 되는 꿈을 꾸다니.'

김문권에게 젊은 여비서가 있긴 하다. 여비서를 마음속으로 한 번도 탐하지 않았다면 거짓말이겠지만 감히 맨정신으로는 그런 생각조차 하지 않았다. 꿈은 잠재된 욕망의 표현이라고 했던가. 꿈을 통해 인간은 불완전한 존재라는 걸 다시 한번 확인하고, '자신을 더욱 더 엄격하게 다스려야겠다!'고 다짐하고 또 다짐했다.

비행기가 인천공항에 착륙했다. 인천공항을 빠져나가는 것이 문제였다. 틀림없이 고혜나와의 불륜 스캔들을 취재하러 기자들이 벌떼처럼 몰려올 것이다. 그는 지금까지 공항을 이용할 때 일반인들과 마찬가지로 수속을 밟았고 일반 검색대를 이용하며 다녔다. 그러나 오늘만은 VIP 전용 통로를 이용하기로 했다. 준비되지 않은 채로 벌떼처럼 달려드는 기자들 앞에 서게 되면 무슨 말을 하더라도 빌미를 잡히게 된다.

구운룡 수석보좌관에게 상황을 알리고 전용 통로를 이용해 빠져나가니 사동을 켠 채 봉고차가 대기하고 있었다. 그가 민첩하게 봉고차에 올라타자 차는 곧바로 떠났다.

놀랍게도 차 안에는 꿈속에서 만났던 사람들이 다 타고 있었다. 아내와 처남, 여비서까지. 그들의 얼굴이 얼마나 반갑고 든든했다.

잠을 못 잤는지 눈가에 다크 서클이 뚜렷한 아내는 애완견 복실이를 안고 말했다.

"당신이 매일같이 출장가거나 밤늦게 들어와도 전 당신을 한 번도 의심하지 않았지요. 외로울 때면 이 복실이를 안고 버텼어요. 그런데 지금 전 가장 견디기 힘든 시간을 보내고 있어요."

"여보, 날 믿어주오. 당신마저 날 믿지 않으면 내가 누굴 믿고 살겠소."

"인간이 왜 하찮은 개에게 위안을 받는지 이제 알겠어요. 개는 변심하지 않고 한결같거든요."

김문권과 민수현. 둘은 서로 죽고 못 사는 잉꼬부부는 아니었다. 그렇다고 해서 아내와 함께 무인도에 떨어지는 꿈을 악몽이라고 생각하지는 않는다. 둘은 노동 현장에서 만난 뒤 서로에 대해 끈끈한 믿음과 애정으로 지금까지 살아왔다.

"복실이를 이리 줘 봐요."

그는 복실이를 덥석 안았다. 작고 귀여운 몰티즈로 솜털처럼 가벼웠다. 털을 쓰다듬는데 아내에 대한 애정이 뭉게구름이 피어나듯 일었다. 아내가 복실이를 쓰다듬으며 외롭게 지새웠을 수많은 밤을 생각해 보았다. 둘이서도 흔들리는데 바람막이 남편이 없는 혼자의 밤이 얼마나 외롭고 힘들겠는가. 복실이가 없었다면 아내의 인간성이 다 마모되어 버렸을지도 모른다.

뒤에 앉은 처남이 말했다.

"자형, 누나가 힘들까 봐 찾아왔는데 오히려 저더러 자형을 믿으라고 하네요."

여비서도 말했다.

"도대체 의원님처럼 가족에 충실한 분을 누가 이렇게 음해를 하는
지……."

김문권은 차분한 미소를 지으며 말했다.

"이번 사건은 지난번 뇌물 스캔들보다 더 힘들게 생겼어. 고혜나 전
비서관은 백혈병으로 죽어 버렸지, 그 방에서 벌어진 일은 국가기밀에
해당되는 일이라 말할 수 없지. 내가 큰 덫에 걸린 것 같아. 지금 누군가
가 나에 대한 모든 정보를 장악한 뒤 나를 죽이려고 하는 것 같아."

김문권은 베이징 일을 알고서 선거에 개입하려는 곳은 두 군데 북한
과 중국이라는 생각이 들었다.

"우린 당신을 믿어요. 뇌물 사건도 진실이 밝혀졌듯이 이번에도 진실
이 밝혀질 거예요."

"고맙군. 가까운 사람들이 날 믿어 주니 큰 힘이 되는군."

하지만 언론과 국민들은 믿어 주지 않았다.

공항에서 오랫동안 기다리다 허탕을 친 언론들은 약이 오를 대로 올
라 험하게 기사를 써댔다.

'불륜 스캔들 장본인 김문권, VIP실을 통해 쥐새끼처럼 빠져나가다.'

'H 호텔 스위트룸에서 일어난 달콤한 비밀'

'김문권 초선의원시절부터 고혜나 비서와 염문설'

공중파조차 김문권과 고혜나가 늦은 밤에 H 호텔 스위트룸에서 만난
것을 불륜으로 편집해서 내보내고 있었다.

고혜나 대외연락 비서관은 김문권이 초선의원일 때 비서로 근무하며
불륜 관계를 맺어 오다 공무를 핑계 삼아 베이징으로 놀러가 밀애를 즐

졌다는 것이다.

인터넷에서는 의원연찬회, 당원모임, 정부초청만찬 등에서 찍은 둘의 사진을 합성해 해변가의 수영복 연인으로, 침대에서 뒹구는 불륜 관계로 패러디해 올렸다.

천안함 용사 장례식 때 김문권이 슬픈 얼굴로 영정을 쳐다보며 조문하는 사진에다 캡션을 달았다.

'하늘에도 스위트룸이 있겠지요?'

중국의 언론은 H 호텔 CCTV에서 입수한 것이라며 둘의 불륜 기사를 확인해 주었다.

김문권 후보와 고혜나 비서관이 30초 정도의 시차로 각각 베이징 H 호텔에 들어갔다는 것을 확인하는 CCTV 필름을 인민일보 인터넷판에 공개했다.

CCTV에 잡힌 두 사람의 모습은 흐릿하지만 김문권과 고혜나가 거의 동일한 시간대에 스위트룸을 들어가는 장면이었다. 김문권과 고혜나 불륜스캔들은 메가톤급 뉴스였다. 정치인과 여비서의 불륜은 사실 흔하고 흔했다. 역대 사례도 많은 데다 영화와 비디오에 널려 있는 이야기였다. 그러나 둘 다 미스터 엔 미스 클린이라고 불릴 정도로 도덕적으로 깨끗한 이미지를 가지고 있었다. 클린한 두 사람이 밤 9시에 호텔 룸에 들어갔다는 것 자체가 쇼킹한 뉴스였다. 고혜나는 정치인으로서는 드물게 영화배우 뺨치는 미모를 가지고 있어, 김문권의 불륜 사건이 다른 모든 뉴스를 덮어 버렸다.

청렴과 도덕성으로 박선화를 턱밑까지 추격했던 그의 지지율은 불륜 스캔들이 터지자 2위에서 5위로 급전직하로 추락했다.

김문권에 호감을 가지고 보도했던 언론들도 등을 돌리고 황색 저널리즘에 합류했다.

김문권은 기억을 더듬어 당시 고혜나를 만났던 H 호텔의 상황을 재구성해 보았다.

그때 왜 중국에 갔는가.

작년 여름 중국 H 호텔에서 한국의 한 무명의 여가수가 나체 차림을 떨어져 죽는 기묘한 사건이 일어났다. 신고를 받았던 경찰은 즉각 수사에 착수해서 여가수가 떨어지기 전 머물렀던 호텔 룸에서 수상한 남자가 머물렀다는 증거를 찾아냈다. 타살이 분명해 보였다. 경찰은 평소의 수사 교본대로 술병에서 지문을 떠서 국과수로 보내고, 시체는 부검하기로 했다.

생각보다 국과수에서 결과가 빨리 나오지 않았다. 한참 뒤에야 의뢰한 것과 일치하는 지문이 없다는 결론을 통보했다. 부검의로부터도 추락으로 생긴 두개골 파열 이외에는 별다른 상처가 보이지 않는다는 결과가 나왔다. 유가족의 항의에도 불구하고 수사를 지휘하던 검찰은 타살이 아닌 자살이라고 결론을 내리고 서둘러 수사를 종결했다.

쇼킹한 사건이라 언론에서도 크게 다뤘으나, 웬일인지 며칠 뒤에는 여가수 투신 사건은 일제히 자취를 감췄다.

이 사건을 김문권이 새삼스레 주목하게 된 것은 유족인 여가수 어머니의 요청 때문이었다.

같은 지역구 주민이라는 어머니는 끈질기게 의원실에 민원을 넣었다.

"의원님, 제발 우리 딸의 억울한 죽음을 밝혀 주십시오."

김문권은 웬만하면 민원을 듣고 해결하지만 이번 건은 처리할 번지수가 달랐다.

"어머니, 안타깝지만 경찰이 자살이라고 종결한 사건을 제가 어떻게 할 수 없습니다. 차라리 경찰에 가서 이의를 제기하시는 게 어떨까요?"

"제가 경찰이나 검찰을 왜 안 찾아 갔겠어요? 모두 한통속이에요. 제가 의원님을 찾은 것은 제 지역구 의원이기 때문이 아니라, 의원님이야말로 정의롭고, 항상 힘없고 가난한 백성의 편이라고 굳게 믿기 때문입니다."

"……."

"아직도 영안실에 누워 있는 우리 딸을 편히 잠들게 해 주세요."

김문권은 그동안 어머니가 여기저기서 스크랩해 온 자료를 대충 읽어보았다. 이상한 점은 있었다. 여가수가 있던 그 방 안에 분명 남자가 머물렀던 흔적이 있었고, 그 남자로 인해 자살이든 타살이든 저질러졌다. 그렇다면 그 남자는 누구인데 경찰과 검찰의 비호를 받고 있는가? 거물 정치인이나 언론 사주 등 굉장한 인물이 아닌가 하는 추리도 해 보았다.

그는 이 사건에 대해 흥미를 느끼고 경찰에 간부로서 몸담고 있는 친구에게 물어보았다.

"중국 H 호텔 여가수 나체 투신 사건 말이야. 그게 어떻게 된 거야? 자살인 것 맞아?"

"자살 맞아."

"난 아무래도 타살 같은데 말이야."

"친구야, 노코멘트 하는 게 좋아. 종결된 사건이잖아."

"지역구 민원이야, 함구할게."

친구는 한동안 망설이더니 입을 열었다.

"이건 극비 사항이야. 말이 나가는 순간, 자네와 나는 옷을 벗어야 해."

"자네가 날 더 잘 알잖아."

"우리 경찰은 처음부터 그 사건을 타살로 생각하고 수사를 시작했어."

"용의자가 누군데?"

"A국의 왕세자야."

"응?"

김문권은 뜻밖의 대답을 듣고 놀랐다. A국의 왕세자라면 한국이 500억 달러 원전을 수주하는데 막후 역할을 한 자이다.

친구는 말했다.

"여가수는 노래보다는 배꼽춤을 더 잘 추는 벨리 댄서였지. 그날 왕세자는 호텔의 극장식 레스토랑에서 여가수의 벨리댄스 공연을 관람했지. 여자가 묵은 곳은 왕세자와 같은 호텔이었고, 술병과 담배에서 지문과 유전자를 찾아내 왕세자의 것과 대조해 봤어."

왕세자는 여가수 문제로 한국 경찰의 수사력이 자기에게 미치자 매우 불쾌해하며 500억 달러 원전 수주는 애당초 없는 걸로 하겠다고 말했다.

정부는 딜레마에 빠졌다. 이 원전 수주 프로젝트는 정권이 출범하면서부터 추진해 온 최대의 국책 사업으로 계약서에 사인만 하는 마지막 단계에서 이런 일이 벌어졌으니 당혹스러웠다. 500억 달러면 50조 원이 넘는다. 국가예산의 1/6이 넘고 작은 외환 위기를 막을 수 있을 정도의 거액이었다. 정부는 사건 보도를 엠바고(유보)하고 그녀를 희생하고 국익우선으로 나갔다.

"국과수에서는 사체를 원형 그대로 보존해 줄 것을 중국에 요구했으나 이미 손을 대 심하게 훼손된 상태였지. 부검을 해 생활반응을 조사한 결과, 백혈구의 국소적 집적이 있는 거야. 이상이 있다는 거지. 죽은 여자의 질액에서 뭔가를 추출하려는 순간, 검찰로부터 수사 중지의 명령이 떨어졌어. 그게 내가 아는 전부야."

김문권은 이 여가수의 경우, 구제할 방법이 없었다. 그는 유족에게 위로금을 전달한 뒤 그녀가 떨어져 죽은 H 호텔의 현장을 돌아보러 온 것이다. 안타깝지만 형식적인 절차이기도 했다.

김문권은 여가수가 떨어져 죽은 H 호텔 현장에서 한동안 상념에 잠겨 있다, 호텔 로비로 들어갔다. 귀국하면 유족과 합의해 아직도 시체 영안실에 있는 여가수의 장례식을 치러야겠다는 생각을 했다. 김문권이 생각에 빠져 있는데 북의 3인자로 일컫는 장성택이 호텔 로비에 서성거리는 모습이 보였다. 장성택은 과거 남북의원회담을 추진할 때 북의 파트너로 만난 적이 있었다.

"아니, 장 위원장 여긴 어쩐 일이오?"

"이거, 김 위원장 아니오? 정말 반갑소이다."

북한의 거물급인 장성택이 베이징에 나타났다는 것은 무슨 굉장한 일이 있다는 것을 의미했다.

"요즘 부쩍 김정일 국방위원장의 중국 나들이가 잦더니 수행하러 온 것이오?"

"그게 아니고……. 그런데 김 위원장 시간 좀 있소?"

장성택의 얼굴이 전과는 달리 왠지 초조해 보였다.

"시간은 만들면 되지요. 그런데 무슨 일이 있는 거요?"

"일단 좀 봅시다."

장성택은 김문권의 손을 잡고 자기가 묵고 있는 스위트룸으로 끌고 들어갔다.

그는 거실 소파에 앉아 이십 년 된 인삼주를 잔에 따라 주며 말했다.

"신토불이, 우리 조선 인삼주가 최고지요."

"원래 신토불이는 불교 용어로 땅의 인연을 받아 태어난 몸과 땅은 둘이 아니라 하나라는 것이죠. 산 것과 죽은 것, 생물과 흙이 둘이 아니고 하나라는 의미지요."

"거, 말 잘했수다. 몸과 땅이 둘이 아니고 생사도 같다는데 같은 민족, 같은 동포끼리 서로 갈라져 싸워야갔소?"

"장사정포부터 쏘지 말고 말하세요."

"거 참, 사돈 남 말하네. 미군과 짝꿍이 되어 팀 스피리트니 키 리졸브니 하면서 북침 훈련한 게 그쪽 아니오?"

"위원장 동무. 그거 따지자고 날 이리로 끌고 들어온 거요? 그렇다면 난 가겠소."

"앉아 보오, 휴……."

장성택이 담배 연기를 길게 뿜으며 한숨을 쉬더니 말했다.

"김 위원장, 내 단도직입적으로 말하리다. 내년에 남북정상회담을 한 번 하면 좋갔수다."

"아니, 뜬금없이 그게 무슨 말이오?"

"남북정상회담을 하자는 거요."

“지금 천안함과 연평도로 남북이 극도로 대립하고 있는데 정상회담이라니 그게 가당키나 합니까?”

“그럴수록 더 정상회담이 필요하지 않소? 밤이 깊을수록 새벽이 가까운 법이오.”

“그런데 왜 우연히 만난 날 붙잡고 그러오?”

“지금 남조선과 대화하려고 해도 파이프가 모두 끊겨 하나도 없소. 그런데 난 장군님으로부터 남북정상회담의 특명을 받고 무조건 베이징으로 날아온 거요.”

“그럼, 지금까지 여기서 대통령과 연락할 파이프를 찾고 있었던 거군요.”

김문권은 장성택이 딱한 처지에 있음을 알았다.

“그렇소. 대통령 측근이니 통일부 관계자니 하는 사람을 만나 사기도 몇 번 당했소. 그런데 김 위원장을 만난 거요. 하늘이 날 도우신 게지.”

“좋습니다. 차근차근 얘기를 풀어갑시다. 왜 이처럼 긴장 국면을 만들어 놓고 남북정상회담을 하자는 거요?”

장성택의 답변은 놀랄 만한 것이었다.

“지금 장군님의 건강이 아주 좋지 않소이다.”

“뇌졸증으로 쓰러진 이후 건강이 좋지 않다는 것은 우리도 다 알고 있습니다.”

“이건 우리 둘만 압시다. 장군님이 머지않아 권좌를 김정은 동지에게 넘겨줄 정도로 심각하오.”

“아, 그렇게 심각한 줄은⋯⋯.”

“장군님은 그 전에 남북정상회담을 하고 싶은 거요. 우리가 믿을 곳은 남한밖에 없소. 중국, 우리는 중국 믿지 않습니다. 이 회담도 중국이 알면 방해할 거요. 그래서 장군님이 돌아가시기 전에 하루 빨리 우리끼리 평화 체제를 구축하고 싶은 거요."

"안정된 김정은 후계 체제와도 관계가 있겠군요."

김문권은 북한이 지금 발등에 불이 떨어진 상황이라는 걸 알았다. 그것은 장성택의 초조함으로도 잘 알 수 있었다.

그는 장성택의 말을 듣고 느긋하게 인삼주를 한 잔 마시며 말했다.

"그러면 한 가지 조건이 있소."

"무슨 조건이오?"

"남북이 정상회담 하는 조건으로 금강산 관광도 재개하고, 남북을 관통하는 시베리아 가스관도 놓도록 합시다."

김문권은 현 정부의 방침과는 달리 남북간 전면적 협력과 교류가 폐쇄된 북한을 개방시킨다는 신념을 가지고 있었다. 개성 금강산뿐만 아니라 DMZ에 인접해 있는 해주, 철원도 개방하고 남북의 도로와 철길도 다 이어야 한다. 남북한도 대만과 중국처럼 통행, 통신, 통상 삼통三通이 되어야 한다. 한반도가 유로존처럼 경계를 허물고 동북아존의 중심이 되어 실질적 통일을 이룩하면 인구 8천만 명, 면적 22만㎢, 광활한 만주 시베리아를 경제 문화권으로 가진 통일강대국으로 도약할 수 있다.

장성택도 김문권의 제안이 나쁘지 않다고 생각했다.

남북정상회담을 통해 김정은 후계 세습을 보장받고, 아울러 시베리아 가스관 사업과 금강산 관광 재개를 통해 북한의 경제를 일으키면 그보다 좋을 수는 없는 것이다.

"음, 역시 남조선 사람은 다 장사꾼이오. 좋소. 내가 금강산과 시베리아 가스관은 당장 장군님께 건의하겠소. 대신 그쪽도 빨리 서둘러 남북 정상회담을 성사시키도록 합시다. 내가 이 비싼 호텔방에서 빈둥거린 지 벌써 보름이 넘었소. 이러다가 숙청되겠소.”

장성택과 만난 김문권은 즉시 청와대 VIP에게 직통전화를 넣어 장성택과의 만남을 보고했다.

얼마 뒤 VIP로부터 직통전화가 왔다.

‘김 위원장이 국가를 위해 큰일을 했소. 고혜나 대외연락 비서관을 보낼 테니 함께 만나서 북한 대표와 은밀하게 협상하시오’라는 특명이었다.

천암함과 연평도 포격으로 꼬일 대로 꼬인 경색 국면이었다. 정부가 공식적으로 ‘북한이 천안함과 연평도 사건을 사과하지 않으면 일절 북한과 접촉하지 않겠다’고 선언한 상태에서 비밀리에 북한과 접촉하는 것은 위험부담이 매우 컸다.

하지만 뇌졸중으로 쓰러져 다급한 김정일과 취임 후 남북관계의 업적이 제로인 대통령에게 남북정상회담은 이해관계가 딱 맞아 떨어지는 내용이었다.

대통령의 특명을 받은 고혜나가 즉각 김문권과 합류하고, 김정일 위원장의 심복인 강석주가 평양에서 전세 비행기를 타고 날아와 장성택과 합류했다. 네 사람은 정상의 뜻을 받들어 베이징 남북합의문을 작성했다.

‘남북 정상의 뜻을 받들어 내년에 내년 10월 남북정상회담을 개최하고, 금강산 관광을 재개하며, 남북을 관통하는 500억 달러 규모의 시베리아 가스관을 놓기로 합의한다.’

단, 남북정상회담 때까지 이 합의를 발설하면 모든 것을 백지화하는 조항을 넣어 넷이서 사인을 하고 문서를 나눠 가졌다. 대통령은 사안의 중대성을 감안해 이 일과 관련한 일체의 일을 함구하라는 극도의 보안을 요구했다.

북 - 귀환

최철강은 땅거미가 완전히 내린 뒤에 그와 함장은 야삽과 철조망 절단기를 가지고 범바위 비트를 빠져나왔다.

붉은 달이 백두대간에 걸려 있었다. 하얀 안개가 붉은 달을 삼키려고 하고 있다.

두 마리 짐승은 은밀하게 철책으로 다가가고 있었다. 숨소리조차 삼키며 마지막 관문을 통과하려고 철책으로 접근하고 있었다.

철커덕 탁

무엇이 둔탁한 쇠붙이에 걸리는 소리가 났다.

갑자기 함장이 '악' 하고 고함을 질렀다.

"악, 내 발."

함장은 고통스런 비명을 지르며 나뒹굴었다.

날카롭고 억센 쇠 이빨이 함장의 왼쪽 발목을 물었다. 함장이 능선 길을 내려가다 멧돼지 덫에 걸린 것이다.

악어처럼 날카롭고 강한 이빨이 당장이라도 발목을 끊어 버릴 듯 꽉 물고 있었다. 함장이 두 손을 덫을 벌리려 들면 들수록 덫은 점점 더 깊이 살을 파고들었다.

솟구치는 핏물이 발목과 발등을 벌겋게 적셨다.

"이런 젠장, 철책이 바로 코앞인데. 으읍."

그는 스스로 두 손으로 입을 막으며 고통을 삼켰다.

"움직이지 마십시오."

최강철은 힘껏 덫의 아귀를 벌려 함장의 발을 빼내었다.

오래된 녹슨 덫이었다. 그는 면 셔츠를 벗어 피가 솟구치는 상처 부위를 묶었다.

갑자기 조명탄이 머리 위에서 펑펑 터지며 치솟아 올랐다.

"무장공비들이다. 사격!"

탕탕탕탕 타타타타타타탓.

사방에서 총알이 비오듯 쏟아졌다.

펑, 빵!

수류탄과 크레모아가 잇달아 터졌다.

"일어나세요, 함장님!"

최강철은 그의 팔을 어깨에 걸고서 산등성이로 달렸다.

그는 달리면서 생각했다.

어디로 뛰어야 하나? 부상한 발로 곧장 철책으로 뛰기엔 무리다.

다시 범바위 비트로 돌아가야 하나?

"난 아무래도 안 될 것 같아."

"여기까지 와서 무슨 소립니까. 조금만 더 힘을 내십시오."

그는 함장을 들쳐 메고 M16으로 뒤따라오는 군견과 추격대를 향해 갈겼다.

개는 깨갱 소리를 내며 쓰러졌다. 추격대가 멈칫했다.

최강철은 수많은 적이 물샐틈없는 포위망을 펼치고 올 때 통과하는 법을 안다. 그건 딱 한 가지이다. 적을 흔들어야 한다. 적들이 놀라 허둥대면서 오인사격 하는 틈을 노리는 것이다.

'성동격서 허허실실'의 전법으로 나가야 한다.

국군이 조명탄을 쏘아 올리자 그도 국군으로부터 뺏은 조명탄을 쏘아올리며 총을 쐈다. 그러자 양 능선에 붙어 있는 병사들이 벌떼처럼 가칠봉 계곡으로 몰리기 시작했다.

상대적으로 반대편 능선 쪽의 방어망이 느슨해졌다. 둘은 능선을 내리 타고 냅다 뛰었다.

반대편 능선 쪽으로도 총알이 날아왔다. 인해전술이 아니라 인산전술이었다. 산마다 군인들을 발 디딜 틈이 없을 정도로 빽빽하게 배치해 놓았다.

그는 각 참호들을 향해 한 방씩 총을 냅다 갈겼다. 적군들이 촘촘하게 연결되어 있을 때 이 방법만큼 효과적인 것은 없다. 총알이 날아오면 국군들은 꿩처럼 참호 속에 머리를 처박은 채 응사했다. 자기들끼리 총을 쏘고 수류탄을 까 던지며 서로 맞불질을 해댔다. 그 틈을 타서 우회해 북상했다. 최강철은 지금까지 그런 수법으로 여기 철책 앞까지 왔다.

그러나 철책에서는 통하지 않았다.

밤중에 바스락거리는 소리만 나도 무차별 사격을 한 탓에 사상자가 눈덩이처럼 불어나자 국군도 대응 방식을 달리했다. 각 소대장에게 적군과 아군을 식별하는 '피아식별장치'를 지급했다. 머리 위로 총탄이 날아와도 소대장의 명령 없이는 총을 못 쏘게 했다. 그리고 야간에는 반드시 조명탄을 터뜨린 후에 사격하도록 지시를 내렸다. 이런 차분한 대응이 오인사격을 현저히 줄어들게 했고, 둘의 북상을 지연시켰다.

하늘 위에서 다시 수발 조명탄이 터져 대낮처럼 밝아졌다.

사방에서 총알이 쏟아졌다. 총알이 핑핑 귀와 옆구리를 스쳐 지나갔다. 콩 볶듯이 사방으로 튀던 눈먼 총질은 조금도 두렵지 않았다. 그러나 지금까지 볼 수 없었던 정조준한 총알들은 백전불굴의 전사인 그도 겁이 났다.

바위너설에 바짝 엎드렸던 그는 아예 함장을 들쳐 업었다.

"함장님, 조금만 더 힘을 내요."

그가 뛰려는 순간 탕하는 소리와 함께 함장이 윽 하는 소리를 질렀다. 업은 등에서 뜨뜻한 피가 배어나왔다.

"옆구리에 맞았어. 난 이제 안 돼."

"아, 여기까지 와서 이게 뭡니까. 조금만 힘내세요."

최강철은 군복을 찢어 옆구리 총구멍을 싸매었다.

"최 상위, 부탁이네. 날 쏘아 주게."

최강철은 분노가 치밀어 올랐다. 장군님의 명으로 복귀하기 위해 열 명의 전사를 자결하게 하지 않았나. 그런데 이제 와서 날 쏘아 달라니. 그의 목숨에는 전사의 열 명의 숨이 붙어 있지 않은가.

"안 됩니다. 함께 가셔야 합니다. 장군님의 명령이지 않습니까."

최강철은 함장을 업고 비교적 안전한 계곡 후미진 곳에 몸을 숨겼다.

함장을 복귀시키기 위한 그의 과업이 실패로 끝났다는 게 화가 났다. 자기 혼자였다면 넉넉잡아 한 주 안에 복귀했을 것이다.

피는 흐를 대로 흘러나와 이제 피떡이 되어 굳어 있었다.

"이런 젠장, 창자가 다 끊어진 느낌이야."

"……."

"술을 좀 주게나. 커, 좋군. 최 상위, 내가 비밀 하나 말해 줄까?"

"예?"

"산골처녀 이정희 말이야."

"……."

"내가 죽였네. 동무가 복수의 칼을 갈고 있다는 말을 듣고 김강기를 시켜 떠벌리게 했지. 미안하네. 이제 모든 걸 털고 가니 속이 시원하군."

"……."

"아, 너무 고통스러워, 날 죽여 주게."

어둠 속에서 함장의 눈빛은 애절하고 애틋했다.

"칼을 깊숙이 꽂아 주게. 그리고 말이야……. 상위."

함장은 생에 무슨 미련이 그리 많이 남아 있는지 입술을 움직이며 뭔가 또 말을 하려고 했다. 그는 가만히 귀를 대었다.

'코드넘버 4519.'

'예?'

이제 마지막 고통을 잘라 주는 게 전사의 도리였다.

최강철은 분노와 연민, 증오와 회한으로 함장의 심장에 대검을 깊숙이 박았다.

'이건 이정희를 죽인 것에 대한 복수의 칼날이다.'

함장의 입술이 파르르 떨다 멎었다.

그는 그 와중에서도 삼행시를 지어 조의를 표했다.

김일성 백두혈통을 타고 난 게

경사였지만 죽음 앞에 무슨 소용이 있는가

만나지 말았더라면 좋았을 것을.

이제 25명 중 24명이 죽고 최강철만 홀로 남았다. 그는 자기 생존 이외에 아무것도 생각할 필요가 없다. 생존을 위해선 인간 뇌와 척수를 연결하고 있는 파충류 뇌만으로 충분하다. 도마뱀처럼 능숙하게 눈앞에 보이는 철조망을 빠져나가리라.

대규모로 이동한 병력들이 재정비하면서 숨을 고르는 틈을 타서 최강철은 낮은 포복으로 철책을 향해 기어갔다. 철책을 지키는 초소와 초소 사이의 간격은 20m인데 지금은 그 사이에 또 두 명의 초병이 매복 근무를 서고 있었다. 그는 대검으로 두 명의 초병을 간단하게 제거한 뒤 절단기로 철조망을 뚫고 낮은 포복으로 기어서 빠져나갔다. 마침내 그는 DMZ의 지뢰지역을 피해 철조망을 가르고 도마뱀처럼 매끈하게 북측으로 넘어갔다. 160만 대군을 허수아비로 만들고는 단신으로 월북에 성공한 것이다.

남 - 청문회

D—140

김문권은 국회 청문회장에 섰다.

여야 합의 하에 국회윤리위에 소환되어 '김문권 고혜나 불륜 스캔들'이라는 타이틀의 청문회를 받게 되었다. 유력한 대통령 후보 한 명을 낙마시키면 나머지 경쟁자들 모두에게 유리하기 때문에 청문회 여야합의는 일사천리로 진행되었다.

그는 먼저 '양심에 따라 진실만을 말할 것'을 증인선서한 뒤 자리에 앉았다.

저격수라고 이름 난 야당의 L 의원이 질문했다.

"김문권 의원, 생각보다 얼굴이 좋아 보이는군요. 먼저 베이징 H 호텔에 가게 된 동기를 말해 보세요."

"저는 지역구 출신의 여가수가 베이징 H 호텔에서 의문의 변사체로 발견되었다는 민원이 들어왔기에 그것을 알아보러 출국했습니다. 그런데 그날 공교롭게도 국가적 공무가 발생해 베이징 H 호텔 5511호에서 고혜나 비서관과 함께 외국 대표를 만난 것뿐입니다. 여러분이 의심하고 상상하는 그런 행동을 한 적이 없습니다."

먼저 한민당 의원이 추궁했다.

"그러면 만나기로 한 외국 대표는 누구입니까?"

"그건 국가기밀이라 말할 수 없습니다."

의원석에서 웅성거리는 소리가 들렸다.

대통령은 임기 말의 레임덕을 돌파하는데 베이징 남북 합의에 정치적 명운을 걸고 있었다. 만약 김문권이 불륜 스캔들의 누명을 벗기 위해 남북 베이징 합의의 내용을 발설하는 순간 남북정상회담이고 경제 합의고 모두 날아간다. 그렇다고 입을 닫고 있으면 고혜나와의 불륜 스캔들을 그대로 덮어쓴다.

'아, 이 딜레마를 어떻게 극복해야 하나?'

"김 의원, 지금 제정신으로 말하는 거요? 외국 대표를 만났다면 어느 나라 대표를 만났는지 그걸 밝히는 데도 국가기밀이 들어가는 거요?"

"국가기밀에 해당됩니다."

"이거, 그러고 보니 북한 사람들을 만났구만. 천안함 연평도 사건 이후에 북한의 사과 없이는 일절 만나지 않겠다고 해 놓고 또 북한과 비밀 접촉을 하는 꼼수를 부리고 말이야. 이것도 청문회감이야."

"확인해 줄 수 없습니다. 의원님의 상상에 맡기겠습니다."

"증인, 두 사람이 그 시간에 호텔방에서 불륜 대신 공무를 보았다는데 어떤 성격의 공무인지를 말하시오."

"그것도 국가기밀이라서 말할 수 없습니다."

"증인, 지금 말장난합니까! 무조건 국가기밀, 국가기밀. 국가기밀만 말하는 앵무새요? 도대체 두 남녀가 밤 늦은 시간에 베이징 호텔에 들어가 공무를 보았다면 누가 믿겠어요? 증인, 좀 일반 국민들도 납득이 갈 수 있도록 상식적으로 대답해 주세요."

"말할 수 없음을 저도 안타깝게 생각합니다."

"그럼, 고혜나 비서와 불륜으로 갑시다. 좋아요. 증인은 중국에 간 것

이 고 비서관 때문이 아니고 여가수의 죽음을 조사하기 위해서라고 주
장했습니다. 맞습니까?"

"맞습니다."

"그 여가수의 어머니를 증인으로 모셔 와도 되겠습니까?"

"제가 바라는 바입니다."

"제가 여가수의 어머니를 만났습니다. 증인 출석은 거절했지만 저의
인터뷰에는 흔쾌히 응했습니다. 어머니의 말씀은 증인의 주장과 좀 다
릅니다. 인터뷰 동영상을 보여주세요."

스크린에는 노기 띤 어머니의 표정이 클로즈업되었다.

인터뷰에 응하는 어머니의 목소리는 흥분되어 있었다.

"지금 생각해 보니 제 딸 문제 때문에 중국에 갔다는 건 새빨간 거짓
말이에요. 고혜나를 만나기 위한 구실에 불과한 거지요. 딸아이의 일은
하나도 조사하지 않고 고혜나와 놀아난 겁니다. 사람의 탈을 쓰고 어떻
게 그럴 수가 있습니까? 의원 여러분께 호소합니다. 제 딸의 억울한 죽
음에 대해 진실을 밝혀 주세요."

어머니는 인터뷰할 기회를 빌어 딸의 억울한 죽음을 풀어 달라고 호
소하고 있었다.

"자, 증인 이래도 딸아이의 죽음을 조사하러 갔다고 그러십니까? 의원
님이 무슨 수사권이 있다고 그곳에서 셜록 홈즈처럼 조사하신 건가요?"

"저는 H 호텔 현장에 가 보았습니다만, 여가수가 죽은 원인을 속 시
원하게 풀어드리지 못해 지금도 유족들에게는 죄송한 생각을 갖고 있습
니다. 그러나 중국에 간 것은 여가수 사건의 조사 때문이었습니다. 그런
데 공교롭게도 그날 그 호텔에서 긴급한 공무가 발생했고, 그래서 고 비

서관과 만난 것입니다."

"저도 그 사건 때문에 갔다고는 하잖아요. 문제의 본질은 그 사건을 구실로 고혜나 비서를 만났다는 데 있습니다. 증인이 H 호텔 스위트룸에서 머무른 시간은 정확하게 30분입니다. 이제 30분 동안 도대체 어떤 공무를 보았는지 세분해서 말씀하세요. 들어가서 첫 5분은 무엇을 했습니까? 설마 샤워부터 하지 않았겠지요?"

한민당 의원의 말에 통일당 의원들이 참다못해 고함을 질렀다.

"거, 질문이 너무 심한 거 아냐?"

"증인은 4선 국회의원에다 대통령 후보라고. 예의를 좀 갖춰!"

"같은 국회의원끼리 품위 떨어뜨리지 말라!"

통일당과 한민당 국회의원들 사이에 서로 고성과 삿대질이 오가면서 청문회는 잠시 중단되었다.

김문권이 마이크를 잡고 말했다.

"존경하는 의원 여러분, 제가 불미스런 일로 이 자리에 선 것을 죄송하게 생각합니다. 그러나 저는 분명히 말합니다. 제가 살기 위해서 국가 기밀을 누설하면서까지 국익을 손상하지 않겠습니다. 구차한 변명은 더 이상 하지 않겠습니다. 제가 늦은 밤 호텔에서 고혜나 비서관과 만난 건 사실입니다. 여러분이 원하면 불륜을 덮어쓰겠습니다."

"불륜을 덮어쓰겠다니 그럼, 불륜을 시인한 거야, 뭐야."

또 한 차례 고성이 오갔다.

김문권은 청문회가 끝나면 모든 공직에서 사퇴하리라 결심했다.

'아, 이것도 원전 수주 과정에서 억울하게 죽은 여가수와 무엇이 다른가? 결국 나도 남북정상회담과 금강산 관광 재개, 시베리아 가스관에 부

딮혀 죽는 것인가? 여가수가 나체로 떨어져 죽었듯이 온갖 더러운 불명
예란 불명예는 다 뒤집어쓴 채…….'

청문회가 끝난 뒤 김문권은 인터넷에서 네티즌으로부터 난타를 당
했다.

인터넷에서는 김문권과 고혜나에 대해 온갖 악성댓글이 다 붙었다.

김문권은 이 사건으로 치명상을 입었다. 뇌물 스캔들 해결로 반등했
던 지지율은 다시 두 자릿수 아래로 떨어졌고 통일당의 지지율도 덩달
아 추락했다. 특히 지난번 원전 수주 로비 자금으로 주저앉은 통일당이
이번 불륜 스캔들로 제3당인 국민당보다 더 떨어진 것은 창당 이래 처음
있는 일이었다.

참모들과 당원들도 김문권에게 말했다.

"공무가 무엇이었는지 까세요. 이러다간 우리 당이 다 망합니다. 이
왕 이렇게 된 것 당만은 살려야 하지 않겠습니까?"

"저로 인해 당에 누를 끼쳐 정말 면목이 없습니다. 하지만 국가기밀
을 누설하느니 차라리 제가 이번 스캔들의 누명을 쓰겠습니다."

누가 베이징 남북 비밀 합의에 대해 입을 열 것인가. 이 일의 당사자

인 고혜나 대외연락 비서관은 사망했다. 가뜩이나 레임덕에 시달리는 대통령은 입을 여는 순간, 도덕성에 치명상을 입는다. 대통령은 천안함과 연평도 포격 사건에 대해 북한의 사과 없이는 일절 남북 대화는 없다고 못을 박았는 데다 남북정상회담과 시베리아 가스관 사업, 금강산 관광 재개가 그가 가진 마지막 카드였다. 이것을 까는 순간 베이징 합의는 물거품이 된다. 김문권은 스캔들의 누명을 혼자서 뒤집어쓰더라도 결코 국익을 손상할 수 없으며, 공무의 내용을 밝힐 수 없었다.

김문권은 이육사의 시 '절정'이 떠올랐다.

매운 계절의 채찍에 갈겨
마침내 북방으로 휩쓸려 오다

하늘도 그만 지쳐 끝난 고원
서릿발 칼날 진 그 우에 서다

어디다 무릎을 꿇어야 하나
한 발 재겨 디딜 곳조차 없다

이러매 눈 감아 생각해 볼 밖에
겨울은 강철로 된 무지갠가 보다

김문권은 청문회가 끝난 뒤 참모들에게 경선 후보 사퇴 의사를 밝히고 내일 중으로 사퇴 기자회견을 하기로 했다. 뇌물 스캔들에 이어 불륜 스캔들이 잇달아 터진 것은 진위의 유무를 떠나 부덕의 소치라고 생각

했다. 고혜나 대외연락 비서와 공무로 만났다고 했지만 반증 가능한 새
로운 증거를 제시할 수는 없었고 여론은 그를 믿어 주지 않았다. 김문권
의 고민이 깊어지자 부담이 커진 통일당에서는 공공연히 김문권의 의원
직 사퇴를 요구했다.

김문권은 구차하게 변명하며 눌러 붙느니 깨끗하게 물러나는 길을
택하기로 했다.

비서실장 구운룡을 불러 말했다.

"경선 후보와 의원직 사퇴 기자회견을 준비하게."

구운룡은 사퇴를 극력 만류했다.

"숱한 난관을 돌파하며 여기까지 달려왔는데 이제 와서 접는 것은 너
무 억울합니다."

"나만 물러나면 모든 게 해결되지 않나?"

"후보님은 혼자의 몸이 아니고 많은 식구를 거느린 우리의 주군입니
다. 좀 더 냉철하게 생각하시고 거취를 결정하십시오."

"내가 주군이라니, 우리가 봉건적 군신 관계인가."

김문권은 구운룡에게 이번 주말이 끝나면 사퇴 기자회견을 준비하라
고 다시 한번 못 박았다. 보좌진과 비서진들, 선거대책팀들은 분위기가
숙연해졌다. 구석에서 훌쩍거리는 여직원도 있었다. 정작 그는 홀가분
하다는 생각이 들었다.

그는 모든 걸 훌훌 털어 버리고 이번 주말에 1박 2일간 소록도 봉사활
동을 떠나기로 작정했다.

김문권은 소록도로 차를 몰았다. 전에 소록도는 녹동항에서 배를 타

고 들어갔으나 지금은 새롭게 놓인 소록대교를 지나 곧장 소록도 마을로 들어갔다.

그는 소록도 병원장을 만났다. 이청준의 소설 '당신들의 천국'에서 나오는 강력한 카리스마의 원장 이미지와는 전혀 다른 부드럽고 젊은 원장이었다. 원장으로부터 한센마을이 1916년 자혜의원으로부터 시작되어 오늘에 이르렀으며, 지금 570명의 환자가 있고, 매년 40여 명이 죽는데 안타깝게도 오늘도 한 명이 사망했다는 것이다.

김문권이 말했다.

"세례명이 니콜라오라고요? 저도 가톨릭 신자인데 장례미사에 참석하고 싶군요."

"그러시죠. 내일 오전에 소록도 성당에서 장례미사가 있습니다."

그는 원장실에서 나와 한센인을 만나자 다가가 손가락이 없는 꼬막손, 갈퀴손을 잡고 인사를 나누었다. 전염이 안 되는 음성 나환자라고 하지만 그도 처음에는 한센인의 뭉개진 손을 잡기란 힘들었다. 처음 할머니가 먼저 내민 손을 엉겁결에 잡았다가 화장실로 뛰어 들어가 비누로 손을 몇 번이고 문질러대곤 했다. 그러나 한센정착촌을 찾아가 봉사하면서 악수하는 일은 익숙한 것이 되었다.

반갑게 그를 맞아 주는 한센인들을 보고 생각했다.

'이들은 내가 불륜 스캔들에 휩싸여 있는 것을 모르는 걸까? 알면서도 모르는 척하는 것일까?'

그가 최초로 한센인과 인연을 맺은 것은 경기도 도지사로 봉직할 때였다. 경기도에는 소위 '문둥이마을'이라는 한센인 정착촌이 11개가 있었다. 한센촌 주변의 신천과 영평천의 수질이 매우 나빴는데 이는 단속과 규제를 피하여 연천, 포천 지역의 한센촌으로 들어간 불법 무허가 염색 공장 때문이었다.

김문권은 '도대체 한센촌에서 무허가 염색공장이 어떻게 운영되고 있는가'를 눈으로 확인하지 않고는 배길 수 없었다. 그가 한센촌을 방문하려고 하자 공무원들이 '지사님, 그곳에 가면 몽둥이로 맞고 험한 꼴만 당합니다'며 적극 만류했다. 하지만 그는 휴일을 이용해 홀로 한센촌을 찾았다.

도지사가 한센촌으로 들어오자 한센인들은 자신들을 단속하는 것으로 알고 몽둥이와 낫을 들고 쫓아왔다.

그러나 그가 먼저 손을 내밀며 말했다.

"저는 단속하러 온 것이 아니라 마음을 열고 여러분의 이야기를 들으러 왔습니다."

그는 그들과 평상에 나란히 앉아 민원을 들었다. 그리고 잇달아 나오는 그들의 푸념과 한탄, 신세 타령을 듣고 놀라지 않을 수 없었다.

한센마을에 42개의 염색 공장이 있지만, 모두 다 무허가 불법 공장이라는 것이었다. 무허가 염색 공장에 대해 한 마을에만 무려 250번의 고발이 이뤄졌고 이런 고소 고발로 인해 한센인들은 대부분 전과자가 되어 있었다. 그는 이후 한센인들의 민원을 해결하겠다고 팔을 걷고 나서 환경부, 국토해양부, 지식경제부 장관을 만나고 국회 등으로 백방으로 뛰어다니며 법안을 바꾼 끝에 마침내 불법 염색 공장이 합법화되었고, 공장마다 정화시설을 갖춘 덕분에 신천과 영평천의 수질도 개선되었으며, 니트 생산 세계 2위인 염색 단지도 다시 살리는 일석삼조의 결과를 얻었다.

다음날 그는 새벽에 기상해 노란 조끼를 입고 아침 배식 봉사를 했다.

손이 없어 밥을 먹지 못하는 할아버지를 수저로 밥을 떠먹여주었고, 발이 없는 할아버지의 똥 기저귀를 갈아 주었으며, 두 눈이 짓물려 앞이 완전히 보이지 않는 한센인의 말벗이 되어 주었다. 한센인들의 봉사에 집중하니 온갖 번뇌와 잡념이 사라졌다. 오랫동안 몸담은 정치를 소록도에서 마무리하는 것은 참 잘한 일이라는 생각이 들었다.

아침 봉사활동을 마친 그는 소록도 성당으로 갔다. 그곳에는 어제 사망한 세례명 니콜라오의 장례미사가 있었다.

신부님이 강론했다.

"사랑하는 교우 니콜라오는 고통의 몸을 벗고 하늘나라에서 새롭고 완전한 몸으로 바뀌어 예수님의 품 안에 행복하게 안겨 있을 것입니다."

동료의 죽음에 한센인들은 찬송가를 부르며 연신 눈물을 찍어내고 있었다. 평생을 따라다녔을 사회적 편견과 멸시를 되돌아보면서 아픔의 눈물을 자아낼 수밖에 없을 것이다. 그도 니콜라오와 아무런 관계도 없지만 꼬막손으로 눈물을 닦는 그들을 보니 저절로 눈물이 나왔다. 우리들은 유족들과 함께 영구차에 동승해 구북리에 있는 화장장까지 동행했다. 니콜라오의 관은 찬송과 오열 속에 가마 안으로 들어갔고 잠시 후에는 굴뚝 위로 회색 연기로 피어올라 푸른 하늘로 사라졌다.

연기가 되어 사라지는 니콜라오를 보면서 서산대사의 임종게가 떠올랐다.

'태어나는 것은 한 조각 뜬구름이 일어나는 것이고, 죽는 것은 그 구름이 사라지는 것이 아니겠는가.'

아, 인생은 한 조각 뜬구름이구나. 무슨 미련을 가지고 더 정치를 하겠는가. 모든 걸 그만두고 평소에 꿈이던 아내와 함께 세계일주 배낭여행을 해야겠다.

모든 걸 내려놓으니 소록도와 거금도, 고흥의 푸른 바다가 너무나 아름답게 보였다.

그가 1박 2일의 소록도 봉사활동을 마치고 소록대교를 건너는데 폰이 울었다. 등록되지 않은 낯선 번호였다. 통화를 눌렀지만 침묵이 흘렀다.

"여보세요. 누구십니까?"

"……."

그는 휴대폰을 닫으려고 했다.

그때 중저음의 깊은 목소리가 둘렸다.

"김문권 후보 됩니까?"

"그렇습니다만, 누구신지요?"

"김 후보님의 지지자라는 사실만 알아 두세요."

"지지자를 실망시켜 미안합니다."

"천만에요."

김문권은 어려울 때 간혹 익명의 지지자와 후원자로부터 전화를 받으면 힘이 솟구쳤다. 이 사람도 그중 하나인가?

"곧 후보님의 누명을 벗겨 줄 자료가 나올 것 같아 연락드립니다."

"예? 누명을 벗겨 줄 자료요? 도대체 당신은 누구시기에 이런 사실을 안단 말입니까?"

이 사실을 알고 있는 사람은 대통령밖에 없다. 만약 대통령이 이 문제로 논의했다면 비서실장, 국무총리, 국정원원장 등 다섯 손가락 안쪽이 될 것이다.

딸깍.

전화가 끊어졌다.

'곧 나의 누명을 벗겨 줄 자료가 나올 것이라고? 마음을 내려놓으니 이런 일이 생기는군. 믿을 수 없는 소스이긴 하지만 일단 며칠 기다려 보는 게 낫지 않을까?'

그는 구운룡 수석보좌관에게 전화를 했다.

"지금 어딘가?"

"프레스센터에 나와 있습니다. 지금 기자들은 곧 있을 김문권 후보 사퇴 기자회견을 기다리고 있습니다. 의원님, 지금 어디세요?"

"사퇴 기자회견을 잠시 홀딩하도록 하게."

"예? 왜 갑자기 마음을 바꾸셨습니까?"

"좀 더 인내심을 갖고 기다리면서 고민해 보지."

"하지만 지금 기자들이 들어와 후보님이 오기만을 기다리고 있는데……. 잘 생각하셨습니다, 후보님."

구운룡 수석보좌관은 당황스런 목소리였으나 이내 곧 맑아졌다.

북 - 암살지령

작은 전쟁을 치르기 위해 남조선으로 파병된 25명의 전사 중 1명이 생포되고 자신만이 복귀했을 때 그는 곧바로 북조선 최고의 영웅 대접을 받는 줄 알았다. 그러나 그는 가족을 만나지도 못한 채 한 달 동안 보위부 영창에 갇혀 심문을 받았다.

왜 모든 동지를 잃고 혼자만 살아서 돌아왔는지 혹시 중간에 남조선 특무기관과 접촉하지는 않았는지에 대해 남조선에서의 행적을 시간대별로 나눠 조사받았다. 특히 김경만 함장을 죽음에서 끝까지 호위해내지 못한 책임에 대해 호된 비판을 받았다.

"함장이 멧돼지 덫을 밟은 게 사실이라면 동무가 뒤처지고 함장이 앞섰다는 것 아닌가? 왜 동무가 앞장서서 호위하지 않았는가!"

"함장의 고통을 덜기 위해 대검으로 함장의 심장을 찔렀다는 것을 믿어도 되는 것인가? 함장과 함께 귀환하는 것이 힘들어 살해하고 혼자 돌아온 것은 아닌가!"

"마지막 함장이 남긴 말은 무엇이었나? 혹시 유언이나 군사기밀 같은 것을 들은 것은 없었나?"

보위부에서의 한 달간의 조사는 남조선에서 15일간 고난의 행군을 한 것보다 심적으로 더 힘들었다.

조사가 끝난 뒤 비로소 귀가가 허락되었다.

그동안 아내는 해산하여 둘째 딸을 낳았다. 눈과 이마, 코와 입. 자신을 쏙 빼닮은 딸의 모습에 그는 감격했다.

"여보, 수고했소."

그는 강보에 싸인 아이를 안고 어르며 말했다.

"살아 돌아와서 정말 다행이어요."

"당신과 아이를 생각하니 죽을 수가 없었소."

"참, 오늘 군으로부터 좋은 소식이 왔어요."

최강철이 이번 남조선 고난의 행군을 훌륭히 수행한 공로로 일 계급 특진되어 대위가 되었다는 소식이었다.

죽은 동지 전원에게도 일 계급 특진이 추서되었고 김경만 대좌만 2계급 특진되어 죽어서 별을 두 개 단 장군이 되었다.

"난 김경만 함장과는 달리 살아서 장군이 되고 싶소."

"꼭 그렇게 될 거예요."

딸아이는 어느덧 새록새록 잠이 들었다.

최강철은 강보를 침대 위에 놓고 정려원을 품에 꼭 안았다.

"이 자를 처단하라."

공작원 최강철은 북한 노동당 작전부로부터 새로운 암살 지령을 받았다.

작전부 부부장은 그에게 사진 두 장을 던져 주었다. 완전히 다른 두 얼굴이었다.

"두 사람입니까?"

"아니, 동일 인물이야. 얼굴을 성형해 완전히 뜯어 고쳤지. 왼쪽이 성형 전이고 오른쪽이 성형 후의 사진이다."

"아."

코의 높이와 입술의 두께, 턱의 윤곽이 완전히 바뀌어 다른 사람이 되어 있었다.

"하지만 눈동자와 귀를 잘 살펴보면 같은 모양인 걸 알게 될 거다."

"그렇군요."

"최근에 드러난 이름은 손강영, 그새 또 이름과 얼굴을 바꾸었는지 모른다. 그러므로 첫째 귀와 눈동자를 확인하고, 둘째 키 170cm, 신발 270mm를 확인하라. 그러나 가장 확실한 것은 이것이다."

부부장은 타깃의 지문을 확대한 사진을 주었다.

"놈의 지문을 채취해 비교해 보면 가장 확실하다."

"그런데 손강영은 누구입니까?"

"명령만 집행해라."

"알겠습니다."

"놈을 분쇄기로 갈아 닭 사료로 주어도 좋다. 용광로에 던져 재로 만들어도 좋다. 단 결코 흔적을 남겨서는 안 된다. 이 지상에서 완벽하게 없애라."

"잘 알겠습니다."

최강철은 말하지 않아도 손강영은 공화국의 배신자라는 걸 느꼈다.

그는 배신자의 종말이 어떠한지, 그리고 어떻게 처단되었는지 잘 알고 있었다. 남조선에서도 박정희를 배신한 김형욱의 말로가 어떤 것인지를 자료를 통해 알 수 있었다.

"이번 작전의 어려운 부분은 심증은 남기되 증거를 남겨서는 안 된다는 점이다. 우리가 했다는 증거를 남기면 이제 갓 테러국에서 해제된 우리 조선이 또 다시 테러국 고깔을 써야 된다. 우리 쪽에서 암살 지령을 내렸다는 빌미를 터럭도 제공하지 말아야 한다. 알겠나?"

"예."

"그러나 우리가 했다는 심증은 남겨야 한다. 그래야 제2, 제3의 공화국 배신자가 생기지 않는 것이다."

남-필름

D-135

저녁 종편채널 TNS 9시 프라임 뉴스에 '남-고혜나 스캔들 필름, 중국에서 긴급 입수'라는 제목 하에 새로운 필름을 TV에 공개했다.

공개된 동영상 필름은 베이징 H 호텔 스위트룸에서 김문권과 고혜나, 장성택과 강석주가 서로 만나 대화를 나누는 장면이었다. PM 9：00：00에서부터 숫자가 초 단위로 올라가고, 김문권 후보가 H 호텔 스위트룸에 들어가 소파에 앉아 서류를 꺼내 읽어 보는 첫 장면이 시작되었다.

곧바로 문이 열리더니 고혜나 후보가 들어오고 둘은 서로 인사를 나눴다. 고혜나 비서관이 무엇인가 서류를 김문권에게 건네주고 김문권은 그것을 받아 주의 깊게 읽으며 말한다.

"매우 놀랍군요. 제가 평소에 생각하던 것과 일치합니다. 다만 아직 여러 가지 조건들이 해결되지 않았기에 개인적으로는 시기상조라고 생각한 부분이 있습니다."

"VIP의 뜻이 워낙 강하니까요."

"발등에 불이 떨어진 자들은 저들입니다. 이렇게 서두르는 것을 보니 아마도 김정일 위원장의 건강이 매우 악화된 듯합니다. 최대한 배짱을 내밀며 협상을 할 필요가 있습니다."

"저도 그렇게 협상에 임하겠습니다."

조금 있으니 장성택과 강석주가 들어와 서로 악수를 나누고 자리에 앉았다.

김문권이 먼저 말을 꺼냈다.

"국방위원장님은 건강하신가요?"

"아무렴요. 위대한 장군님은 강철의 몸을 타고 나셨습니다."

강석주의 말이었다.

"다행입니다. 언론에 위원장님의 건강에 대해서 많은 염려들이 있어서요."

김문권이 말이 끝나자마자 화면이 지지직거리며 필름이 끊어졌다.

잠시 뒤 마지막으로 김문권, 고혜나가 동시에 호텔 룸을 나가는 장면이 끝이었다. PM 9 : 25 : 25초였다.

이 필름이 나가자 국민들은 궁금한 게 속 시원하게 풀렸다는 반응과 정부는 베이징 H 호텔에서 북한과 무슨 밀약을 맺었는지 밝혀라는 두 가지로 나타났다.

하지만 대다수의 국민들은 국가의 중책을 맡은 사람들이 불륜은커녕 늦은 시간까지 북한 당국자와 회담을 하고 있다는 사실에 안도감을 느꼈다. 이 필름은 김문권이 평소에 주장하고 해명한 내용과 정확히 일치했다. 뿐만 아니라 그는 당당하면서도 성실한 자세로 협상에 임하고 있는 모습을 보여주었다. 일종의 몰래카메라와 같은 테스트에서 김문권은 멋지게 통과된 셈이었다.

김문권은 고혜나와 불륜을 범했다는 그 시간에 국가적 공무로 만난 것이 확인됨으로써 김문권은 사퇴 직전에서 기사회생했다. 그의 지지율은 반등해 두 자릿수를 회복하더니 다시 2위로 치고 올라섰다. 경선 5일 전, 박선화 후보와는 10% 격차를 두고는 있지만 여전히 해 볼 만한 싸움이었다. 더욱이 지지율 한 자릿수에 머물던 정동준, 이재우 후보가 경선을 포기하고 김문권 후보를 밀어줌으로써 대항마의 전선이 굳건하게 형성되고 있었다.

박선화는 김문권에 비해 정책과 민생, 행정과 소통이 부족한 점이 국민들에게 부각되면서 지지율이 점점 하강하고 있는 국면이었다.

그녀의 리더십은 어디에서 나오는지 알 수 없었다. 언론은 행정 경험도 없고, 민생도 모르는 박 후보가 어떻게 국가와 국민을 제대로 이끌 수 있을 것인지에 대해 의심스러워했다. 그녀의 최측근조차도 그녀를 독대하기가 하늘만큼 힘들다는 소문이었다. 그만큼 소통이 먹통이었다. 야당은 이러한 그녀의 불가해한 리더십을 후광의 리더십, 신비주의와 독심술의 리더십이라고 비판했다.

박선화의 지지율 하락과 동시에 통일당 전체의 지지율이 떨어지고 있었다. 집권당의 부패와 총선에서의 과반득표수 실패의 여운이 당에 무거운 그림자를 드리우고 있었고, 단군 이래 최대라는 대통령 측근의 비리가 당의 이미지를 실추시켰다. 원전 수주 로비 자금을 횡령한 보좌관은 자택 지하에 파놓은 밀실에서 숨어 있다 잡혔다. 그는 감옥에 구속·수감된 지 사흘 만에 유언장 하나 없이 쇠창살에 수건으로 목을 맨 채 죽어 있는 변사체로 발견되었다. 자살이 아니라 타살이라는 의혹과 음모론이 나도는 가운데 그의 죽음으로 뇌물 사건의 실체가 영원히 미궁에 묻혀 버린 사실에 국민은 더욱 분노했다.

김문권은 박 후보의 대세론이 대선에서는 '필패의 거품'임을 역설하면서 지지자를 결집시켜 나갔으나 박선화 대세론을 뒤집기에는 역부족이었다. 박선화 후보의 대세론은 광주에서 주춤하다가 대전에서 다시 탄력을 받기 시작했다. 그러나 본격적인 경선 레이스가 시작되면서 박선화 후보의 소통 문제가 걸림돌이 되었다. 그녀와 관련한 민감한 사안이 터질 때마다 신비주의 전략으로 구중궁궐 속으로 들어가 두문불출하는 탓에 그녀의 측근들조차도 박심이 무엇인지 읽기가 힘들었다. 최측근이라 불리는 A의원조차도 박선화 후보와 일 년에 몇 번 정도밖에 얼굴을 보지 못한다는 소문이 들렸다. 야당은 그런 그녀를 '소통이 먹통'이라며 맹비난하고 있었다.

국회의원인 김문권은 이번 주말에도 택시 운전에 나섰다.
"어디로 모실까요?"
그는 토요일 아침 7시에 택시 운전대를 잡았다. 멀리서 어린아이를 안고 한손엔 짐을 든 나이 지긋한 할머니가 힘겹게 손짓을 하고 있었다. 오늘의 일곱 번째 손님이다. 몸이 불편한지 어린 아이는 칭얼대면서 할머니 품에서 떨어지려고 하지 않는다. 그들의 행선지는 이 지역에서 비교적 규모가 큰 종합병원이었다. 김문권은 행선지로 가는 20분 동안 할머니와 이런저런 얘기를 나누었다. 집을 나간 며느리 대신 손자를 키우고 있다는 할머니. 아들은 돈을 벌기 위해 지방으로 갔는데 그나마도 일자리가 일정치 않다며 할머니는 깊은 한숨을 쉬었다. 먹고 살 일이 걱정이라는 할머니. 그런 얘기를 들을 때마다 김문권은 마음이 착잡해진다.
목적지에 다다르자 할머니는 꼬깃꼬깃한 만 원짜리 지폐를 내밀었다. 그는 잠시 주저하다가 돈을 받아들었다. 당연히 받아야 하는데 왠지 그 돈을 받기가 송구스러워서다.

"할머니, 여기 거스름돈 있어요. 손자 데리고 치료 잘 받고 가세요."

"고마워요. 기사양반."

할머니는 그가 대통령 경선 후보라는 사실을 전혀 모르고 있었다.

할머니와 손자를 병원 앞에 내려드리고 빈 차로 10여 분을 돌았을까?

이번엔 양손에 짐을 잔뜩 든 중년 남자가 택시에 올랐다.

"어서 오세요. 어디로 모실까요?"

까만 얼굴의 중년 남자는 걱정이 있는지 얼굴에 수심이 가득해 보였다. 목적지가 영세한 염색 공장이 밀집돼 있는 경기북부지역이었다. 그는 작은 염색 공장을 운영하고 있다고 했다.

"요즘 공장은 어떠세요?"

"죽을 맛이죠 뭐. 직원들 월급도 못 줄 형편이에요. 그동안 거래했던 거래처들이 하나, 둘 문을 닫다 보니 우리도 뭐 말이 아니죠."

한숨을 쉬는 사장을 보니 그 역시 절로 한숨이 나왔다.

사장은 목에 핏대를 세우며 말했다.

"그런데 역대 대통령들 말입니다. 왜 청와대에만 들어가면 그렇게 민심과 동떨어진 발언만 하고 있는지 말입니다. 아, 정말 열불 나서 못 살겠습니다."

"그러게요."

"내가 대통령이 되면 아예 청와대를 없애 버리겠습니다."

"그게 무슨 말씀이세요?"

"영국에 청와대가 있습니까, 백악관이 있습니까? 수상은 다우닝가 조그만 집에 살면서도 해가 지지 않는 대영제국을 다스리고 있지 않습니까? 저는 사업차 중국에 산동성에 간 적이 있는데 성장이 사는 관저가 그냥 보통 집이더군요. 산동성 인구가 얼마인지 아십니까? 1억이에요. 면적은 우리나라 두 배고요.”

김문권은 택시 승객의 말을 듣고 깜짝 놀랐다. 그 어느 정치인보다 더 혜안이 있다는 생각이 들었기 때문이다. 정책으로 다듬어 한번 써먹어야겠다는 생각을 했다.

그도 공무원으로부터 각종 보고서는 많이 받지만 보고서와 현실은 굉장히 다르다는 것을 안다. 현실은 살아 있는 생선 같은 것이다. 공무원의 보고서는 잘 다듬어진 회 한 조각이다. 회 100조각 모은다고 살아 있는 생선이 되지는 않는다. 모든 역사를 보면 권력이 커질수록 소통이 더 어려워지고 나중에는 권력자 자신이 구중궁궐 속 人의 장막에 갇혀 국민으로부터 소외되고 불행한 결말을 맞게 되는 걸 김문권은 누구보다도 잘 알고 있었다. 그는 선거공약으로 불통과 먹통의 상징인 청와대를 폐지하겠다는 생각을 해보았다.

김문권은 그와 공장 돌아가는 얘기와 정치 이야기를 하다 보니 어느덧 목적지에 도달했다.

경기북부의 끝이라 택시비가 꽤 나왔다.

“의원님. 고맙습니다.”

뭐라고 할 틈도 없이 짐을 챙겨든 공장 사장은 택시비 낼 생각을 하지 않고 훌쩍 내려 버렸다.

“어? 손님! 택시비?”

“의원님도 원. 돈 벌려고 하는 거 아니잖아요. 자 갑니다. 수고하세요.”

이럴 때마다 그는 참 난감했다. 국회의원 체면에 쫓아가서 택시비를 달라고 실랑이를 벌일 수도 없었다. 그를 알아본 손님들이 택시비를 안 내고 내리는 경우가 적지 않았다. 어찌 보면 얼마 안 되는 돈이지만 이러다 사납금을 못 채우면 결국 그의 주머니를 털어야 했다. 하루에도 수백 수천 억을 주무르는 의원직. 그러나 핸들을 잡으면 사납금 몇 만 원 맞추는 것도 힘들었다. 이게 서민들의 삶이다. 정치인은 현장을 알아야 국민들이 체감하는 정치를 펼칠 수 있는 것이다.

김문권은 손님을 내리고 빈 택시로 돌아오는데 갑자기 북쪽 DMZ 부근에서 포성이 들려왔다. 멀리 산에서 검은 연기가 피어오르고 산불이 났다.

김문권은 직감적으로 북한의 도발이라고 느껴 내비게이션을 TV채널로 바꾸었다.

TV에서 긴급 속보가 떴다.

"방금 북한 인민군이 경기도 연천 DMZ에 포격을 가했습니다. 국민 여러분, 실제 상황입니다. 다시 한번 말씀드립니다. 방금 북한 인민군이 경기도 연천 DMZ에 포격을 가했습니다. 포탄이 우리 땅에 떨어지고 있습니다."

폰에서는 국회의장으로부터 와 달라는 긴급호출이 왔다.

그는 택시 방향을 틀어 여의도 의회로 달렸다.

선거 기간 내내 불안했던 DMZ에서 돌발 사건이 일어난 게 분명했다.

TV에서는 대통령이 특별담화를 통해 확전이 되지 않도록 최선을 다해 노력하고 있다며 국민을 안심시키고 있었다.

하지만 이어 등장한 조선중앙방송 늙은 여자 아나운서는 호전적인 목소리로 선언했다.

"남조선 패당은 대북 방송을 통해 우리 공화국의 최고존엄을 모독하면서 북남 관계를 파탄 내었다. 이에 우리 인민군은 남조선 대북선전방송 스피커를 정조준해 타격했다. 이러한 자위적 조치에 대해 남한 괴뢰 패당이 전쟁을 걸어온다면 상상할 수 없는 물리적 타격으로 서울과 남조선 전역을 불바다로 만들어 버릴 것이다."

YNN 방송은 조선중앙방송이 이 보도를 내보내자마자 DMZ 건너편에서 박격포탄 수십 발이 날아와 남한의 대형 스피커 수십 대를 일제히 파괴하는 장면을 보여주었다. 북한의 포격은 조선중앙방송의 선전포고와 동시에 이뤄졌지만 이미 사흘 전 북한 인민군이 남한의 대북 심리전 발원지를 격파·사격하겠다는 한 차례 경고가 있었다. 그 이전에 탈북자 민간단체는 휴전선 너머로 북한의 김정은을 비방하는 대북 전단지를 꾸준히 살포했고, 국군은 북한을 향한 대형 스피커로 김정은 3대 세습 정권에 대한 비판 방송을 내보냈는데 이에 대해 극도로 민감한 반응을 보여온 북한이 마침내 행동 개시에 나선 것이다.

북한군이 스피커를 타격하자 국방부는 일선 부대에게 '선 조치 후 보고'로 즉시 대응하라고 지시를 내렸다. 국군은 105미리 자주포로 인민군의 방사포 포격 원점을 향해 발사했다. 남북한 군이 DMZ 너머로 포를 주고받는 공방전이 몇 차례 계속되면서 전쟁으로 에스컬레이트되기 시작했다. 포탄이 떨어진 곳마다 산불이 나고 검은 포연이 DMZ 하늘을 뒤덮었다. 북의 장사정포에서 날아온 엉뚱한 포탄 한 발은 멀리 경기도와 서울의 경계인 수락산에 떨어져, 민간인 등산객 세 명이 죽고 서울까지 산불이 번졌다.

김문권은 최대한 빨리 남으로 달렸다. 하늘에는 요란하게 헬기와 비행기가 날고, 연천에서 서울로 가는 간선도로가 막히기 시작했다. 북한의 포격에 놀라 피난을 가려는 차량들이 한꺼번에 도로로 몰려나와 극심한 정체가 시작되었다.

포격 장면을 한 병사가 스마트폰으로 찍어 U튜브에 올린 것을 계기로 CNN, BBC, NHK 방송은 한반도 DMZ에서의 포격전을 브레이킹 뉴스로 내보내 한반도에서 6·25 이후 가장 심각한 전운이 감돌고 있음을 전세계에 보도했다. 연평도 포격과 천안함 폭침에 이어 연천 포격전으로 한반도는 다시 한번 세계의 긴장과 불안의 중심지로 떠올랐다.

무엇보다 치안이 심각했다. 사재기가 극성을 부렸고, 일부 부유층들은 벌써 비행기를 타고 일본과 미국으로 달아나 버렸다. 많은 시민들이 자가용을 몰고 피난을 간다며 남쪽으로 내려가다, 고속도로와 국도, 소롯길까지 마비되는 등 남한은 대혼란에 빠졌다. 주식은 폭락했고, 무역량은 급감했다. 남북 간의 포사격 공방전으로 나라 전체가 대혼란에 빠지자 강경 대응을 부르짖던 국방부와 조중동, 해병전우회 등 우익단체마저도 응징론, 전쟁불사론을 자제하고 일단 평화회담부터 시작해야 한다고 주장했다.

하지만 북한은 연일 핵무기를 쏘아 서울과 남한 전역을 불바다로 만들겠다며 핵 공갈을 퍼붓고 있었다.

눈서리가 친 뒤에야 대나무의 푸름을 안다고 했던가. 나라가 어려우니 김문권이란 인물이 새롭게 부각되었다. 경선에서 남한의 핵 주권을 주장하며 빠른 시일 내에 북한의 제2의 연평도 포격에 대비해야 한다고 했던 그는 지금의 대혼란을 해결할 정치적 혜안을 가진 인물로 떠올랐다.

방송과 언론들이 경쟁적으로 김문권을 찾아와 질문했다.

"지난번 경선 연설에서 곧 제2의 북한의 포격이 있을 거라고 예측을 하셨는데요. 어떻게 아신 것입니까?"

"현재 경제가 파탄 난 북한이 의존할 것이라고는 핵무기와 국방력밖에 없습니다. 북한은 그들의 강점인 군사력으로 우리의 약점인 국론분열을 파고들어 풍요로운 땅 대한민국을 먹으려고 하는 것입니다. 그런데 왜 하필 이 시점이냐? 그건 국론이 가장 크게 분열되어 있는 대선이 있기 때문입니다."

"그러면 우리는 어떻게 대응해야 합니까?"

"전에 말씀드린 대로 우리도 핵 주권을 가져야 합니다. 북한의 핵무기 앞에서 아무리 최첨단 무기를 잔뜩 들여다 놓아도 저들의 도발을 막지 못합니다. 핵을 쏘아 서울 불바다를 만들겠다는데 무슨 무기로 대응하겠습니까?"

"그러면 북과의 대화와 협상은 없는 겁니까?"

김문권은 확고한 해결 방법을 제시했다.

"저는 오늘 당장 베이징으로 날아가 북한 당국자와 평화회담을 하겠습니다."

"북한 당국자 누굴 만날 작정입니까?"

"그건 북한과의 채널을 통해 결정할 것입니다. 일단 남북의 당국자가 빨리 만나는 게 중요합니다."

"베이징회담을 기대해 봅니다. 그런데 김 후보는 통일에 대한 비책이 있다고 들었습니다만."

"제가 끊임없이 주장했듯이 우리도 유로존처럼 FTA로 맺어진 동북아존(Zone)을 만들면 자연스레 통일이 됩니다. 한국 북한 일본 중국 러시아 미국이 무비자로 서로 왕래 교류하고, 교역과 통신을 자유롭게 하면 하나의 평화로운 경제 공동체가 됩니다."

"좀 더 구체적으로 말씀해 주시죠."

"6개국 경제 공동체 동북아존을 공고하게 하는 것은 바로 나라와 나라를 잇는 해저터널입니다. 저는 대통령이 되면 현해탄의 한·일 해저터널과 황해의 한·중 해저터널, 그리고 베링해협의 미·러 해저터널을 뚫어 6개국을 하나로 잇겠습니다."

그는 이 세 개의 지하 해저터널로 기차와 자동차가 지나가고 가스관과 송유관, IT통신망과 케이블선이 동시에 지나가도록 하겠다는 것이다.

"그렇게 되면 중국의 대경석유가 한국과 일본으로 오고 러시아의 가스가 한국과 일본 알래스카로 들어가고 한국과 미국의 통신망이 중국과 러시아와 알래스카로 연결됩니다. 그 중심에 한반도가 있습니다."

"이렇게 포격을 퍼붓는데 과연 북한이 동북아존에 동참을 할까요?"

"사흘 굶어 담 안 뛰어넘을 놈 없다지 않습니까? 지금 북한이 그런 상태입니다. 우리가 먼저 북한에 전면적으로 문호를 개방하여 북한을 먹고 살도록 해 줘야 합니다. 잘린 철도와 도로를 연결하고 해로와 항공로도 이어야 합니다. 밤이 깊을수록 새벽이 가까이 오듯이 전운이 감돌수록 오히려 통일이 가깝다고 생각합니다."

길 Road to nation 3부

언론과 인터뷰를 끝내고 그는 곧바로 대통령으로부터 대북특사로 임명받아 중국 베이징으로 날았다. 중국주재 북한대사에게 장성택의 면담을 요구했고, 장성택도 곧바로 전세기를 타고 베이징으로 날아왔다.

둘은 베이징 M 호텔에서 해후했다.

장성택은 지난번 김문권을 만나 베이징 남북 합의를 이룬 덕분에 김정일로부터 재신임을 받을 수 있었고, 김정일 사후 김정은으로 정권 교체 시에도 순조롭게 지위를 유지하며 영향력을 발휘할 수 있었다.

"난 이코노미석을 이용하는데 전세기를 타고 다니니 김정은 체제 이후 위상이 더 높아진 것 같소."

"글쎄요. 난 만년 2인자지만 당신은 지금 1인자에 도전하고 있잖소."

"남한에선 대통령이 되어 봤자 머슴처럼 섬기는 자리지 거기처럼 왕으로 군림하는 자리가 아니요."

"무슨 소리. 우리 젊은 지도자 동지는 유럽에서 배우고 자라 매우 개방적이고 개혁적이요."

"포병 출신이라 그런지 집권하자마자 로켓을 발사하고 남한 땅에 장사정포만 잔뜩 쏘아대는데 무슨 개방적이고 개혁적이란 말입니까?"

"군부를 장악하기 위해선 용맹함과 무공을 보여야 할 것 아니요?"

"아무리 그렇다지만 한반도를 쑥대밭으로 만들어 놓고 무슨 용맹이고 무공이란 말이오. 난 장 위원장을 만나 다시는 이런 도발이 없도록 하겠다는 다짐을 받으러 왔습니다."

"먼저 최고의 존엄을 모독하고 도발한 것은 남조선 측이오."

"장 위원장, 우리끼리도 판문점에서 삿대질하듯이 이런 식으로 회담할 거요? 툭 까놓고 말합시다.

"좋시다. 김 위원장이야말로 툭 까놓고 말해보오. 이번에 불륜 스캔들 어떻게 넘어간 거요?"

"그야 진실이 밝혀지니까 넘어간 것 아니오?"

"아. 그럼, 그 필름이 하늘에서 툭 떨어졌겠소?"

"그럼, 장 위원장이?"

'익명의 지지자'라는 중저음 목소리는 장 위원장의 것과는 분명 다르다. 그렇다면 장이 부하를 보내었는가?

"프로끼리 그런 얘기는 하지 맙시다. 사실 우리는 중국을 좋아하지 않소. 지금 우리가 만나 이야기하는 것 중국에서 다 도청합니다. 우리 민족끼리 힘을 합해 잘 살아야 하지 않겠소. 그런데 이북은 굶어 죽어가고 있고 이남은 배불러 비만에 걸려 힘들게 다이어트를 하고 각종 성인병으로 죽어가고 있잖소. 남조선이 호주머니를 안 여니 우리가 강릉에 침투를 하고 연평도 연천에 포를 쏘아대고 있는 거요."

"포를 쏜다고 문제가 해결되오? 더 꼬이기만 하지. 북한도 중국처럼 개혁, 개방해야 먹는 문제가 해결될 것 아니오?"

"기다려 보오. 머잖아 곧 그렇게 될 게요."

장성택은 백두산 밀림에서 태어난 김정일과는 달리 어려서부터 서방의 물을 먹은 김정은 제1위원장에게 개방과 개혁의 기대를 걸고 있었다.

"그런데 장 위원장, 난 베이징 합의를 지키느라고 불륜 스캔들까지 뒤집어썼는데 베이징 남북 합의가 김정은 제1위원장에게도 유효한 것임을 말했습니까?"

"물론이오. 그는 베이징 합의를 아버지의 유훈으로 무겁게 받아들이고 있소."

"우리 대통령도 마찬가지요. 그렇지 않았다면 내가 청문회에서 베이징 남북 합의를 다 까발렸을 것이오."

"우린 항상 남북 합의를 무겁게 생각하오. 이제 DMZ에서 포성이 멈추는 데 남북이 합의했다는 걸 발표하도록 하지요."

"이번엔 정말 지켜야 하오. 김정은 제1위원장과 군부에 강력하게 건의하시오. 대포가 아니라 평화만이 남한의 호주머니를 열 수 있다고."

"피차일반이오, 안 그렇소?"

김문권과 장성택의 베이징 만남은 성공적이었다.

둘은 자리를 베이징 조어대로 옮겨 전 세계 언론이 지켜보는 가운데 '남북이 두 정상의 뜻을 받들어 향후 한반도에서 전쟁과 포격은 없을 것이며 한반도 평화 체제를 위해 남북이 노력할 것이다'는 남북공동선언문을 발표했다.

선언문 발표와 함께 DMZ에서 포성이 멎었다.

연천 포격과 베이징 선언을 계기로 언론과 국민들은 김문권을 새롭게 주목하였다. 김문권은 국가 위기를 미리 정확하게 예측하고 이를 극복할 수 있는 영웅적 인물로 부상되었다. 국민들은 상시 북한의 도발에 노출되어 있는 위험한 남북 관계에서 핵 주권과 안보, 북한의 인권을 주장하는 강한 인물을 원했다. 사건이 터졌을 때 민첩하게 움직여 시원하게 해결해 주는 정치인을 원했다. 그리고 분단 체제를 허물고 동북아시아 경제 공동체를 통해 한반도에 통일강대국을 건설할 수 있는 비전 있는 지도자를 원했다. 김문권은 그런 국민의 여망에 정확하게 부합하는 인물이었다.

북 - 암살1

최강철은 김일성과 김정일의 초상화가 걸려 있는 방에서 충성 서약을 한 뒤, 압록강을 건너 중국 칭타오에서 밀수선을 타고 황해를 건너 서해안에 닿았다. 남조선 해안경찰에게 잡히면 돈 벌러 온 연변조선인이라고 둘러대면 그만이었다. 서울에 들어오기까지 단 한 번의 검문검색도 없었다. 그만큼 대한민국은 자유천지라는 걸 그는 잘 알고 있었다.

그는 처음 남조선에 왔을 때 사람들의 키를 보고 놀랐다. 보통 자기보다 머리통 하나는 더 크고, 여자들의 키가 자기와 비슷했다.

'이건 기린처럼 완전히 고층에 사는 족속들이구만.'

그에 비하면 자신은 얼룩말처럼 작았다. 똑같은 배달민족인데 족속이 다를 정도로 키 차이가 나는 것은 먹는 음식 차이라고 느꼈다. 북조선은 먹을 게 없어 영양실조를 말라죽어 가는데 남조선은 영양 과잉으로 다이어트 하느라고 난리들이었다.

그는 기린과 얼룩말을 비교해 보고 남북 두 정권에 대한 분노가 동시에 일었다. 악정으로 수백만을 굶겨 죽인 북조선 정권과 남은 것을 나누지 못하고 비만한 이기적인 남조선 정권에 대해. 북쪽은 부와 권력을 독점한 김씨 일가의 골품이 있다면, 남쪽에는 재벌 골품제가 있다. 남북 모두 성골, 진골끼리 혼맥과 인맥을 맺어, 부와 권력을 독점하며 그들의 골품에 도전하는 세력을 무자비하게 처단한다. 차라리 신라 시대에는 독서삼품과가 있어 독서를 통해 골품의 상승을 꾀할 수 있지만 이들 골품은 너무 완강해서 어떤 천골의 진입도 차단한다.

그가 남조선의 압도적인 발전상을 보고도 자수하지 않는 까닭은 북에 남은 가족도 있지만 북한 형제국에 대한 이기적인 태도, 부의 편중과 사회 양극화, 비인간화와 무질서로 가득한 삶들 때문이었다.

최강철이 남조선에 내려와 맨 처음 한 일은 공작 업무가 아니라 교회를 찾아간 것이었다. 아버지가 자신과 온 가족의 목숨과 바꾼 교회, 그곳에는 도대체 어떤 진리가 숨어 있기에 아버지는 죽음조차 두려워하지 않고 찾아갔던 것일까. 그는 교회를 맛보기 위해 일요일 서울의 어느 대형 교회에 들어가 뒷자리에 앉았다.

거대한 돔형 건물 안에서 웅장하게 울려 퍼지는 피아노와 오르간 소리와 찬송에 압도되었다. 수만 명의 사람들이 일사불란하게 노래 부르고 기도하고 사도신경을 암송하는 모습은 마치 북조선에서 공산주의를 찬양하고 선전하는 노동당 열성자 대회의 분위기 같았다.

목사가 높은 강단에 올라섰다. 목사는 여호와 하나님, 예수, 성령 등 생소한 말을 쉰 목소리로 내지르자, 신도들은 '아멘, 할렐루야'라고 화답했다.

목사의 설교에 기대했던 영혼의 안식은 전혀 느낄 수 없었다. 돈과 우상을 숭배하고 성공과 승리를 추구하는 세속의 처세훈만 잔뜩 늘어놓았다.

"천지를 만드신 하나님이 돈이 없어 여러분의 헌금을 받습니까? 한두 푼씩 적선하듯 헌금하지 마십시오. 예수님이 거집니까? 예수님이 과부의 헌금 두 렙돈을 칭찬하신 것은 과부가 전 재산을 바쳤기 때문입니다. 십일조를 떼어먹는 도둑놈이 되지 마십시오. 미국의 록펠러를 보세요.

심는 것만큼 거두지 않았습니까? 여러분의 재산을 땅에 쌓아두지 않고 하늘에 쌓아둔 것을 감사하십시오.”

받으면서도 큰소리치는 집단은 국가와 교회밖에 없을 것이다. 주고도 감사하라니 이런 더럽고 메스꺼운 감사가 어디 있단 말인가.

목사의 설교가 끝나자 사람들은 와글와글 기도하기 시작했다.

집단의식의 절정이었다.

‘아버지는 도대체 어디에서 영혼이 존재한다고 느꼈던 것일까?’

최강철은 교회를 잘못 찾아왔나 해서 다른 교회에도 서너 군데 들러보았다. 예배 형식과 설교 내용은 대동소이했다. 모두가 하나같이 ‘돈을 바쳐라, 목사를 섬겨라, 교회에 충성하라’는 말이 핵심이었고, 목사와 지도자 자신의 희생과 겸손, 섬김은 어디에도 없었다. 마치 신과 악마가 개입한 중세 암흑 교회에 들어와 있는 듯했다.

우리 가족은 이런 추악한 사이비 교의를 지키기 위해 수용소에서 이슬로 사라졌단 말인가.

그는 교회 문을 나서면서 종교는 아편이라는 마르크스의 말이 옳다는 것과 세상에 믿을 것은 오로지 자신의 주먹밖에 없다는 생존 철학을 다시 한번 확인했다. 그래, 킬러의 본능만을 날카롭게 다듬어 놓으면 된다. 사람을 죽이는 능력, 이것만이 나에게 참된 신이다.

최강철은 종로에 있는 허름한 심부름센터를 찾아갔다.

“사람을 찾아 줍니까?”

“예, 말씀만 하세요. 집 나간 여편네든 떼먹힌 돈이든 무엇이든 다 찾아 드립니다.”

"이 사람입니다."

그는 손강영의 사진을 내밀었다.

"아, 이 사람. TV에서 한번 본 것 같은데……. 탤런트인가?"

"월남한 유명인사잖아요? 책도 냈죠, 이름은 손강영입니다."

"그런데 왜 찾으세요?"

당장 의혹의 눈초리를 던지며 말했다. 심부름센터 담당자는 전직 형사였다. 비록 사창가로부터 돈과 성, 두 가지 상납을 받다 잘렸지만 범죄의 냄새를 맡는 후각은 살아 있었다. 의뢰인이 심상치 않은 인물이라고 직감했다.

"당신 혹시 수상한 사람 아냐? 말투도 추운 윗동네 쪽 같은데 말이야."

최강철은 버럭 화를 내며 말했다.

"아니, 이 심부름센터가 장사를 하겠다는 거요, 말겠다는 거요? 이놈은 내 돈도 내 마누라도 다 뺏어간 놈이오. 난 이놈을 찾아 돈도 찾고 마누라도 찾아야겠소."

"내가 보기엔 손강영을 찾는 당신의 의도가 좀 수상쩍은데 말이오. 요즘 북에서 간첩을 보내 독침으로 사람을 죽인다고 난리들인데."

"예끼, 이 사람아. 무슨 그런 끔찍한 말을 해. 북에서 간첩을 보낼 정도면 주소하고 다 알고 왔겠지. 그놈들 정보력이 얼마나 대단한데, 간첩이 이런 후진 델 왜 찾겠소?"

"하긴, 그렇겠네. 탈북자는 돈이 갑절이오."

최강철은 남조선에서 거래는 뻔뻔해져야 의심을 덜 수 있다는 걸 알고 있었다.

최강철은 심부름센터 직원에게 말했다.

"아, 이 사람아. 방금 내가 말했잖아. 이놈한테 다 털렸다고. 이놈을 찾아 돈을 받으면 내 그때 갑절로 낼게, 오케이?"

결국 착수금 없이 일을 맡겼다. 찾으면 기본 요금의 두 배를 준다는 조건으로.

남조선에 왔을 때는 아무 찜질방에나 들어가 비스듬히 누운 채 TV를 보는 게 제일 편안했다. 북에는 신문도 하나 TV채널도 하나 수령도 하나인데 남조선에는 신문과 TV채널과 지도자가 여러 수십이 넘는다. 골치가 아플 정도로 복잡하고 선택하는데 피로하다. 지금도 찜질방 세 군데 켜 놓은 TV마다 진행하는 프로그램이 다 달랐다. 정면 TV에선 에어로빅 강사가 가슴 운동을 가르치고 있다.

"여자는 가슴이 커야 남편의 사랑을 받지요. 자, 가슴 풍만해지는 운동, 따라해 보세요. 하낫 둘, 하낫 둘. 팔을 쭉 펴고 아니, 아니, 그렇게 히프를 돌리는 게 아니라니까요. 머리와 어깨만 힘차게 옳지, 옳지."

왼쪽에선 갯벌에 나가 짱뚱어 잡는 체험을 한다고 난리이고 오른쪽에선 망치를 들고 1:20으로 싸우는 액션 영화를 하고 있었다.

최강철은 팔베개를 하고 비스듬히 누워 얼음 매실차에 스트로를 꽂아 빨며 TV를 보고 있었다. 에어로빅이 끝난 TV에서는 북한의 공작원이 블라디보스토크에서 한국영사에게 독침 테러를 자행해 사망케 했다는 뉴스를 메인으로 내보고 있었다.

보도가 끝나자 독침 테러에 대한 해설이 있었다. 해설자는 뜻밖에도 최강철이 찾고 있던 월남자인 손강영이었다.

"이번 사건은 작년 강릉 잠수함 사건에 대한 보복으로 해석할 수 있습니다. 김정일은 반드시 보복을 하는 복수의 화신입니다. 자신의 권위에 도전하는 사람은 가족까지도 잡아넣는 봉건적 연좌제를 아직도 시행하고 있습니다.”

손강영은 차마 입에 담을 수 없는 참람한 말을 거침없이 내뱉고 있었다.

“이 세상에서 제일 갑부는 누군지 아세요? 빌 게이츠가 아니라 바로 김정일입니다. 김정일은 빌 게이츠가 가지고 있는 저택보다 호화로운 특각을 34개나 가지고 있습니다. 북한의 전 국토와 전인민의 재산은 바로 김정일 개인의 것입니다.”

‘쫑간나 새끼, 지금 머이라고 씨불거리나.’

최강철은 스트로로 얼음매실차를 쭉쭉 빨아먹으며 중얼거렸다.

그의 대북 비난 발언의 수위가 절정을 다한 뒤 아나운서는 사적인 질문으로 마무리를 지었다.

“예, 요즘 찜통 날씨가 계속됩니다만 선생님은 어디로 여름 휴가를 가실 생각입니까?”

“강원도 영월을 가고 싶어요. 지붕 없는 국토박물관이라고 해서 전에부터 가고 싶었습니다.”

“아, 정말 좋은 곳이죠. 그럼, 더욱 건강하시길 기원합니다.”

‘쫑간나 새끼! 너는 지도자 동지의 은혜를 가장 많이 입었으면서도 더러운 주둥이를 잘도 나불나불하는군. 지금 많이 떠벌려라, 주둥이를 움직일 날도 얼마 남지 않았으니.’

최강철은 욕과 열이 목구멍까지 차올라오는 것을 차가운 얼음 매실차로 간신히 눌렀다.

'사전 답사를 해야겠군.'

찜질방을 나와서 영월행 버스를 탔다.

남-승리

D—120

통일당 경선에서 새로운 변화가 일어났다. 그동안 3위로 처져 있던 김문권은 연천 포격과 베이징 선언으로 지지율이 폭등한 반면, 포격 사건 때 별다른 대처 능력을 보여주지 못한 박선화 후보의 지지율이 급락했다.

남북 관계가 순식간에 전쟁으로 치닫는 위험한 상황에서 박선화 후보처럼 소통이 어려운 신비주의 리더십을 가지고는 대처하기가 어렵다는 분위기였다. 김문권은 지지율이 급상승하면서 강원도와 전남, 전북을 비롯한 거의 전 지역의 경선을 석권해 나가며 '김풍'의 주인공이 되었다. 박선화의 지역 기반인 경남·경북에서 일격을 당해 김풍이 잠시 꺾이는 듯싶었지만 경기도의 경선에서 압도적으로 승리한 결과, 박선화를 추격하는 박빙의 세가 형성되었다. 이제 김문권과 박선화 후보는 대통령 후보 경선의 마지막 승부처인 서울 경선만 남겨 놓았다.

서울 잠실 올림픽 체조 경기장. 김문권과 박선화는 나란히 앉아 있지만 속으로는 견원지간처럼 으르렁거리고 있었다. 먼저 박선화 후보의 연설이 있었다. 그녀는 작심한 듯 김문권 후보를 둘러싼 의혹이었던 뇌물수수 사건과 불륜 스캔들을 정면으로 건드렸다.

"김문권 후보는 여전히 백만 불 뇌물수수 사건과 고혜나 비서관과의 불륜 스캔들 의혹으로부터 자유롭지 않다고 봅니다. 뿐만 아니라 김 후보는 과거 노동혁명을 통해 국가를 전복시키려 한 공산주의자입니다. 뇌물수수자, 부도덕한 자, 사상이 불건전한 자. 이 불명예 삼관왕 후보가 어떻게 대선에서 승리할 수 있겠습니까, 여러분!"

불꽃이 튀는 박 후보의 연설에 우레와 같은 박수가 터졌다. 그녀는 새된 목소리로 마지막까지 김문권에게 비난을 퍼붓는 인신공격성의 난타전을 펼쳤다.

김문권의 연설 차례가 왔다.

그는 오히려 네가티브를 나가지 않고 여유 있게 연설했다.

"존경하는 당원과 대의원 여러분, 이번 연천 포격은 남한 지도자의 자질을 시험한 중대한 시험었습니다. 저는 수없이 북한의 포격 도발을 경고했지만, 실제로 포격전이 벌어졌을 때는 베이징으로 날아가 북한특사를 만나 포격을 멈추도록 했습니다. 위기에 강한 자가 누군인가를 여러분이 판단해 투표해 주시기 바랍니다."

후보자들의 연설이 모두 끝나고 통일당 대통령 후보를 정하는 대의원 투표와 여론조사가 동시에 진행되었다. 박선화 후보는 북한의 포격으로 내심 긴장했지만 마지막 경선에서 이기는 것은 별 문제가 없을 것으로 보았다. 이미 국회의원, 당협위원장, 대의원들은 모두 친박 일색인데다 지금까지 누적 표수로 단 한 번도 1위를 놓쳐 본 적이 없었기 때문이었다.

드디어 개표가 시작되었다.

당원의 표에서 55 : 45으로 박선화 후보가 압도적으로 앞섰다. 그러나 여론 조사에서 65 : 35로 김문권 후보가 박선화 후보를 앞서서 극적으로 역전했다. 놀라운 선거 기적이 일어난 것이다. 결국 국민들은 박선화보다 김문권을 대선 경쟁에 더 적합한 후보로 선택한 것이다.

박선화 후보의 훌륭한 점은 지난 경선에 이어 이번에도 깨끗하게 패배를 시인하고 김문권 후보의 지지를 선언했다는 점이다.

그러나 그녀가 잠실 올림픽 체조경기장을 나갈 때 북쪽 하늘을 보며 한탄했다고 한다.

"아, 아버지의 업보인가? 북풍에 꼼짝없이 당하다니."

하긴 그랬다. 분단 이래 북한은 틈만 나면 남한의 대선에 관여하려고 했다.

14대 대선 때는 마유미를 보내 칼기를 폭파시켜 노태우를 당선시켰다. 이번 경선에서도 연천에 대한 북한의 포격이 없었더라면 김문권이 박선화를 이길 수 없었을 것이다.

김문권은 통일당 경선이라는 가장 큰 고비를 넘겼다. 그가 통일당 대통령 후보가 되어서야 비로소 인간 김문권이 누구인가가 국민에게 알려지기 시작했다.

명문 양반가에 태어났으나 집안이 몰락해 하루 세끼 밥 먹어 보는 게 소원이었던 가난한 어린 시절, 명문 제일중, K고, S대 법학과에 진학해

출세가 보장된 대학생이었으나 노동 현장에 들어가 10년간 노동운동을 한 자. 경찰에 잡혀 전기 고문까지 당했으나 그들을 용서하고 껴안은 자, 국회의원 4선, 도지사를 역임 했음에도 재산은 30년 된 낡은 아파트 한 채뿐인 청렴한 사람, 주말이면 골프채 대신 운전대를 잡고 택시 운전을 한 서민적인 사람, 한센인들의 꼬막손을 일일이 잡고 그들과 더불어 자면서 그들의 민원을 해결한 한센인들의 대통령 등이 알려지면서 그의 지지율은 그야말로 폭발적으로 올라갔다.

야당인 한민당은 국민경선제를 통해 야당의 대세론을 형성하던 문인제 후보가 밑에서 강하게 치고 올라온 김도관 후보를 가까스로 물리치고 한민당 대통령 후보가 되었다. 김도관은 마을이장부터 시작해 최연소 군수를 거쳐 행정자치부 장관을 한 입지전적인 인물로 경선 마지막에 지사직을 던지는 승부수를 던졌으나 아쉽게도 패배하고 말았다.

경선에서 승리한 문인제는 누구인가? 그의 이력은 독특했다. 특전사 수중폭파조 출신으로 바다에서 스킨스쿠버를 즐기고 산악회원으로 마나슬루를 등반한 사나이 중에 사나이였다. 그는 늘 새로운 도전을 좋아했다. 그래서 사법 고시에 도전했고, 군사독재 체제에 도전했다. 사법 시험을 치른 뒤 민주화 투쟁에 뛰어들어 시위 도중 체포되어, 사법시험 합격 통지서를 경찰서 유치장에서 받았다. 사법연수원을 수석으로 졸업했으나 시위전력으로 판사 임용을 받지 못해 이후 노무현과 함께 인권변호사로 활약했다. 노무현이 대통령이 되자 민정수석으로 일하다 정계를 떠났지만 노대통령이 탄핵당하자 네팔 등산 도중 하산해 변호인단을 꾸려 다시 정계에 복귀했다. 문인제의 별명은 신사이다.

노 대통령이 부엉이 바위에서 투신하기 전에 문인제에게 유언처럼 말했다.

"문 실장은 신사요. 신사는 거짓말, 정치 자금, 사생활 검증 등 물리고 물어뜯는 정치판에 어울리지 않아요. 부탁컨대 정치하지 마시오."

그러나 아이러니하게도 불의의 객이 된 노 대통령의 장례식을 훌륭하게 치른 뒤 그의 지지도가 치솟아 대통령 후보감이 되었다. 그는 산과 바다, 대자연으로 돌아가는 대신 정치판에 복귀해 마침내 한민당 대통령 후보까지 되었다.

일단 경선에서 승리해 1단 로켓 발사에 성공한 문인제는 향후 진보정당인 혁신당과 선거연대를 이루는 2단 로켓을 발사하고, 당 밖에서 1인정치를 하는 안영수 교수와 후보 단일화하는 3단 로켓 발사로 대권을 장악하려는 단단한 구상을 가지고 있었다.

북 - 암살2

심부름센터 담당 직원이 손강영의 주소와 전화번호를 알아냈다며 연락이 왔다. 평소 하루면 되는데 이번에는 사흘이나 걸렸다며 웃돈을 요구했다.

"특별한 사람이더군요. 교묘하게 신분 세탁을 했어요. 손강영은 죽은 사형수의 이름과 주민등록번호였어요. 찾는데 애를 먹었으니 웃돈을 더 내세요."

"무슨 소리요. 난 하루가 급했는데 사흘씩이나 걸리고."

최강철은 배짱을 튕겼으나 웃돈을 얹어 주었다.

최강철은 손강영의 신분을 확인하면서 놀랐다. 그는 지도자 동지의 넷째 부인의 동생으로서 러시아 모스크바대학에 유학 중 남조선으로 망명했다. 손강영은 공화국을 배신한 대가로 남조선에서 떵떵거리며 살고 있을 거라고 생각했다. 그러나 현실은 생각과 정반대였다. 그는 열여덟 평대의 서민형 아파트에서 복지연금을 받으며 겨우 입에 풀칠하며 살고 있었다.

북에 있을 때는 로열패밀리로 돈 씀씀이가 엄청나게 컸는데 그 돈은 전부 마르지 않는 화수분인 내탕금(김정일의 돈)에서 나왔다. 북한에는 네 가지 경제 파트가 있다. 첫째는 인민 경제, 둘째는 노동당 경제, 셋째는 인민군 경제, 그리고 마지막이 김정일 경제이다. 돈의 규모는 뒤로 갈수록 기하급수적으로 커진다. 김정일 경제로 움직이는 로열패밀리의 씀씀이와 그 특권은 대단했다. 손강영은 평양은 물론이고 베이징과 모스크바를 오가며 달러를 뿌리며 살았고, 국내외의 공관시설과 호화숙소는 모두 프리패스로 이용했고 항상 최고의 의전으로 대우받았다. 남한의 재벌 경제나 다름없었다.

그러나 손강영이 남조선에 망명하고부터는 모든 게 엉망진창이 되고 말았다. 국가에서 준 얼마 안 되는 정착금은 그의 헤픈 씀씀이로 얼마 안 가 다 까먹어 버렸다. 고위 망명자에게 특별히 지급되는 거액의 상여금 마저 안정적이라는 레스토랑에 투자했으나 몽땅 날리고 집마저 담보를 잡혔다. 자본주의 손익 구조에 어두운 탓이었다.

그는 생계를 목적으로 위험을 무릅쓰고 방송과 언론에 출연하며, 강연과 저술 활동을 하지 않을 수 없었다. 언론에 자기를 노출시키는 것은 자살행위나 다름없는 일이었지만, 벼랑 끝에 선 그로서는 이리 죽으나 저리 죽으나 매한가지라고 생각했다.

손강영의 집 근처에서 대기하고 있던 암살자 최강철은 지하철역에서 손강영을 따라붙었다.

최강철은 그의 옆에 나란히 앉았다. 맞은편 유리창에 비친 손강영의 모습을 살폈다. 사진의 모습과 일치했다. 열차가 다음 역사로 미끄러져 들어가 유리창에 비친 얼굴이 유리창 너머 다른 열차 안의 사람들의 모습과 겹치자 약간의 혼란이 일어났다.

과연 어느 얼굴이 실체이고 어느 얼굴이 환영인지 구별할 수 없었다. 무엇이 실체이고 무엇인 허상인가. 옆에 앉은 손강영인가, 유리창에 비친 손강영인가. 성형 전의 손강영인가 성형 후의 손강영인가.

그러나 혼란을 잡아 줄 객관적 증거가 있다. 그는 손강영 얼굴은 직접 대면하지 않은 채 다음 역에서 내렸다. 그가 보고 선반에 버린 메트로신문을 수거해 지문을 확보했기 때문이다.

여름 성수기 휴가철, 손강영은 영월로 휴가를 떠났다. 그의 곁에는 항상 두 명의 건장한 보디가드가 동행하고 있었다. 무술 실력은 좀 있어 보였으나 경호 실력은 허점투성이였다. 최강철은 사전에 치밀하게 답사를 했기 때문에 영월의 좁은 바닥을 손금 보듯 훤히 알았다. 단종의 유배지인 청령포와 단종이 묻힌 장릉은 그를 제거하는 장소로서 적당하지 못했다. 단종처럼 사약을 먹여 죽이거나 소음 총이나 독침을 사용해 죽일 수는 있지만 그 시체를 어떻게 처리할 것인가?

'놈을 분쇄기로 갈아 닭 사료로 주어도 좋다. 용광로에 던져 재로 만들어도 좋다. 단 결코 흔적을 남겨서는 안 된다. 이 지상에서 완벽하게 없애라.'

노동당 작전부 부부장이 내린 지령이었다.

장릉을 참배하고 나온 손강영은 경호원에게 말했다.

"오후에는 쉬세요, 제 혼자서 움직일게요. 저 때문에 이 더운 여름에 휴가도 못 가고 제가 미안하네요."

"아이고, 우리들 밥줄이 날아가요. 점심 식사를 하시고 같이 고씨 동굴에 갑시다. 저희들이 안내를 해드리겠습니다."

석회동굴 속 아름다운 비경에다 시원한 자연 바람까지 나와 동강 변의 고씨 동굴은 여름 성수기 휴가객들로 발 디딜 틈이 없었다. 최강철은 얼마 전 미리 답사한 결과 손강영을 제거하는 장소로 여기만큼 좋은 곳은 없다는 결론을 얻었다.

점심시간이 지나 손강영이 두 명의 보디가드를 대동하고 고씨 동굴에 나타났다.

"동굴 안은 어두운 곳이라 위험해요."

경호원들은 손강영에게 노란 안전모를 씌워 주며 각별히 경호에 신경을 썼다.

"아, 그래요. 그럼 같이 갑시다."

최강철은 안전모를 깊숙이 눌러쓰고 손강영을 따라 고씨 동굴로 들어갔다.

길이 500m의 고씨 동굴은 마치 고래뱃속처럼 어둡고 미로가 얽혀 있었다. 관광해설사는 입구 오른쪽의 공간이 임진왜란 때 고씨 일가가 피난해 살았다는 동굴방이라고 설명해 주었다.

최강철은 손강영에게 마음속으로 말했다.

'이곳이 고씨들에겐 안전한 피난지였지만 네 놈에게는 무덤이 되도록 해 주마.'

안으로 좀 더 들어가니 축축한 기운과 함께 종유석과 석순이 나타났다. 수천 년에 걸쳐 조성된 아름다운 종유석과 석순은 동굴을 뚫느라 많이 파괴되었고, 어두운 천장 구석에는 군데군데 방범카메라가 달려 있었다.

그는 아까보다 더 깊이 안전모를 깊이 눌러썼다.

300m쯤 들어가니 천지를 진동하는 굉음이 울려 퍼지는 것 같았다. 동굴 내부를 흐르는 지하수였다. 종유석과 석순이 만나 석주를 이룬 기둥들이 열 지어 서 있고, 석주와 벽 사이, 회랑과 같은 길을 따라 지하수가 힘차게 흐르고 있었다. 지하수는 흘러가다 갑자기 벽이 갈라진 깊은 틈 사이의 무저갱으로 흘러들어가고 있었다. 해설사의 말에 따르면 이 물은 지하 200m 아래에 있는 지하 수로로 흘러들어가는 물이었다.

"밖에 동강이 흐르듯 무저갱 지하수로를 타고 내려가면 지하 200m에도 큰 강이 흐르고 있습니다. 하지만 아무도 그곳을 탐사한 사람은 없습니다. 한번 들어가면 영원히 빠져나오지 못하니까요."

일행들은 막다른 유턴 지점까지 들어갔다. 허리를 굽혀 좁은 동굴을 빠져나가자 갑자기 눈맞이 시원한 넓은 공간이 펼쳐졌다. 수많은 종유석과 석주가 어우러진 만물상 아래로 석주와 석순의 뿌리를 적시고 있는 명경과 같은 맑은 지하 호수가 있어, 장엄한 지하 세계를 구축하고 있었다.

손강영도 넋을 잃은 듯이 지하 세계의 장관을 보고 있었다. 최강철은 처음으로 잠시 손강영과 눈을 마주쳤으나 곧 안전모를 눌러 버렸다.

일행들은 다시 돌아 나오기 시작했다. 경호원들은 손강영을 앞뒤로 경호하면서 자신들도 지하 세계의 아름다움을 감상하고 있었다.

최강철은 무저갱 수로로 가까이 오자 일행을 바짝 따라붙었다.

'손강영, 네 놈은 지하로 흘러가는 강에 최초로 수장될 것이다.'

무저갱에 이르는 순간 불이 잠시 꺼졌다 켜졌다. 불이 깜빡인 불과 3초, 그 짧은 어둠의 순간에 최강철은 손강영을 목을 꺾어 기절시킨 뒤 지하수가 세차게 흐르는 무저갱으로 집어던졌다.

'공화국의 적은 처단되어야 한다!'

워낙 순식간에 소리 없이 벌어진 일이라 샌드위치 경호를 하고 있던 경호원 둘은 가운데 있던 손강영이 사라진 줄도 몰랐다. 잠시 어둠의 혼란 속에서 앞으로 갔거나 뒤로 갔을 것이라 생각하고 경호원들은 우왕좌왕 앞뒤로 찾아다녔다.

"손 선생님, 손 선생님 어디 있습니까?"

경호원 하나가 이상한 예감이 들어 곧 휴대폰을 들어 경찰에 연락을 시도했으나 깊은 동굴 속이라 통화가 되지 않았다. 다른 한 명이 입구로 달려 나가 동굴 안전 팀에게 사람이 실종된 것을 알렸다.

"사람 한 명이 동굴에서 없어졌습니다. 동굴을 차단하고 일절 사람을 동굴 밖으로 내보내지 마십시오."

동굴안전 팀은 재빨리 동굴 입구의 철문을 철커덕 내렸다.

하지만 그 시간에 최강철은 이미 동굴을 빠져나와 택시를 타고 서울
을 향하고 있었다.

    손톱에 뜬 하얀 반달아.
    강 아래 있는 지하의 강에서 떠돌 외로운
    영혼을 위해 밝게 비쳐다오.

그는 손강영 삼행시를 짓고 마음의 묘비명을 흐르는 지하의 강에 세
워두었다.

남 – 사상

D – 100

조어대에서 WHQ의 술자리가 무르익어 가고 있었다.

"왜 확장성이 강한 김문권을 풀어 놓아 먹이고 있는 거요?"

"스캔들을 통해 정치 생명이 끊어지는 것이 아니라 지지율이 더 높아
지고 있소."

"이번에는 어디 미국 대표가 한번 해 보세요. 뭔가 검증하는 데는 자
신이 있잖소."

"알겠소. 쥐방울만 한 한국이 핵무기를 가지겠다니 가당키나 하오?"

"경제가 조금 된다고 2차 세계대전 전승국인 우리와 동급으로 놀려고 하다니."

"통일을 꾀하는 지도자를 제거하면 한국인들의 반발이 심하지 않을까요?"

"들쥐 같은 국민들이라 누가 나서도 다 따라갈 거요."

"느슨한 평화 체제로 가면 자꾸 통일 소리가 나오고 남북한 둘이 짝짜꿍이 되어 붙어 버리는 게 문제요."

"그렇죠. 가끔 한번씩 DMZ에서 대포를 쏘아 줘야 긴장도 되고……."

"황해 해역으로 항모를 집어넣으시구려. 그래야 우리가 새로 건조한 항모로 밀어내는 맛이 있잖소."

"고래 싸움에 새우 등 터진다고 우리는 그저 슬슬 다녀가는데 그들끼리는 천안함 피격이니 연평도 포격, 연천 포격이니 하며 피터지게 싸우는 게 우습기도 하고 한심스럽기도 하고……."

"다음 회의 때까지는 새로운 한국의 지도자가 뽑혀 있겠군요."

"조어대로 초청해 상견례나 한번 하지요."

"3차 세계대전이 날 때까지 우리 WHQ의 술자리는 계속되겠지요?"

"정확히 3차 세계대전이 끝나서 새로운 전승국이 생길 때까지지요."

낮은 조명 속에서 두런두런하던 소리들이 더 이상 들리지 않았다.

김문권은 색깔론이 선거 막바지에 튀어나오리라고 예상은 했다. 하지만 '김문권의 북한 포격 밀약설'과 같이 야비하게 등장할 줄은 몰랐다. 지금껏 금전, 불륜 등 각종 스캔들을 잘 헤쳐 왔으나 마지막 관문인 색깔 논쟁의 덫은 빠져나오기 힘들어 보였다. 색깔은 논쟁의 대상이지 토론의 대상이 아니다. 토론은 서로의 의견을 교환하여 건설적인 결론을 도출할 수 있지만, 논쟁은 상대가 항복해 무릎을 꿇을 때까지 자기의 주장을 관철시킨다.

신문과 인터넷, 모바일은 김문권과 평양과의 밀약설을 써서 퍼 나르기 시작했고, 타블로이드는 김문권의 붉은 속내까지 훑어 내었다.

'경선 승리의 일등 공신은 북한의 김정은 직할 포병대대'

'통일당은 평양노동당의 2중대'

'김문권, 북한과의 베이징 커넥션, 대선 직전 또 한 차례 서울 포격 가능성?'

과거엔 여당 쪽 알바들이 돈을 받고 트위터질을 하곤 했는데 이제는 야당 쪽 알바들이 조직적으로 SNS의 이슈와 흐름을 장악하고 있다.

비교적 객관적인 언론과 방송에서도 김문권의 사상을 비판하는 기사들로 넘쳤다.

'위장 전향한 박쥐의 정체를 밝힌다!'

'붉은 혁명가 김문권의 행적―공산주의 혁명을 주장.'

'대학 시절 김문권이 존경하는 인물은 마르크스, 레닌!'

김문권은 색깔 논쟁은 구시대 정치적 산물이라고 비판했다. 색깔 논쟁 대신 건전한 정책으로 대결하자고 한민당과 국민당에게 제의했지만 양당의 네거티브 십자포화는 오히려 더 거세어졌다. 김문권의 안티 세력들은 김문권과 북한의 2인자 장성택과의 두 번 만남이 대북 커넥션의 실체를 주는 증거라고 주장했다.

마침내 금도를 넘어 한민당 대변인마저 방송에 나타나 김문권의 색깔을 비판했다. 선거 때마다 색깔 논쟁으로 인해 피해를 입은 한민당은 이번 선거에서만은 색깔 논쟁을 금하자고 먼저 제안했지만 스스로 어겨버렸다. 공수특전단 출신의 후보를 둔 마당에 거리낄 게 없었다.

"알다시피 김문권은 젊은 시절 온몸으로 공산주의 운동을 한 골수 좌파였습니다. 그는 통일당에 입당해 사상 세탁을 한 뒤 북한과 커넥션을 가졌습니다. 북한의 최고 수뇌부인 장성택과 비밀리에 접촉하고도 다음 날 태연하게 천안함 46용사 순국 2주기에 찾아가 영전에 헌화하는 모습은 가증스럽기 짝이 없습니다."

김문권은 천안함 폭침과 연평도 포격으로 죽은 장병을 조문하는 데 정치인 중에서는 누구보다도 먼저 달려갔다. 그는 집 뜨락에 핀 무궁화 꽃 한 송이를 꺾어 하얀 국화꽃 송이 사이에 얹어 놓았다.

그런데 그것마저도 가증스러운 행위로 낙인찍히고 말았다.

한민당 대변인은 색깔 논쟁이 먹혀들자 2차, 3차 성명을 잇달아 발표했다.

"두 번에 걸친 베이징 남북 협상을 주도한 김문권 후보는 과거 공산주의자였던 시절의 종북좌파 성향이 협상 타결에 긍정적인 역할을 한 것으로 보입니다. 반국가단체 구성원과 자진 지원해 불법 회합하고 자신의 목적을 수행한 것은 명백히 국가보안법 위반에 해당하므로 이에 대한 검찰의 조속한 수사를 촉구합니다."

"엄중히 할 것은 김문권 후보의 사상 문제입니다. 그는 과거 사회주의 신봉자로서 위장 취업해 전국의 노동운동을 불법 지휘했으며, 뒤에는 전노맹 총책임자가 되어 국가를 전복하고 사회주의 국가 건설을 기도한 좌익사상가였습니다. 이런 사람이 대통령이 되면 우리나라를 통째로 빨갱이에게 들어다 줄 수 있습니다."

한민당은 김문권을 온통 붉은색으로 도배를 했다.

김문권이 자유민주주의 체제인 대한민국의 수장이자 자유를 수호하는 60만 국군의 통수권자가 된다는 것은 불가능해 보였다.

색깔이라는 붉은 바가지만 한번 덮어씌우면 그 탈바가지에 갇혀 질식해 죽을 때까지 탈바가지를 벗지 못한다. 온갖 네가티브가 난무하지만 분단국가인 대한민국에서 색깔론은 네가티브의 왕이다. 색깔론만큼 손쉬운 방법으로 상대방의 표를 깎아먹는 것은 없다. 손 안 대고 코 푸는 격이다.

전방위적인 색깔론 공세에 김문권의 지지율은 눈에 띠게 빠졌다. 이대로라면 김문권 문인제 안영수 삼자대결에서도 질 게 뻔했다.

일단 김문권은 이데올로기와 같은 추상적인 거대담론을 피하고 민생에 접근하는 생활 공약으로 차근차근 표심을 확장해가기로 했다.

그는 청년 취업박람회에 참석해서 직접 청년들의 손을 잡아 주며 공약했다.

"한국은 자살률 1위로 세계에서 가장 살아가기 힘든 국가입니다. 특히 청년 자살률이 늘고 있다는 것이 문제입니다. 우리 청년들이 이틀에 한 명 꼴로 한강에 투신자살하는 것을 그대로 보고만 있을 수 없습니다. 저는 대통령 특별 기구로 청소년 취업 및 자살 대처 특위를 만들어 국정의 최우선 순위로 삼겠습니다."

전경련 회장 김태윤 등 재벌과 대기업 경제인들을 만나 격려하며 말했다.

“당신들은 역적이 아니라 한국 경제를 성장시킨 영웅들이오. 삼성 LG 현대 SK 두산은 대한민국을 대표하는 세계적인 브랜드가 되었습니다. 전 외국에 가서 한국 기업의 간판이 우뚝 서 있는 것을 볼 때마다 마치 애국가를 부를 때의 감동을 느끼는 것 같습니다. 난 서민들에 대한 애정 못지않게 당신들에 대한 애정을 가지고 있습니다. 큰 기업들도 국내외에서 마음껏 활동을 할 수 있게 모든 규제를 풀겠습니다.”

임진각 망배단을 방문해 실향민의 손을 붙잡고 말했다.

“그동안 답답하셨죠? 제가 대통령이 되면 먼저 금강산 도로와 개성 가는 길, 그리고 황해의 뱃길부터 열어 남북의 긴장을 완화하겠습니다. 이제 분단의 길을 마음껏 오고 가십시오. 경제와 문화, 교육과 과학 기술 등 민간의 문은 통일된 국가처럼 활짝 열겠습니다.”

그러나 정책 논쟁은 실종되고 색깔 논쟁만이 난무했다.

한민당의 거센 색깔론 공세는 의외의 장소에서 큰 낙수 효과를 거두었다. 통일당 내부에 균열을 가져온 것이다. 경선에서 박선화를 지지했던 자들이 대열에서 대거 이탈하기 시작했다. 그를 따르던 보수 세력마저 김문권에게 등을 돌렸다.

“거 보라구. 스캔들메이커 김문권으로는 안 된다고 했잖아. 저렇게 뒤가 구리고 흠이 많은 후보를 내느니 차라리 내가 나가는 게 낫지.”

“원래 사상이 한번 골수에 박히면 바뀌기는 얼마나 어려운지, 시어머니가 친정어머니로 바뀌는 것만큼 어려운 거야. 애당초 난 김문권이 통일당에 들어올 때부터 찜찜했다구.”

대한민국은 사상성에 매우 취약한 나라이다. 일단 빨갱이로 몰리고 나면 아무리 학처럼 고고하고 빼어난 사람이라도 바로 하수구 진창으로 처박혀 버린다. 이데올로기의 덫에 걸려 조봉암은 법살法殺당했고, 김대중은 세 번이나 죽을 고비를 넘겼다. 김문권은 건전한 중도 보수라고 생각했는데 지금 가장 왼쪽에 서 있는 자로 매도되었다.

김문권은 이승만의 건국 정신과 박정희의 경제 업적을 누구보다도 열심히 알리고 그 정신을 창조적으로 계승하려고 노력했건만 하루아침에 국민여론으로부터 버림받았다.

조중동을 비롯한 우익지들조차 일제히 김문권을 과거 종북주의로 회귀한 정치인으로 온통 벌겋게 도색을 해 놓았다. 이러한 기사를 본 국민들은 냉탕에서 온탕, 온탕에서 냉탕으로 급격하게 옮기곤 하는 김문권보다 차라리 사상적으로 안정된 문인제, 안영수 후보가 낫겠다는 생각을 했다. 문인제, 안영수의 지지율은 연일 올라 상한가를 치고 있었다. 혁신당과 연합해 후보단일화를 이룬 문인제는 이제 안영수 후보와 단일화하는 문제만 남겨두고 있었다. 둘은 후보단일화 3단 로켓을 언제 쏘느냐가 뜨거운 감자가 된 반면, 김문권 후보는 사상의 덫에 걸려 차갑게 식은 감자가 되고 말았다.

김문권은 여야를 가리지 않는 전방위적 색깔 공세를 도저히 방어해 낼 수 없었다. 베이징에서 북한의 장성택, 강석주와 만나 구체적으로 무엇을 의논했는지 밝혀라고 압력을 받았다. 뭔가 돌파구를 마련해야 했다. 김문권은 붉은 진흙탕 물에서 빠져나오는 것이 마지막 관문이라고 생각하고 기자회견을 준비했다. 그를 시대의 큰 흐름 속에서 봐 주지 않고 과거 한 부분만을 클로즈업시켜 보는 여론이 아쉬웠다.

김문권은 자청하여 기자회견장 앞에 섰다.

이번에는 아주 단호한 자세였다.

"존경하는 국민 여러분, 저는 국익을 위해 베이징에서 북한의 장성택과 강석주를 만났습니다. 그것은 과거 7·4남북공동성명을 이루기 위해 이후락과 김영주가 평양에서 만난 것과 다름없는 대통령 통치행위의 한 부분입니다. 국익을 위해 남북이 만나는 것이 무엇이 잘못된 것입니까?"

그는 목이 갑갑해 넥타이를 풀고 말했다.

"우리는 변해야 합니다. 과거의 낡은 이데올로기에 갇혀 있어서는 안 됩니다. 바다에 보리새우란 종류가 있습니다. 이 보리새우는 어릴 때는 자주 껍질을 벗는다고 합니다. 그러나 세월이 흐르면 보리새우는 빨리 껍질을 벗지 못한 채 두꺼운 껍질에 갇혀 죽고 만다고 합니다."

그는 지금까지 허물을 벗으며 성장해 온 일대기를 어린 시절부터 지금까지 간략하게 이야기했다. 허물을 벗었다고 나무라지 말고, 구시대적인 색깔 논쟁은 이것으로 그치자고 호소했다.

그는 마지막으로 간곡하게 호소했다.

"존경하는 국민 여러분, 저의 색깔이 궁금하십니까? 이 시간 여러분에게 고백하겠습니다. 저는 대한민국을 사랑하고 우리 국민을 사랑하는 색깔인 하얀 색깔입니다. 배달민족의 흰색이며, 순수한 하얀색입니다. 저를 비판하는 모든 분들, 전근대적인 비생산적인 색깔 논쟁을 버리고 정책 대결로 나와 주시기를 간곡히 부탁드립니다."

그의 진지한 성명 발표에도 불구하고 지지율은 정체되고 안티 세력들의 공격은 오히려 더 집요해졌다. 그가 쓴 책을 불태우는가 하면 그의 집 앞에 붉은 페인트로 빨갱이, 위장 취업자, 수박, 매국노 등 형언할 수 없는 욕을 낙서했다. 한번 붉은 진흙탕 늪에 빠지자 헤어나올 길이 없었다.

김문권은 벽에 칠한 낙서를 지우며 생각했다.

'중국에서는 모택동과 장개석, 대륙과 대만인 모두가 손중산을 국부로 받들며 존경한다. 우리나라는 땅이 좁고 가파른 데다 머릿속마저 콩나물대가리처럼 갈라져 있어 남에서는 나를 빨갱이라고 헐뜯고, 북에서는 극우핵무장론자라고 암살자를 내려보냈다고 한다. 좌우를 초월한 손중산이 한없이 부러울 뿐이다.'

북 - 마지막 과업

영월에서 손강영을 고씨 동굴 속 무저갱 같은 지하강에 묻은 뒤 서울로 돌아왔다.

돌아오는 버스에서 새로운 과업을 지시받았다.

'표적 김문권 대통령 후보를 제거하여, 남조선의 정치 판세를 뒤집어라.'

'표적 제거 후에는?'

'귀환하라.'

'체포되면?'

'자폭하라. 그것이 전사의 명예이다.'

'만약 표적 제거에 실패하면.'

'만약은 없다. 네 가족은 모두 죽는다.'

킬러는 사랑하는 아내와 이제는 훌쩍 큰 세 아이의 얼굴을 떠올렸다. 인공 조미료를 듬뿍 친 남조선의 음식보다 천연 재료로 정갈한 맛을 내는 아내의 요리 솜씨. 장차 프로게이머가 되기 위해 컴퓨터 게임에 미친 장남. 시, 소설, 수필을 습작하고 있는 문학도인 둘째 딸. 그리고 지금 한창 말을 배우기 시작한 귀여운 막내딸. 가족과 함께 묘향산에 놀러갔는데 어디선가 정적을 일깨우는 뻐꾸기 소리가 들렸다. 어린 막내딸이 뻐꾸기 소리를 듣고는 물었다.

"아빠, 이게 무슨 소리야?"

"뻐꾸기 소리지. 뻐꾹뻐꾹 울잖아."

"아빠, 뻐꾸기가 아니고 기꾸기야. 잘 들어봐. 기꾹기꾹 하고 울잖아."

묘향산 뻐꾸기는 기꾹기꾹 우는 듯했다. 하긴 소도 음메하고 울지 않고 움머하고 운단다. 아내가 말하길 지금 나이엔 귀에 들리는 대로 소리를 내는데 그게 더 정확한 동물 소리라는 것이다.

그는 북녘에 있는 딸아이를 생각하며 입술을 깨물었다.

"이 아빠 반드시 돌아가마. 보고 싶은 우리 기꾸기야."

최강철은 대선 후보 1호인 김문권을 추적하기 시작했다. 그는 좀 특이한 정치인이었다. 국회의원이라는 사람이 주말이면 골프 대신 택시 운전을 하러 다니고, '문둥이마을'이라는 한센촌에서 한센인들과 1박 2일을 하며 어울리고 다녔다. 4선의원에 도지사 한 번 한 정치인의 재산이 통틀어 30년 된 낡은 아파트 한 채뿐이고, 하나뿐인 딸 결혼식을 사촌 이내의 친척에게만 알리고 축의금을 일절 받지 않았다. 최강철이 죽이거나 지령 혹은 청부받은 대상들은 배신, 음모, 타락 등에 연루돼 대체로 죽을 만한 이유가 있는 사람들이었다. 김문권에 대해서는 그가 한국의 유력한 대선 후보라는 점 이외에는 죽어야만 할 마땅한 이유가 없었다. 하지만 위에서 떨어진 명령은 차질 없이 집행되어야 한다.

우리 – 정상회담

D—60

10월 대선을 두 달 앞둔 어느 날, 대한민국에 경천동지할 소식이 날아들었다.

대통령과 김정은 국방위원회 제1위원장이 서울에서 남북정상회담을 하기로 합의한 것이다.

대통령은 성명을 발표했다.

"존경하는 국민 여러분, 저는 10월 5일 남북정상회담을 위해 김정은 국방위원회 제1위원장을 서울로 초청하였습니다. 어떤 동맹도 동포보다 위일 수는 없습니다. 지난 시기의 남북관계는 대립과 갈등의 시기였다면 이제부터는 화해와 협력의 시대가 왔습니다."

평양에서도 김정은의 성명이 동시에 발표되었다.

"나는 작년 베이징 남북합의를 '장군님의 유훈'으로 받들어 남북정상회담을 할 것입니다. 과거 두 번이나 평양에서 했으니 이번에는 서울에서 합니다. 동포의 정으로 내려갈 테니 동포의 정으로 맞아 주십시오."

서울 남북정상회담 소식은 연천 포격과 핵 공갈보다 더 큰 메가톤급 뉴스였다. 김정은은 과거 도발적인 모습과는 180도로 바뀌어 부드럽고 개방적인 태도로 뉴스를 발표했다.

하지만 반대하는 측은 북한의 기만전술에 말려서는 안 되며 연천 포격을 한 김정은이 서울에 내려오면 '김정은 체포조'를 결성해야 한다는 주장까지 나왔다. 그럼에도 불구하고 대부분의 국민 여론은 김정은의 서울 방문이 지금의 남북대립 국면을 타개하고 평화통일 체제로 나아가는 중요한 계기가 될 것이라며 환영하는 입장이었다.

서울 남북정상회담은 성공적이었다. 두 정상은 남북 정상은 지금부터 중단됐던 금강산 관광을 재개하고, 남북한을 관통하는 시베리아 가스관을 놓는다는 것도 동시에 발표했다. 그리고 개성공단을 해주까지 황해도 전역으로 확대 추진하는 한편, 분쟁 지역인 황해도를 황해도 경제특구로 만들어 중국의 선전, 포동지구처럼 개발하기로 합의했다.

김정은은 남한의 발전상을 인정하고 북조선도 남조선과 손잡고 중국식 개혁·개방의 길을 걷겠다고 선언했다. 두 정상은 남북한 상호불가침 및 평화 선언을 한 뒤 철원 DMZ에서 시베리아 가스관을 함께 연결하는 기공식에 참석했다.

대통령이 말했다.

"이 차제에 우리도 중국과 대만처럼 통행, 통상, 통신을 허용하는 삼통으로 나갑시다."

김정은이 조심스레 대답했다.

"그렇게 나아가야겠지만, 그건 곧 출범할 다음 정부와 하는 게 좋을 것 같습니다."

김정일의 1박 2일 서울 방문 뒤 남북 간에 새로운 화해와 협력의 바람이 불었다. 남북정상회담을 추진한 김문권이란 인물이 새롭게 부각되면서, 김문권을 공격하던 색깔 논쟁은 자연스레 잦아지고 FTA와 길로 연결된 6개국 경제 공동체인 동북아존이 새롭게 부각되었다.

북-표적제거1

최강철은 계속해서 김문권의 꼬리를 밟았다. 그의 동선은 언론에 노출되어 있어서 찾기 쉬웠다. 그러나 최강철은 아이패드로 구운룡 수석보좌관의 컴퓨터와 연결해 그의 일정과 워딩(wording), 선거 전략 등 일거수일투족을 추적했다. 그와 같은 거물을 제거하기 위해서는 그의 호흡, 표정, 생각조차도 나의 느낌으로 가져와야 한다. 그를 총으로 저격하기 전에 그를 나의 오감으로 흡수해야 한다. 표적이 내 가슴속에서 생생하게 뛰놀아야 한다. 암살은 멘탈 게임이다. 그를 정신적으로 완전히 장악할 때만이 그를 완벽하게 저격할 수 있다.

선거일이 점점 다가오고 있다. 오늘은 서울의 한 대학 강당에서 김문권의 강연이 있었다. 남조선의 대학과 대학로는 자유라기보다 방종의 기운이 휩쓸고 있다. 하의 실종 차림으로 까치발 키스를 해대고, 폭주족들이 머플러를 뗀 오토바이를 몰고 캠퍼스를 휘젓고 달려도 군말이 없다. 북조선에선 모두 요덕수용소 감이다.

최강철은 뒷자리에 앉아 김문권의 강연을 귀담아 들었다.

"어릴 때 제 꿈은 하루 세끼 밥을 먹어 보는 것이었습니다. 20대 중반에 밥을 해결하고 난 뒤 저는 남북 통일에 대한 꿈을 꾸었습니다. 지금 통일의 지름길은 유로존처럼 남북, 미·일·러·중의 6개국 공동체인 동북아존을 만들어 자연스레 남북의 장벽을 없애 버리는 것입니다. 물론 동북아존의 허브는 한반도 통일강대국입니다."

정치적 상상력과 외교적 수사가 들어가긴 했겠지만 들을만했다.

"제가 대통령이 되면 청와대로 들어가지 않겠습니다. 청와대를 역대 대통령 역사박물관으로 바꾸고 측근들의 비리 온상이 되었던 청와대 수석실을 폐지하겠습니다. 과거는 헝그리 시대지만 지금은 앵그리 시대입니다. 국민들의 앵그리를 해결할 수 있는 청렴하고 자기희생적인 마음을 지닌 수도자적 정치인을 꿈꿉니다."

그가 지난 3개월간 치밀하게 추적하고 관찰한 바, 김문권이라면 한반도의 운명을 맡겨도 될 만한 훌륭한 정치지도자였다. 청렴과 겸손, 통합의 리더십. 정치인이 필요한 자질을 두루 겸비하고 있다. 뿐만 아니라 그는 목표를 향한 강인한 집착력이 있어, 이대로 두면 남조선 대통령이 될 것이고, 대통령이 되면 통일강대국으로 가리라는 생각까지 해 본다. 최강철은 언젠가 장성택으로부터 은밀하게 받은 중국 H 호텔의 필름을 남조선 방송에 건네기도 했다. 그 필름으로 김문권은 불륜 스캔들을 벗어날 수 있었다.

그러나 이제 김문권과 이마 정면으로 맞닥뜨려야 한다.

'임무는 임무다. 이순신 장군이 23전 23승이라고 했나? 나는 지금까지 38샷 38킬을 했다. 이번에도 예외는 없다.'

남 - 테 러

D―20

안영수 후보에 대한 젊은이들의 열광은 16대 대선 때 노무현 후보보다 더했다. 노무현 때는 컴퓨터에 앉아서 인터넷 토론방으로 지지했지만, 안영수는 휴대폰, 컴퓨터, 아이패드 등 단말기를 가리지 않고 트위터와 페이스북, 카카오톡 등 SNS으로 무차별 소통을 하고 있다. 그동안 한민당은 안 교수에게 끊임없이 연대 제의를 했다.

첫째 한민당 국회의원으로 출마해 당내 경선으로 하자.

이것은 지난번 총선 출마 거부로 무산되었다.

둘째 한민당으로 들어와 당내 경선으로 하자.

실질적으로 한민당의 당내 기반이 전무한 안영수 후보는 이것을 받아들일 리 없었다.

결국 마지막 남은 한 가지 방법은 작년 서울시장 후보 경선처럼 여론조사로 후보를 단일화하는 방법뿐이었다. 한민당 후보 문인제는 진보 정당인 혁신당과 연합하여 후보단일화에 성공해 2단계 로켓을 쏘아 올렸지만 마지막 안영수 후보와 단일화에서 머뭇거리지 않을 수 없었다. 여론조사로 단일화하면 지지율이 앞서는 안 후보가 대통령 후보가 될 것은 불을 보듯 뻔한 일이다. 그렇게 되면 한민당은 사실상 공당으로서의 기능을 상실하게 된다. 선거하기 위해 만든 거대 야당이 선거에서 가장 중요한 서울시장과 대통령에 후보를 못 내는 운명이 된 것이다. 갤럽과 SNS의 등장으로 한민당은 외부 시민 후보가 서울시장 후보와 대통령 후보를 내는 뻐꾸기 둥지당이 되는 기막힌 꼴이 될 판이었다. 신사인 문인제 후보는 국민의 뜻에 따라 안영수 교수와 후보를 단일화하겠다는 의사를 밝혔지만 소속 국회의원과 당원들의 극렬한 반대로 번복되었다. 그들은 서울시장 선거 때처럼 안 교수가 문 후보의 손을 들어 주길 마지막까지 기다리자고 주장했다.

안 교수는 이에 대해 특유의 모호한 어법으로 대응했다.

"융합은 지우개 달린 연필처럼 단순한 것에서 시작됐습니다. 그러나 지금은 융합의 핵심인 컴퓨터와 인터넷, 반도체 없이 어느 제품, 어느 산업도 설 수 없게 되었습니다. 저는 가능한 같은 쪽보다 반대쪽과 손을 잡고 싶습니다. 동종교배보다 이종교배에서 더 좋은 창조적 결과물이 나오기 때문입니다."

경우에 따라서는 통일당의 김문권, 국민당의 장대필 후보와도 손잡을 수 있음을 암시하는 말이었다.

그는 안보에서는 보수, 경제에서는 진보를 표방하기 때문에 한민당, 통일당, 국민당 어디와도 통합이 가능했다. 국민당 장대필 후보가 그에게 손을 내밀었다.

"한민당이 배부른 흥정을 하면 저희 당과 후보를 단일화합시다. 충청도를 기반으로 하는 국민당도 집권하는 정치 지형의 변화야말로 안영수 후보가 바라는 바 아닙니까?"

장대필이 안 교수에게 염치없이 손을 내민 것은 대선 승리 후에 대통령—총리의 구상이 가능했기 때문이다.

안영수는 한번은 이렇게 말했다.

"만약 저가 대통령에 당선된다면 야당까지도 융합할 것입니다. 저는 저에게 반대하는 야당 인사에게도 국가 경영에 필요한 인재라면 언제든지 등용하겠습니다. 그렇게 할 때 우리나라는 더 큰 창조적 에너지를 얻게 됩니다."

현실 정치에 어두운 말일 수도 있었지만 젊은이들은 이런 말에 열광했다. 노무현 때는 젊은이들이 돼지저금통을 뜯었지만 지금은 사이버머니를 털어 안영수 펀드를 후원하고 있었다.

현재의 구도에서 통일당 김문권, 한민당 문인제, 국민당 장대필 세 명 중에 안영수 교수와 손잡는 후보는 무조건 당선된다는 것은 명약관화한 일이었다. 아니, 그가 단독 출마를 하더라도 해 볼 만한 판이 되었다.

한민당 문인제 후보와 후보단일화를 '한다', '안 한다'고 엎치락뒤치락하며 논란을 벌이고 있던 때였다. 안영수 교수가 지방대 순회 강연을 마치고 귀가하던 중 집 앞에서 검은 그림자가 그를 덮쳤다. 그는 외마디 비명을 지르고 쓰러졌다. 검은 그림자는 외등이 나간 어두운 골목에 숨어 있다가 번개처럼 튀어나와 안 교수의 허리를 회칼로 찌르고 달아난 것이다. 안 교수는 119에 신고해 응급조치를 받아 생명에는 이상이 없었다. 범행 현장 근처에서 칼을 소지한 채 배회하다 체포된 범인은 편집증 정신질환자로 밝혀졌다. 하지만 범인이 현재 한민당 당원으로 후보단일화 반대 활동 중에 있는 자로 드러나 큰 충격을 주었다. 언론은 단독 범행이 아니라 배후에 몸통이 따로 있다는 주장을 펴고 있었다. 다행히 주요 부위를 피한 데다 상처가 깊지 않아 안 교수는 일주일 만에 퇴원했다. 병원에서 퇴원하는 날 기자들이 몰려 인터뷰를 요청했다.

"범인의 배후에 누군가 있다고 생각합니까?"

"경찰의 수사로 밝혀지겠지만 저는 그렇게 생각하지는 않습니다."

"한민당과 후보단일화 노력은 계속할 것입니까?"

"생각을 좀 해 봐야겠어요."

"이제 선거일이 불과 스무날도 남지 않았는데요."

"그 정도면 많지 않습니까?"

"만약 후보단일화가 되지 않는다면 단독으로 출마할 겁니까?"

"그건 생각해 보지 않았습니다."

"그럼, 서울시장 때처럼 어느 후보를 지지라도 할 것입니까?"

"갓 퇴원해서 좀 힘들군요. 이제 그만합시다."

테러를 당한 뒤 그는 정치에 염증을 느낀 듯 '구름은 무상하고 정치는

덧없다'라는 선문답을 남긴 뒤 미국으로 떠났다.

북 - 감자탕

최강철은 어제 마신 술을 해장하기 위해 감자탕이나 한 그릇 할까 하고 상계동 감자탕집으로 들어갔다. 남조선이 좋은 이유가 다양한 음식을 마음껏 골라먹을 수 있다는 점이다. 겨울에도 쑥, 냉이, 수박, 참외를 먹을 수 있는가 하면 여름에도 황태탕, 청어과메기, 동지팥죽을 먹을 수 있다. 술도 막걸리로부터 위스키에 이르기까지 지천으로 널려 있다. 어제는 쌀, 통밀, 인삼, 구기자를 발효시켜 청명 날 빚어냈다는 충청도 전통주 청명주를 마셨는데 뒷골이 좀 당겼다. 숙취에는 돼지등뼈를 우려낸 뼈다귀 감자탕 한 그릇이면 그만이었다. 그런데 그가 들어간 집은 감자탕집이 아니라 허름한 교회였다.

'광염교회? 간판은 분명 감자탕집이었는데……. 교회라는 게 간판도 제대로 달지 않고.'

그는 남조선 대형 교회에 몇 번 가 본 뒤 실망해 다시는 교회로 발길을 돌리지 않았다. 희생과 봉사는 없고, 목사의 우상화와 천박한 세속주의 설교, 헌금 강요 등 중세 기독교 말기의 썩고 더러운 냄새만 물씬 풍겼다. 인터넷을 잠시만 검색해 봐도 대형 교회 목사들의 부정과 비리가 산더미처럼 쏟아져 나오지 않은가. 헌금 횡령, 여신도 간통 강간, 교회 세습, 불법 건축 등. 이런 타락한 교회들과 연결되었다고 처형당한 아버지를 비롯한 북조선 지하 교회 신자들이 참으로 멍청하고 불쌍했다.

번지수를 잘못 찾은 그가 나가려고 하니까 비좁은 곳으로 예배 보러 사람들이 우르르 몰려들어와 하는 수 없이 자리에 앉았다.

'미친놈들, 또 무슨 염병 지랄 댄스를 하려고 이리 많이 몰려드는가.'

머리가 허연 목사가 강단에 서서 차분한 음성으로 말씀을 전했다.

"예수님은 '보이는 건물'이 아니라 '보이지 않는 영적 교회'를 세웠습니다. 그런데 오늘날 목사들은 헌금을 강요해 땅을 사고 건물부터 올리고 봅니다. 가난한 자들의 헌금으로 고급차를 타고 고급 레스토랑에 출입합니다. 집도 절도 없이 사셨던 예수님이 뭐라고 하실까요? '성전을 헐어 버려라. 내가 다시 신령한 것으로 짓겠다.'"

그는 기존 대형 교회 목사들이 하는 설교와 판이한 말씀을 들으며 신선한 충격을 받았다. 그는 아이패드로 광염교회를 검색해 보았다.

'광염교회. 오천 명 교인에 자기 건물이 없이 전세살이 하는 일명 '감자탕 교회'이다. 담임목사의 월급은 한 달 백만 원이고, 교회 재정은 투명하게 공개되어 전액 구제와 선교를 위해 쓰고 있다. 신도들은 기쁨으로 봉사하며, 교회의 이름 광염光鹽처럼 세상의 빛과 소금이 되기 위해 각종 봉사 프로그램을 실천하고 있는 교회이다.'

음, 남조선에는 썩은 교회뿐만 아니라 이런 아름다운 교회도 있구만.

그는 요즘 들어 계속된 킬러의 삶이 왠지 시들해지고 심지어 우울하기까지 했다. 사람을 죽여도 흥분이 되거나 신명이 나질 않았다. 사람을 죽이는 일이 파리나 모기를 죽이는 것처럼 무료했다.

최강철은 사람의 목숨에 대해 단순하게 정리했다.

'세상에서 가장 귀한 생명은 내 가족이다. 죽어도 좋은 천한 생명들은 살인 청부받은 목숨이다. 이 세상에서 가장 천한 생명은 바로 내 목숨이다.'

그가 스스로 가장 천한 목숨이라고 여기는 까닭은 아버지를 죽인 대가로 요덕수용소에서 나왔기 때문이었다.

아버지는 자신을 무릎에 앉히고 별주부전을 들려주고 말했다.

"강철아, 이처럼 죽음의 땅에서 벗어나려면 토끼의 지혜가 필요하단다. 하지만 별주부전에 나오는 그런 멍청한 용왕은 이 땅에 존재하지 않는다. 의심 많고 포악한 용왕은 붙잡아 온 토끼에게 이렇게 말했다지.

'그래, 지금 네 몸 안에 간이 없다구? 그런 씨알도 먹히지 않는 소리는 하지도 마. 여봐라, 잔꾀를 부리는 이놈의 배를 당장 갈라 간을 꺼내라. 간이 없으면 토끼고기라도 먹어 볼란다.'

아버지는 자신의 손을 잡고 간곡하게 이야기했다.

"강철아, 여기서는 죽지 않고는 평생 못 나가. 나를 토끼의 간으로 생각해야 돼. 이제 이 애비는 살날이 얼마 남지 않았다. 네가 나를 고발해서 죽이고 나가라. 그것이 이 애비의 마지막 소원이다."

아무리 그렇더라도 아버지를 고발해 죽이는 살부 영웅은 되지 말아야 했다. 하지만 그는 아버지를 고발했고, 그 대가로 지금까지 가장 천박한 생명을 유지하며 살아가고 있다.

광염교회 목사는 설교하고 있었다.

"세상은 생명을 차별합니다. 선택적으로 사랑합니다. 예수님은 어떤 생명이라도 차별 없이 사랑하십니다. 거지 나사로도, 사람을 죽인 강도

도, 벌레 같은 인생에게도 이렇게 말씀하십니다. '내가 오늘 너와 함께 낙원에 있겠다.'"

광염교회 목사의 설교는 지금까지 들었던 목사의 설교와는 달리 장의자에 앉아 참고 들을 만했다. 그는 나와 교회의 간판을 보면서 일요일 아침에는 이곳에서 감자탕이나 먹어 볼까 하는 생각을 했다.

남-몽타주

D-10

구운룡 수석보좌관이 심각한 얼굴로 김문권에게 물었다.

"후보님은 혹시 최강철이라는 사람을 아십니까?"

"최강철? 잘 기억이 나지 않는데……. 왜?"

"방금 국가정보부에서 연락이 왔습니다. 최강철이라는 사람이 김문권 후보를 암살하려고 한다는 신고가 접수되었답니다. 경호원을 더 붙이겠다는데 어떻게 하겠습니까?"

"그런 일은 과거에도 몇 번 있었지 않았나. 지금 경호원들과 움직이는 것도 힘든데 이중 삼중으로 경호를 한다?"

"그래도 조심해야 합니다. 북에서 후보님을 타깃으로 삼은 게 분명해 보입니다. 정보부에서는 최강철이 탈북자로 위장 귀순한 공작원일 가능

성이 높다고 합니다. 제가 정보부로부터 받은 몽타주를 하나 보여드리
겠습니다. 혹시 본 적이 있는지 확인해 봐주십시오.”

잠시 뒤에 컴퓨터 화면에 그림 몽타주가 올라왔다.

김문권은 마우스로 그림을 확대시켜 찬찬히 들여다보았다.

왠지 등골에서부터 소름이 죽 돋는 게 탈북동지회 행사장 어디선가
본 듯한 얼굴이었다. 몽타주는 어둡고 흐리긴 했지만 매서운 매눈에 매
가 날개를 펼친 듯한 눈썹. 오똑한 코와 일매진 입과 다부진 턱. 찔러도
피 한 방울 나오지 않을 것 같은 탄탄한 피부가 훈련을 통해 단련된 전형
적인 전사형 킬러의 모습이었다.

김문권은 비과학적이긴 하지만 기가 맞는 사람이 있고, 기가 맞지 않
는 사람이 있었다.

그런데 최강철의 사진을 보는 순간 기가 싸했다. 뭔가 오싹하고 서늘
하며 섬뜩한 느낌이 들었다. 그러나 자신을 반성했다. 탈북자들의 삶이
얼마나 힘들었으면 아직도 이런 차가운 기운을 안고 살아가겠나 하는
생각이 들었다.

사실 이런 기는 구운룡 수석보좌관에게도 느껴진다.

젊은 시절 함께 노동운동과 옥중 생활, 노동민중당을 하면서 어려운
길을 같이 걸어온 동지이다. 특히 그가 통일당에 입당할 때 변절이라고
모두들 반대했지만 그만은 묵묵히 따라오던 그의 든든한 지지자였다.
그런 구운룡과 기가 잘 통할 것 같지만 사실은 반대이다. 자신은 감정이
풍부하고 따뜻하고 실수가 많은 편인데 비서실장은 감정에 동요가 없
고 찬피동물처럼 매우 냉철하다. 그렇기 때문에 업무를 잘 보고 지금까
지 큰 실수 한 번 없이 자신을 잘 보좌해 왔다. 더욱이 금전 관계에 있어

서는 누구보다도 깨끗한 점이 가장 마음에 든다. 청탁을 하는 사람들은 자신에게는 힘드니까 보좌관과 비서에게 로비를 했다. 그러나 구운룡은 한 번도 금전 문제로 구설수에 오른 적이 없었다. 그런 점에서 구운룡은 오히려 자기보다 더 청렴한 사람이 아닌가 하는 생각이 들 정도였다. 그 렇다면 기란 근거 없는 주관적 느낌인가?

김문권이 말했다.

"내가 탈북동지회 행사장에서 한 번은 본 듯한 얼굴이야."

몽타주를 보면서 순전히 느낌에 불과하지만 무명의 지지자라면서 '곧 후보님의 누명을 벗겨 줄 자료가 나올 것 같아 연락드립니다.'는 중 저음 목소리의 주인공이 이 녀석이 아닌가 생각이 되었다. 그렇다면 나 를 지지하는 자와 나를 죽이려는 킬러가 동일인물이라는 모순에 빠지게 된다. 아무래도 근거 없는 느낌에 불과하다.

"그래요? 조심하셔야 합니다. 놈은 일당백이 아니라 일당 백육십만의 전사입니다."

"그게 무슨 말인가?"

"국가정보부에 따르면 이 자는 1996년 강릉 잠수함 공비침투 사건에 서 살아나 유일하게 북쪽으로 도주한 자라고 합니다. 이 몽타주는 당시 생포된 자가 그린 그림입니다. 그때 이놈을 잡기 위해 동원된 대한민국 군대 숫자가 백육십만이라는 거지요. 그리고 몇 년 전 손강영이라는 북 한 고위급 망명자가 암살되지 않았습니까?"

"영월의 고씨 동굴 안에서 당했지."

"이 사진을 보십시오."

비서실장은 컴퓨터에 희미한 사진 하나를 다시 띄웠다.

"손강영 씨를 암살하기 전 고씨 동굴 안에서 찍힌 사진입니다. 안전모를 눌러쓴 데다 흐릿하긴 하지만 몽타주와 아주 비슷하지 않습니까?"

"동일인물이 분명해."

"지금 이 자가 북에서 남파되어 후보님의 주변을 서성거리면서 목숨을 노리고 있는 듯합니다. 이미 그는 납치 살인 폭파 모든 일에 관계되어 국제적으로 수배되어 있는 인물이기도 합니다."

"왜 내 목숨을 노리는 거지?"

"핵무장론과 통일강대국의 주장, 북의 김 부자손父子孫 세습과 북한 인권 유린에 대한 비판 때문이겠죠. 북의 김정은은 이런 주장을 펼치는 후보님과 상대하고 싶지는 않을 것입니다."

"음, 젊은 지도자가 최악의 방법인 테러를 택하다니 어리석군."

"경찰에서 경호를 강화하겠답니다."

"알겠네."

김문권은 북이 자신의 목숨을 노리는 것까지 미처 생각하지 못했다. 김정은은 약과 독을 동시에 주려는 것인가? 그동안 금전 스캔들, 불륜 스캔들, 사상 스캔들을 일으킨 배후에 대해 나름대로 분석해 봤다. 금전 스캔들이 터질 때 경쟁 후보 중 한명이라고 생각했다. 그러나 베이징 불륜스캔들이 터질 때는 배후가 북한으로 생각했다. 알고 있는 쪽이 그쪽 밖에 없으니까. 그러나 마지막 사상 스캔들이 일어나자 이 모든 것을 기획할 정도라면 북한보다는 중국과 미국까지도 포함한 어떤 거대한 세력이 아닐까 생각이 되었다. 왜 갑자기 중국 외교부부부장 왕뚱의 동그란 안경알이 떠오르는지 모를 일이었다.

그들 – WHQ

D—20

베이징 조어대 국빈관.

8차 6자회담이 끝났다. 1년 만에 다시 만났다는 것 이외에는 아무런 의미도 없었다.

한국 대표와 북한 대표는 이제 농담과 선문답만 나누다 헤어졌다.

북한 대표도 심심한지 간혹 엉뚱한 발언을 했다.

"우리 핵 연료봉 많으니 돈 많은 남조선이 좀 사주기요."

핵 연료봉에는 플루토늄이 들어있어 재처리를 하면 핵무기를 만들 수 있는 것이다.

"우리가 사면, 기존의 핵무기도 폐기합니까?"

"아니 기존의 것은 묻지 마시라요. 우리가 더 이상 안 만드는 것만 해도 얼마나 좋습네까?

6자회담은 미, 일, 한이 밀어붙이는 불도저와 중,러,조가 밀어붙이는 롤러차가 서로 머리를 맞대고 팽팽하게 맞서는 형국이었다. 미일한 삼각동맹과 중러조 삼각동맹이 6자회담처럼 극적으로 부딪치는 장면은 보기 힘들 것이다. 양측의 대립된 의견은 한 번도 수렴되어 본 적이 없다. 항상 현상 유지였다. 다만 하나 변한 게 있다면 북한은 자신들의 헌법에 핵 보유국이라고 당당하게 명시했다는 점이다.

조어대에 모인 세계 최고의 외교군사전략가들은 또 한 번 무의미한

회담에 엄청난 돈과 시간과 에너지를 낭비한 것에 허탈한 표정이었다.

혹시나 하면서 먼 나라에서 날아온 기자들은 역시나 하며 철수했다.

매년 열리는 6자회담은 한국과 일본의 핵무장을 경계하고, 전 세계에서 핵무장의 야욕을 갖고 있는 나라들에게 경고를 주는 정도에서 그 의의를 찾고 있었다.

사실 그들에겐 6자회담은 형식적이었다. 6자회담이 북한의 핵무기를 폐기하고 한반도의 평화를 가져올 것이라 믿는 대표는 한 명도 없었다.

심지어 미국 대표까지 이런 말을 했다.

"내가 김정은이라도 WMD와 핵무기를 폐기하지 않겠습니다. 후세인은 WMD를 폐기한 뒤 제거당했고, 카다피는 핵무기를 폐기한 뒤 NATO의 공격을 받아 죽었는데, 김정은이 바보가 아닌 이상, 아버지 대부터 어렵게 개발한 핵무기를 폐기하겠습니까?"

한국과 북한 대표가 등을 돌린 채 가버림으로써 8번째의 6자회담도 무위로 끝났다.

조어대 국빈관에서 6자회담이 끝난 뒤 국빈관 아래 밀실인 1호 청사에서는 새로운 6자회담이 시작되었다. 남한과 북한의 두 대표 대신 베이징에 있는 주중 영국대사와 프랑스대사가 참석했다. 본격적인 WHQ(World Headquarters, 세계사령부) 회의가 시작되었다. 그들은 세계 사령부라기 보다 2차대전 전승국 사령부라고 부르기를 더 좋아한다.

미, 중, 러, 영, 프, 일 여섯 대표가 모여 진정한 6자회담이 시작된 것이다. 단 발언권만 있고 실제 결정권이 없는 일본은 옵저버 자격으로 참여해 빙충맞은 신세였다. 일본을 제외한 다섯 나라는 모두 유엔안전보장이사회 상임이사국(UNSC) 국가이자 2차 세계대전의 전승국이다.

WHQ 의장국은 미국이었다.

미국 대표 힐튼이 마오타이주를 비운 뒤 말했다.

"비공식적인 우리 모임이 한결 낫군. 그렇지 않습니까?"

"그래요. 편하게 넥타이들 풀고 한잔하면서 이야기합시다."

중국 대표 왕뚱이 맞장구를 쳤다.

러시아 대표 말렌코프가 말했다.

"우리 여섯 나라가 세계 평화를 지켜 내지 않습니까?"

"물론입죠. 지구방위대 아닙니까?"

일본 대표 다나카가 맞장구를 치며 끼어들었다.

"뭐, 지구방위대라고 말할 것까지 없고. 자, 먼저 지난번 사안들에 대해 점검해 봅시다. 지난번 오사마 빈 라덴 건과 카다피 건은 계획대로 잘 처리되었습니다. 후세인처럼 골치 아프게 국제사법재판소에 넘길 것 없이 바로 즉결 처분해 버린 것이 좋았습니다. 이번 일에 협조해 준 여러 나라 대표들에게 감사드립니다."

미국 대표 힐튼은 지금의 세계의 현안 4가지 중 3개를 WHQ의 동의를 받아 통과시켰다.

1. 저항하는 시민과 반대파를 도살한 시리아의 아사드를 잡아서 즉결 처분할 것.

2. 해적 소탕에 미진한 소말리아의 현 정권을 전복하고 새 정부에 수에즈만의 안전한 항해를 보장할 것.

3. 이란의 핵무기 제조 시설에 대한 이스라엘의 폭격을 허용할 것.

"자, 그러면 마지막으로 김문권 후보 제거 작업에 대해 말씀을 나눠 보겠습니다. 왕뚱 대표가 한국의 김문권 후보를 만났다지요?"

왕뚱이 대답했다.

"예, 이 자리에서 만났습니다. 만난 결과, 현 동북아의 안정적 분단 체제를 흔들 만한 위험한 인물이라고 판단했습니다. 한반도의 통일과 핵무장론, 한반도를 둘러싼 6개국 경제 공동체인 동북아존의 결성을 주장하면서 우리와 같은 WHQ의 일원이 되려고 하는 자입니다."

러시아 대표 말렌코프가 말했다.

"그래서 죽이지는 말고 정치적 생명을 제거하도록 지난 번 회의에서 결의했잖소."

"그동안 유능한 공작조를 투입해 뇌물과 불륜 스캔들을 일으켜 제거하려고 시도했지만 그때마다 오뚝이처럼 살아나곤 했습니다. 마지막으로 이데올로기 덫에 빠뜨렸는데도 특유의 강인한 정치적 생명력으로 빠져나왔습니다."

"음, 김문권 후보의 당선 가능성은 어떻습니까?"

"매우 높습니다. 정치 초년병인 야권의 두 후보가 현재까지 후보단일화를 하지 못하고 있습니다. 여당의 정보기관이 공작을 하는데다 테러까지 발생해, 지금 상태로는 단일화를 하더라도 패배한 후보는 상처를 받고 과거 정동준처럼 지지를 철회할 것 같습니다."

힐튼이 왕뚱에게 물었다.

"꼭 김문권을 제거해야만 합니까?"

"그렇습니다. 우선 한반도가 핵무장을 하게 되면 WHQ는 더 이상 한반도를 통제할 수 없게 됩니다. 김문권이 대통령이 되면 유럽의 유로존처럼 국경을 넘어 모든 분야에서 실질적 통일 상태를 만들겠다고 하고 있습니다. 서울을 다녀온 김정은은 동북아존에 찬성하고 차기 대통령과 모든 장벽을 제거하는 데 합의할 것이라고 말하고 있습니다. 이런 한반도의 움직임은 현재 안정된 동북아 분단 체제를 흔드는 매우 중대한 반역 행위입니다."

중국 대표 왕뚱의 말에 모두들 고개를 끄덕였다.

WHQ의 입장에선 김문권이 정치·군사적으로 균형을 이루고 있는 동북아 분단 체제를 핵 주권과 동북아존이라는 두 무기를 들고 나와 깨고 있으니 골치 아프지 않을 수 없었다.

"그동안 우리는 호랑이를 풀어 놓을까 여우를 풀어 놓을까 고민하다 여우를 풀어 김문권의 정치적 생명을 제거하려고 했습니다. 하지만 이젠 호랑이를 풀 시점입니다."

다나카가 다시 끼어들었다.

"맞습니다. 만약 김문권이 대권을 잡게 되면 한반도는 핵무장을 함과 동시에 실질적 통일을 이루게 될 것입니다. 이것은 'Divide and Rule!'을 통해 한반도를 안전하게 관리하려는 우리 WHQ와 정면으로 배치되는 상황이 됩니다."

중국의 왕뚱이 정리했다.

"중국과 북한은 순망치한脣亡齒寒의 관계로 남아 있고, 일본과 한국은 일의대수一衣帶水의 관계로 남아 있는 현재의 구도가 가장 안정적입니다."

힐튼이 다시 질문을 했다.

"그러면 김문권을 어떻게 하겠소?"

그러자 각국의 대표들이 서로 앞다투어 말하며 하나의 일관된 방안을 내놓았다.

"아무래도 화근을 미리 제거하는 것이 현행 동북아 분단 체제 유지에 좋을 듯합니다."

"일전에 오사마 빈 라덴 제거 작전에 투입한 암호명 포스원이 있잖습니까?"

"아, 세계 최고의 킬러라고 했던가요?"

"죽은 김정일이 자랑하던 '초이'라는 조선의 전사 말입니까?"

"그렇소. 우리가 김정일을 설득해 잠시 고용한 적이 있었죠. 그 자가 아프간에 뛰어들어 결국 오사마 빈 라덴의 꼬리를 잡았죠."

"그 자가 좋겠어요. 확실한 자를 보내야죠. 만에 하나 실패하더라도 북조선의 책임이니까, 우린 아무런 상관이 없잖소."

"우리 모두 꼬리 자르기엔 고수들 아닙니까? 하하하."

WHQ 대표들은 마오타이주에 점점 취해 들어갔다.

유엔안전보장이사회 상임이사국인 이들 5개국 트러스트로 구성된 WHQ의 권한은 다음 다섯 가지로 집약된다.

첫째 이들 5개국 트러스트는 2차 세계대전 전승국이다. 5개국은 2차 대전 이후 지금까지도 군사적 초강대국으로 국제분쟁에 군사적으로 개입하며 67년간 전승국의 독점적 지위를 누리고 있다.

둘째 이들 각 나라의 경제력은 세계 10위 안에 들며, 5개국 GDP의 합은 세계 부의 절반 이상을 차지하고 있다. WTO(세계무역기구)와 IMF(국제통화기금) 양대 국제경제기구를 장악하고 있는 경제 초강대국이다.

셋째 이것은 매우 중요한 점인데, 그들만이 핵무기를 소유하고 있다는 점이다. 단순히 소유하고 있는 것이 아니라 배타적으로 독점하고 있다. 다른 나라들이 핵을 가지려는 순간 IAEA(국제원자력기구)를 통해 제지하고, 핵보유가 의심스러우면 사찰한다. 그래도 안 될 경우, 직접 무력을 동원해 핵시설을 파괴한다.

네 번째 이들 안보리 상임이사국은 UN에서 비토(veto, 거부권)권을 축으로 해서 세계의 주요 정책을 입안하고 집행한다. 이들은 안보리 결의안을 통해 세계의 정치, 경제, 군사, 문화, 스포츠까지 모두 관장한다. 총회 결의안과는 달리 안보리 결의안은 군사개입과 경제제재 등 구속력이 있다.

마지막 다섯 번째 2차 세계대전 이후 그들의 정책적 결정을 보다 신속하고 효율적으로 수립하기 위해 WHQ란 비밀기구를 설립해 지금까지 집행하고 있다. 이들이 세계최고의사결정기구인 WHQ를 공개하지 못하는 이유는 권력에서 소외된 나머지 국가들의 반발감을 줄이기 위해서였다.

2차 세계대전 전승국들은 그동안 1,800여 건의 유엔안보리 결의사항을 통해 지금까지 국제사회의 모든 영역에 간섭하고 영향을 미쳐왔다. WHQ의 정책 결정이 나쁘다는 것이 아니다. 2차 세계대전 이후 세계평화를 위해 균형 있고, 올바른 결정을 많이 내려 지금처럼 세계 질서를 유지했다. 그러나 이들 5개국만이 안보리 상임이사국이라는 지위를 이용해 세계의 정책 결정을 독점하며 세계를 지배하고 있다는 점이 문제인 것이다. 전승국의 독점에 맞서 비동맹운동, 남남협력, 제3 세계블럭 등의 모임이 있었지만 모두 와해되면서 오히려 그들의 지위는 더욱 공고

해졌다. 특히 동북아에서 2차 대전 후 한국의 분단을 만든 WHQ가 힘의 균형에 의한 동북아 분단 체제를 유지하는 한 한반도는 비극적인 영구 분단국으로 갈 수밖에 없는 상황인 것이다.

에필로그 D-1. 2012.12.18 서울

광화문 앞 S 산업빌딩 25층 2504호 회장실.

에스프레소 진한 커피향이 향기롭다.

늙은 회장은 뒤로 목이 꺾인 채 회전의자에 잠들어 있다. 젊고 아리따운 비서는 회장의 무릎 사이에 얼굴을 파묻고 있다. 두 사람의 모습은 환희, 혹은 절정을 주제로 한 남녀조각상 같다. 화분에 심어진 푸른 잎사귀의 행복나무 한 그루가 불륜 중에 이승을 하직한 둘의 행복한 죽음을 지켜보고 있었다.

킬러는 방금 해치운 두 시체를 향해 잠깐 일별함으로써 죽은 자에 대한 의식을 치렀다.

정대운 회장에게 이름 삼행시의 묘비명을 세웠다.

에필로그

정말 미안하다. 넌,

대상이 아니었는데,

운이 나빴다 생각해라.

이름 모를 무명의 여비서에게도 삼행시 묘비명을 세웠다.

무리하게 붙었다가

명을 재촉했구나.

녀석의 저승길 동무가 되려무나.

그는 사람을 죽일 때마다 망자의 이름으로 짤막하게 삼행시를 지어 조의를 표했다.

지금까지 몇 개의 묘비명을 세워 주었을까? 기억이 잘 나지 않는다. 마흔 개쯤 될까? 이런 부차적 인생들 말고 최고의 목표물들로만.

죽은 자에 대한 의식을 끝내고 전기드릴로 원목 테이블에 구멍을 뚫었다.

드륵드르륵 들들들들들

뚫은 구멍에 삼각대를 끼워 고정시킨 뒤 삼각대 위에 저격용 소총인 AS50을 장착했다.

AS50소총은 장탄된 5발을 1초 안에 비울 수 있는 반자동 대물 저격용 소총이다. 유효사거리는 2,000m. 직경 5cm의 탄약은 장갑차에 구멍을 뚫을 수 있을 만큼 강력하다. 고성능에 비해 무게는 가벼워 낚시 도구처럼 접어서 메고 다닐 수 있다.

킬러는 긴 총열을 따라 창밖을 바라보았다.

조선왕조의 중심 경복궁은 언제 보아도 장관이다. 멀리 북악산이 봉황의 깃을 벌려 경복궁을 품고 있고 광화문을 열어 내어놓은 광장에는 황금 옷을 입은 세종대왕이 오늘도 부지런히 책을 읽고 있다. 킬러는 매의 눈으로 광화문 광장을 둘러싼 건물들을 천천히 스캔한다. 정부청사와 미대사관, 세종문화회관, 올레 KT빌딩, 교보생명 건물을 찬찬히 바라본 뒤, 링 위에 막 오른 타이슨처럼 고개를 좌우로 꺾었다. 목뼈에서 우두둑 소리가 났다.

킬러는 S 산업빌딩에서 내려와 횡단보도를 가로질러 C 신문사 맞은편. 올레 KT빌딩 1층 셀프 커피숍으로 들어갔다. 남조선 커피숍은 언제 들어와도 편안하고 고급스럽다. 은은한 조명과 기분 좋은 음악, 아기자기한 장식들이 눈요기가 될 만하다. 벽에 수경 재배하는 파릇한 대나무 죽순이 생기를 준다.

그는 에스프레스를 시켜 놓고 벽을 등지고 앉아 아이패드형 원격조정장치(RCE)를 켰다. 모니터에는 대물저격용 소총 AS50에 장착된 카메라 눈이 떴다. 그는 마우스를 드래그해 망원렌즈를 당겼다.

스코프의 눈금 안으로 벽보에 인쇄된 대선 후보의 얼굴들이 클로즈업 되었다.

기호 1번 김문권(통일당) 43%

기호 2번 문인제(한민당) 40%

기호 3번 장대필(국민당) 5%

기호 4번 박성불(대불당) 0.1%

에필로그

기호 5번 강허영(경제당) 1%

기호 6번 정세동(애국당) 0.1%

뒤의 수치는 머릿속에 입력된 가장 최근의 지지율이다. 킬러는 망원 렌즈를 선거 벽보에서 광화문 유세장 쪽으로 옮겼다. 기호 1번 김문권이 선거용 홍보 트럭에서 내렸기 때문이다. 그가 손을 흔들며 연단으로 올라가자 군중들이 '김문권! 대통령!'을 연호했다.

1위 김문권과 2위 문인제는 불과 3% 차이로 신뢰도 ±5%로 잡으면 오차 범위 내에 박빙의 차이로 김문권이 우세했다.

'지금까지 당신은 억세게 운이 좋았다. 총 한 방을 맞기 전까지 말이야. 인생도 국가도 한 방이다. 한 방에 당신의 머리통도 지지율도, 대권도 모두 날아간다. 대한민국의 운명은 내가 수납한다.'

킬러는 스코프의 눈금을 한 클릭 올려 표적의 가슴에서 이마를 겨냥했다. 표적은 주먹을 흔들며 열변을 토하고 있었다. 군중들의 박수소리가 들렸다.

'오늘 하루에 세 명을 저승으로 보내는군. 네 이름으로 삼행시를 지어주마.'

그는 스코프를 당겨 그의 얼굴을 확대했다.

표적이 만면에 함박웃음을 머금으며 손을 흔든다. 이 순간이 느리지도 빠르지도 않는 최적의 타이밍이다.

망원렌즈를 당겨 이마에 찍힌 붉은 탄착점을 최대한 클로즈업시켰다.

하나 둘 셋.

그는 비서실장의 구운룡의 머리를 향해 스코프를 조정했다.

코드넘버 4519.

김경만 함장이 숨을 거두기 전 말한 마지막 비밀이었다.

"남조선에서 자네의 움직임을 감시하는 자는 코드넘버 4519이네. 그 자를 통해 공화국에 모든 게 보고되지."

"그 자가 누구입니까?"

"환경운동가 구운룡이라는 자야. 항상 조심해."

최강철은 코드넘버 4519가 옷장 키 번호인 줄 알았지 남조선에서 자신을 감시하는 사람인 줄 몰랐다. 그것도 유력한 대통령 후보 김문권의 비서실장 구운룡이 코드넘버 4519라니. '정간은폐, 장기매복'이라는 조선 노동당의 전술을 확인하는 순간이었다.

구운룡은 80년대부터 북과 깊숙이 연계가 되었다. 가난한 그에게 북에서 내민 공작금의 유혹을 뿌리칠 수 없었다. 일단 한번 지령을 받고 일을 하니 코뚜레가 꿰어져 질질 끌려 다녔다. 그의 임무 중 하나는 최강철이 남조선을 드나들 때마다 사람을 보내 동향을 감시·보고하는 것이었다.

구운룡은 언제부턴가 최강철이 자신의 존재를 인식하고 있다는 것을 알았다. 구운룡은 최강철을 죽이기 위해 북한 노동당에게 팩트와 거짓을 섞어 보고했다.

'술집 여자와 부화방탕한 생활을 함. 교회를 찾아다니며 기독교를 신봉함.'

'괴뢰도당 정보부에 투항해 정보를 거래하며 이중 스파이 노릇을 함.'

'감당할 수 없는 괴물이 되기 전 신속히 제거해야 할 필요성이 있음.'

에필로그

최강철은 어느 순간에 표적을 김문권에서 구운룡으로 바꾸었다. 김문권이 되든 문인제가 안영수가 되든 그에겐 아무런 상관이 없었다. 대한민국은 자유민주주의와 성장의 틀이 잘 짜여 있기 때문에 웬만한 바보가 아닌 이상, 누가 대통령이 되어도 경제는 성장하고 국력은 뻗어나갈 것이다.

아이패드에서 표적 제거 프로그램을 실행하고 마우스로 스쿠프를 드래그해서 표적 구운룡의 얼굴을 최대한 클로즈업시켰다.

그는 가증스런 표적을 향해 냉정하게 방아쇠를 눌렀다.

탕

발사된 단 한 발의 총알이 표적의 머리통을 날려 버렸다. 표적의 어깨 위로 남아 있는 게 아무 것도 없었다. 목 잘린 닭이 퍼덕이며 움직이듯 머리 없는 표적은 손을 번쩍 든 채 몇 걸음 떼다가 곧바로 바닥에 풀썩 쓰러졌다. 킬러는 아이패드에서 고개를 들어 광장을 보았다. 표적이 쓰러진 광장은 도망치는 군중들로 아비규환이었다.

탕 탕 탕 탕 탕

총소리가 난 진원지를 잡지 못한 경호원과 경찰들이 우왕좌왕하면서 눈먼 총질을 해댔다.

최강철은 구운룡으로 삼행시를 지었다.

구린내 나는 놈.
운명이라 생각해라.
룡이 아무나 된다더냐.

　잠시 뒤 청와대와 경복궁을 지키는 수도방위사령부 특공대원들이 군용 트럭에서 내렸다. 이들은 청와대를 중심으로 반경 4km 내에서 테러 사건이 일어나면 1분 이내로 출동해 5분 이내로 진압하는 훈련을 반복해 왔다.

　‘생각보다 빠르게 도착했군.’

　S 산업빌딩 경비실로부터 신고를 받은 특공대원들은 군견 세퍼드를 몰고 S 산업빌딩을 향해 단숨에 달려왔다.

　최강철은 스코프를 최대한 줌업시켜 표적 구운룡이 제거된 것을 확인한 뒤 AS50 총구멍을 서서히 방문 출입구로 돌렸다. 돌리는 과정에 죽어 있는 회장과 비서의 시체를 다시 한번 확인했다. 평온한 얼굴이었다.

　컹컹컹컹

　이어폰에서 개 짖는 소리가 들렸다. 저벅거리는 군홧발 소리가 어지러이 들리고 개 짖는 소리가 점점 커졌다. 이윽고 방문이 열리더니 검은 개가 총구를 향해 뛰어올랐다. 최강철은 버턴을 눌러 거품을 물고 짖는 개의 목구멍을 향해 한 방 날렸다.

　탕.

　주먹만 한 총알이 회전하며 날아가 개의 머리통과 척추를 관통해 발라내면서 속이 빈 개가 풀썩 바닥에 떨어졌다.

　바깥에서 웅성거리는 소리가 났다.

　잠시 뒤 특공대장의 핸드 마이크 소리가 들렸다.

　“범인에게 경고한다. 범인은 총을 버리고 투항하라! 투항하지 않으면 사살할 것이다.”

　특공대장의 경고 방송이 몇 번 더 들렸다.

에필로그

"마지막 경고다. 열 셀 동안 투항하지 않으면 진압한다. 하나, 둘, 셋."

"아홉 열!"

펑, 펑, 펑, 펑.

대원들은 방 안으로 최루탄을 쏘자 스코프가 하얗게 변했다.

그래도 그는 백색의 화면 속에서 인내하며 기다렸다.

특공대원들이 방문을 박차고 총질을 해대는 소리가 들렸다.

타타타타타탕

MP5 기관단총이 불을 뿜었다.

그는 특공대원들이 진입하려는 순간, 그가 회장실에 장치한 고폭제 폭탄을 눌렀다.

쾅!

굉음과 모니터가 꺼졌다. 이윽고 다시 쾅하는 소리가 들렸다. 반사적으로 고개를 들어 신문사 25층을 올려 보았다. 굉음과 함께 건물이 흔들리더니 25층에서 거대한 불길과 연기가 뿜어져 나오며 불길이 치솟기 시작했다. 그들은 내 시체의 흔적도 찾지 못할 것이다.

그는 원격조정 프로그램을 끄고 아이패드를 접어 가방에 넣었다.

탁자에 남은 에스프레소 커피는 아직 따뜻했다.

그는 여유롭게 커피를 마시고 자리에 일어섰다.

킬러는 가방을 들고 건물 밖으로 나와 거미 알처럼 흩어지는 군중들 틈 속에서 흔적도 없이 사라졌다.

다음날 언론은 암살범의 저격 실패로 김문권 대신 비서실장 구운룡이 죽었으며, 암살범은 저격 직후 S 산업빌딩 회장실에서 강력한 고폭

제 폭탄을 터뜨려 자살했다고 보도했다.

김문권은 구운룡 수석보좌관이 자신을 위해 몸을 던져 죽은 것으로 애도했다.

"구운룡, 그는 나라와 민족을 사랑한 헌신적인 동지였습니다. 그 자리에 내가 서서 총을 맞아야 했습니다. 이 지구상에서 이런 비인간적 테러는 영원히 종식되어야 합니다. 국민 여러분, 동요하시지 말고 꼭 투표에 참석해 주십시오. 저는 어떤 시련이 있더라도 핵 주권 동북아존을 만들어 평화적 남북통일을 이룩하도록 하겠습니다."

다음날 선거가 끝나자마자 출구조사가 나왔다.

김문권 55%, 문인제 35%로 장대필 5% 기타 5%.

김문권이 국민의 압도적인 지지를 받아 제18대 대한민국 대통령에 당선되었다.

그는 모든 방송 언론과 국민 앞에서 당선 일성을 말했다.

"존경하는 국민 여러분, 부족한 저를 뽑아 주서서 감사합니다. 국민의 여망을 받들어 제 임기 중에 반드시 67년에 걸친 분단의 비극을 해결하고 남북이 하나 되는 통일강대국을 만들겠습니다."

에필로그

길 Road to nation

초판 1쇄 인쇄일	ㅣ 2012년 7월 9일
초판 1쇄 발행일	ㅣ 2012년 7월 10일
지은이	ㅣ 김치락
펴낸이	ㅣ 정구형
출판이사	ㅣ 김성달
편집이사	ㅣ 박지연
책임편집	ㅣ 이하나
본문편집	ㅣ 정유진 이원숙
디자인	ㅣ 장정옥
마케팅	ㅣ 정찬용 김정훈
영업관리	ㅣ 한미애 권준기 정용현 천수정
인쇄처	ㅣ 미래프린팅
펴낸곳	ㅣ **북치는마을**

등록일 2006 11 02 제2007-12호
서울시 강동구 성내동 447-11 현영빌딩 2층
Tel 442-4623 Fax 442-4625
www.kookhak.co.kr
kookhak2001@hanmail.net

ISBN	ㅣ 978-89-93047-27-1 *03800
가격	ㅣ 11,000원